———————— 阅读之前 没有真相

午夜文库

———————— 岛田庄司作品集

日本推理小说家。1948年10月12日生于广岛县福山市。1980年以《占星术杀人魔法》出道，之后陆续发表《斜屋犯罪》《异邦骑士》《奇想，天动》《北方夕鹤2/3杀人事件》等作品，均以场景宏大、诡计离奇著称。作品主要有"占星师侦探御手洗洁"和"热血刑警吉敷竹史"两大系列，其中御手洗洁系列作品累计销量已近六百万册，代表作《占星术杀人魔法》更是先后获得日本《周刊文春》评选"百大推理小说"第3位、英国《卫报》评选"世界十大密室推理"第2位等殊荣。

作家生涯不断开拓创新，对新人的提携也始终不遗余力，绫辻行人、法月纶太郎、歌野晶午、西泽保彦、麻耶雄嵩等推理名家，出道伊始都曾受到其帮助。先后创立的"福山推理文学新人奖""岛田庄司推理小说奖"，更是成为挖掘推理实力新人的重要阵地。

近年来，在为推理文学的全球交流、推广活动奔波的同时，依然笔耕不缀，先后出版《星笼之海》《屋顶上的小丑》《鸟居密室》等作品。

岛田庄司作品年表

御手洗洁系列

1981　《占星术杀人魔法》
1982　《斜屋犯罪》
1987　《御手洗洁的问候》
　　　　数字锁
　　　　狂奔的死者
　　　　紫电改研究保存会
　　　　希腊之犬
1988　《异邦骑士》
1990　《御手洗洁的舞蹈》
　　　　戴高筒帽的伊卡洛斯
　　　　某骑士物语
　　　　舞蹈病
　　　　近况报告
　　　《黑暗坡的食人树》
1991　《水晶金字塔》
1992　《眩晕》
1993　《异位》
1996　《龙卧亭杀人事件》
1998　《御手洗洁的旋律》
　　　　IGE
　　　　SIVAD SELIM
　　　　波士顿幽灵绘画事件
　　　　别了，我曾经的思念
1999　《P的密室》
　　　　铃兰事件
　　　　P的密室
　　　《最后的晚餐》
　　　　里美上京
　　　　大根奇闻
　　　　最后的晚餐
2001　《好莱坞之证》
　　　《俄罗斯幽灵军舰之谜》
2002　《魔神的游戏》
　　　《圣·尼古拉斯的钻石靴》

岛田庄司作品集年表

        西尔维馆的圣诞节
        圣·尼古拉斯的钻石靴
2003 《上高地的开膛手杰克》
        上高地的开膛手杰克
        山手的幽灵
    《螺丝人》
2004 《龙卧亭幻想》
2005 《摩天楼的怪人》
2006 《溺水的人鱼》
        溺水的人鱼
        美人鱼兵器
        耳朵发光的孩子
        海与毒药
    《UFO大道》
        UFO大道
        折伞的女人
    《最后的一球》
2007 《利比达寓言》
        利比达寓言
        克罗地亚人的手
2011 《进进堂,世界一周》
        进进堂咖啡 1974
        谢菲尔德的奇迹
        归桥与悲愿花
        追忆中的喀什
2013 《星笼之海》
2016 《屋顶上的小丑》
    《御手洗洁的追忆》
        御手洗洁,那个时代的梦幻
        天使的名字
        从石冈先生的创作笔记说起
        给石冈的信
        石冈先生,长长的访谈
        西尔维
        MITARAI CAFÉ
2018 《鸟居密室》

占星术杀人魔法

(日)岛田庄司 著

王鹏帆 译

新 星 出 版 社　NEW STAR PRESS

目 录

1	序　言
3	AZOTH
43	Ⅰ　四十年来的谜案
160	文次郎手记
197	Ⅱ　继续推理
237	Ⅲ　追寻阿索德
314	第一封挑战书
315	Ⅳ　春雷
334	第二封挑战书
335	Ⅴ　时与雾的魔法
392	阿索德之声

登场人物

一九三六年

梅泽平吉：画家

梅泽多惠（阿妙）：平吉的第一任妻子

梅泽时子（登纪子）：平吉与多惠的女儿

梅泽昌子（胜子）：平吉的第二任妻子

金本一枝（和荣）：昌子的女儿

村上知子（友子）：昌子的女儿

村上秋子（亚纪子）：昌子的女儿

梅泽雪子（夕纪子）：平吉和昌子的女儿

梅泽吉男（良雄）：作家，平吉的弟弟

梅泽文子（绫子）：吉男的妻子

梅泽礼子（冷子）：吉男与文子的女儿

梅泽信代（野风子）：吉男与文子的女儿

富田安江（富口安荣）：画廊兼咖啡馆的经营者

富田（富口）平太郎：安江的儿子

竹越文次郎：警察

绪方严三：假人工房的经营者

安川民雄：假人工房的职员

石桥敏信：业余画家

德田基成：雕刻家

安部豪三：画家

山田靖：画家

山田绢江：诗人

一九七九年

御手洗洁：占星术士

石冈和己：御手洗的友人

江本：厨师，御手洗的朋友

饭田美沙子：竹越文次郎的女儿

饭田警官：美沙子的丈夫

竹越文彦：警察，竹越文次郎的儿子

加藤：安川民雄的女儿

吉田秀彩：四柱推命占卜师，人偶师

梅田八郎：明治村的工作人员

序　言

在我所知的诸多案件中，这是最为恐怖奇异的一起。我想这几乎不可能完成的犯罪行为在世界上或许还是第一次发生。

昭和十一年（公元一九三六年）东京发生了连续杀人案件。但和案件有关的一干人等，却都不具备杀害被害者的能力。所以，这可以算得上是一起找不到犯人的案件（这样说似乎有些奇怪，但一点也不夸张）。

这起案件就像一座没有出口的迷宫。四十年来，在日本国内曾有不少人费尽心机地找寻凶手。但是直到今日，昭和五十年的春季，当我开始调查这起案件的时候，仍然仿佛身陷迷宫中的人，找不到出口。

和这起案件有关的线索，以及调查记录，曾罗列在当时的媒体上，但如果要问为何至今都没有人能够侦破这起悬案，那只能怪这起案件实在太不可思议了。

本书在叙述这起案件的同时，将尽可能以翔实、公正的态度，将案件有关的各种线索，一一呈现在读者面前。

AZOTH®

① AZOTH 即"阿索德"。

这部小说是为我个人而写的，所以没有想过会再有别的人看到它。

但既然已经白纸黑字地写了出来，或许总有一天会被人发现。所以，为了我自己，我必须阐述一个事实，这既是我的遗书，也是一部"真实"的小说。

如果我像梵·高那样，作品在死后才带来可观的财富，那么是否能够通过小说来理解我真正的想法，并且对遗产做出正确处理，则由读这部小说的人来决定。

梅泽平吉

昭和十一年二月二十一日　星期五

恶魔，它在我的体内。

在我的身体中有一个意识支配了我的肉体，它并不是我，真正的我只是一个被它操纵的傀儡。

它是邪恶的化身。那个恶魔一再蹂躏我的心智，使用各种手段拷问我，让我感到恐惧万分。

我曾在黑夜中看到一只如小牛般巨大的蛤蝓。它伸出斧足，分泌着透明闪亮的黏液，从桌子底下钻出，然后缓缓地、缓缓地蠕动着爬过我房间的地板。

另一天的黄昏，黑暗如同涨潮时的潮水，漫过窗户上的铁栅栏，将我的四周包围。在浓黑的潮水中，我看见两三只壁虎，它们静悄悄地匍匐在那里。类似这样的情景，我知道，都是那个恶魔特意为我准备的把戏。

我还记得一个春天的早晨，我差点死于凛冽的寒风，那也一定是恶魔所为。我渐渐老了，体力衰退，暮色苍茫。但它却一天天地壮大，开始肆无忌惮地占据我的身躯。

凯尔苏斯[①]曾在其著作中指出："如果要驱散附身的恶鬼，要先给着魔的人面包和水，然后用棍子打他。"

《马可福音》中也有记载："夫子，我带了我的儿子到你这里来。他被哑巴鬼附着。无论在哪里，鬼都捉弄他，把他摔倒。他口中流沫、咬牙切齿、身体枯干。我请过你的门徒把鬼赶出去，他们却是不能。"

在我小的时候，我就发现了它的存在。我曾多次驱逐体内的恶魔，经受了常人无法忍受的痛苦。

我曾在一本书上读到过这样一段文字："在中世纪，当有人被恶魔附身时，救助他的人会在他面前点燃一炷香。当他倒地不起的时候，立刻拔下他的一撮头发，放入准备好的瓶中，然后将瓶口紧紧封住。这样一来，恶魔被封印在瓶子里，被附身的人也就痊愈了。"

[①] 凯尔苏斯（Aulus Cornelius Celsus），公元一世纪罗马贵族，著有《论医学》（*De Medicina*）八卷。这是世存最早的一部印刷出版的医学典籍，一七五六年被翻译成英文。下文所说的"著作"应该就是这部《论医学》。

当我口吐白沫、四肢抽搐的时候,我也曾恳求身边的人如法炮制。但他们往往不是觉得可笑,就是让我自己来试试。这当然不是自己能够办到的事情。而且有时我会变得疯狂,对于这样的情况,他们只是归结为癫痫——这个可怕但平常的病症所带来的恶果。

没有体验过的人,或许难以理解那种超越肉体的痛苦和荣辱感的精神境界。要举例的话,就好像虔诚的信徒在宗教仪式上不自觉地跪倒在他所信仰的偶像面前。那时我突然领悟到我的人生,乃至我平日所做的一切,都不过是毫无意义的幻象罢了。

我的身体中,存在着一个处处和我作对的恶魔,我感觉它像一个球体。姑且按照中世纪的叫法,就称它为歇斯底里球吧!

平时它栖息于我的下腹或者骨盆中,不过有时它也会穿过胃,沿着食道蔓延而上,蹿到我的咽喉。这样的事情每周都会发生一次,而且定时出现在星期五。那时,如同圣西里尔[①]描写的那样,我会颓然倒地,舌头痉挛,嘴唇不停颤抖,并且口吐白沫。在遭受痛苦折磨的时候,我却能够清楚地听见恶魔的狞笑在我耳边回荡,看见它们挥舞着铁锤将尖钉硬生生地敲入我的身体。

紧接着,蛆虫、蛇和蟾蜍,甚至是人和动物的骸骨都

[①] 圣西里尔(Saint Cyril),拜占庭帝国的基督教教士。

会出现在我的房间里。那些恶心的虫子和爬行动物靠近我，咬我的鼻子，啃食我的耳朵和嘴唇。他们散发着恶臭的气息，让我呕吐不止。正因为如此，我对在巫术仪式上出现这些恶心的东西已经见怪不怪了。

最近我不像以前那样口吐白沫，甚至不曾晕倒。但每逢星期五，还是感到胸口的圣痕会流淌鲜血。在某种意义上，这是比晕倒发作更为痛苦的感受。每当那时，我感觉自己好像化身成为十七世纪的卡特琳娜·加丽娜修女或凡尔赛的阿米莉亚·比切利，体验着她们得道时的喜悦。

因为身体中的恶魔在不断威逼着我，我才会做出一些令人厌恶的事。我不得不行动起来，借助恶魔的力量，创造出一个符合恶魔要求的完美女性。对我来说，这个完美的女性是我的女神，但按照世人的眼光来看，她却是一个魔女。不管别人怎么看，她是我心中最完美的女人。

最近，我反复做着同一个梦。梦境是一切魔法的源点。虽然魔法草制成的熏香也能使我沉睡，但我还是选择把蜥蜴的肉烧成灰，然后加入上等的葡萄酒，混合搅拌，涂抹在身上再入睡。我如同一具行尸走肉，不，我已经成为恶魔本身。每个夜晚，我都能在梦中见到那个被神秘力量所创造出来的完美无瑕的女人。

她的美，不是我用这支简陋的笔所能描绘出来的。除了那梦幻一般的容貌外，她也拥有真实的情感。她细微的动作，她曼妙的身姿，已经让我无法克制自己，想要和她在现实中相见。只要能够目睹她的存在，我死而无憾。

这个女人是"阿索德"，哲学者的阿索德（石）①，而我最终决定称她为阿索德。她是我耗尽三十年心血，在画布上永远追求的理想女性，我的爱，我的梦。

我认为人的身体可以分为六个部分：头部、胸部、腹部、腰部以及大腿和小腿。

在西方的占星术中，人体这具皮囊是宇宙的倒影，也是宇宙缩小的模型。所以这六个部分也各自具有其守护的行星。

头部是由白羊座的守护星♂（火星）所支配的。也就是说，白羊座支配着人体的头部。白羊座的守护星是♂（火星），所以头部从火星获得力量。

胸部则是双子和狮子座的支配领域。所以是由双子座的守护星☿（水星）和狮子座的守护星☉（太阳）提供力量。如果这具躯体是女性，那么胸部还包括了乳房，而乳房是巨蟹座的支配领域，所以也受到巨蟹座的守护星☽（月亮）的祝福。

腹部被处女座所支配，所以受到处女座的守护星☿（水星）的统治。

腰部属于天秤座的支配范围，受到天秤座的守护星♀

---

① 这里的"哲学者的阿索德"，是哲学者之石，也就是贤者之石（Philosophers Stone）的一个别称。

（金星）的支配。但如果是女性，则要考虑到子宫的存在。子宫是负责生殖的器官，则又加上了天蝎座的支配，天蝎座的守护星是 P（冥王星）。总之，子宫受制于冥王星的统治。

大腿对应的是射手座，自然是由射手座的守护星 ♃（木星）来支配。

小腿则隶属于水瓶座，由水瓶座的守护星 ♅（天王星）来统治。

人的躯体就像上面所说的那样，每个人都有比其他人优秀的部分，这是因其守护星不同所造成的。比如白羊座的人比较聪明，而天秤座的人腰力比较好。当人出生时，太阳在天空中的位置决定了他身体每个部位的优劣。不过一个人的整体属性是由某个部分所决定的。这是因为星座所带来的影响只能决定身体六个部分中的一个部分，所以绝大多数的人一生都难以超凡脱俗，凌驾于他人之上。

有人头脑发达，有人腹肌强健，每个人都有一个比别人出色的部位。倘若从这些人中获取优秀的那一部分，如头脑发达者的头部，乳房丰满者的胸部，腹肌强健者的腰部，等等，那么，用这些完美部分组合而成的躯体将会散发出多么巨大的吸引力啊！

这将是一个集合了所有守护星的祝福，周身散发着无比灿烂耀眼的光芒的人。这样的人如果不是这个世界上最完美的，那么又有谁会是呢？

通常拥有力量的东西，也一定拥有美感。如果这样一具肉体是由六个处女的身体组合而成的，那么作为一个女人，她便拥有了一切完美的要素。对于我这样一个一直在画布上追求完美女性的人来说，面对着即将要完成的杰作，不由得从内心涌出一股近乎恐惧的憧憬。

直到现在，我才意识到自己是个幸福的人。一次偶然的机会，让我发现了这六名少女的存在。不，或许应该说，是我偶然发现了和我住在同一屋檐下的六名少女正属于不同的星座，而她们身体的一部分也受到了来自不同守护星的祝福，这个发现激发了我创作阿索德的灵感。

或许你会觉得有些吃惊，我已是五个少女的父亲。她们分别是和荣、友子、亚纪子、登纪子、夕纪子。不过和荣、友子、亚纪子三个人是我的妻子胜子和她的前夫所生，只有夕纪子是我和胜子的女儿，登纪子是我和我的前妻阿妙生的。巧的是夕纪子和登纪子正好同年。

因为胜子曾经学过芭蕾舞，在闲暇的时候她便教这些孩子跳芭蕾和弹钢琴。这所房子里，除了我的五个女儿，还有两个少女，她们是我弟弟良雄的女儿冷子和野风子。这两个侄女因为我弟弟良雄租的房子实在太小，所以晚上就住在这里。因此，我的房子中经常有一群少女。

胜子和她前夫所生的长女和荣已经出嫁了，并不住在这里。所以这里只有六个女孩：友子、亚纪子、登纪子、夕纪子、冷子、野风子。

她们每个人所属的星座如下：和荣是明治三十七年（公元一九〇四）生的摩羯座；友子是明治四十三年生的水瓶座；亚纪子是明治四十四年生的天蝎座；夕纪子是大正二年（公元一九一三年）生的巨蟹座；登纪子和夕纪子同年，是白羊座；至于弟弟的两个女儿，冷子和野风子，前者是大正二年生的处女座，后者是大正四年生的射手座。

六名少女中的三位已经年满二十二岁，她们如同约好了一样聚在一起。身体的各个部分，从头部到小腿分别受到各个守护星的眷顾，无一重复。我预感到这样的事绝非偶然，她们是为我将要做的工作而准备的材料。我心中的恶魔命令我使用这些材料来创造祭品，这是一个毋庸置疑的事实。

长女和荣已经三十一岁，她的年纪太大，并且已经有过夫妻生活，再加上并不和我们住在一起，所以我将她从我的计划中排除。剩下的少女从上到下依次为：头部——白羊座的登纪子、胸部——巨蟹座的夕纪子、腹部——处女座的冷子、腰部——天蝎座的亚纪子、大腿——射手座的野风子、小腿——水瓶座的友子，制作阿索德便需要各取这些部分加以组合。虽然腰部用天秤座，胸部用双子座更为理想，但就目前的状况而言，还是将就一下吧。

不过从阿索德是女性这点来看，把胸部视为乳房，腰部视为子宫更能体现这两部分所发挥的意义。我是幸运的，但我不知道应该感谢上天，还是感谢魔鬼。

阿索德的制作过程，必须完全按照炼金术的方程式来进行，不然就无法成功，而阿索德也无法获得永恒的生命。这六名少女代表着不同的金属元素，虽然她们现在还只是卑金属，但是经过提炼，则可以变成最完美的黄金——阿索德。拨云见日，天空无比蔚蓝。这是何等让人兴奋和神往的现实啊！

啊！一想到这些，我就忍不住地颤抖，兴奋的心情难以言喻。不管怎么样，我一定要制造出阿索德。只要能见到她，我死而无憾！我耗费了三十年世俗的生命，把青春抛洒在这平凡的画布之上，完全是为了我那心目中完美的女性——阿索德。不是用画笔，而是能够创造出一个活生生的女人，这是多么伟大的事业！与此相比，其他艺术家的梦想何其渺小！

这是自古至今从未有人想到过的伟大创举。阿索德是完美的杰作，不管是黑魔法中的黑弥撒和炼金术中的贤者之石，还是追求体现完美女性肉体的雕刻艺术，这些东西在阿索德的光辉照耀下，都会黯然失色。

而这六位少女，作为制造阿索德的材料，不得不抛弃她们世俗的生命。她们的肉体需要经过两次切割，取出需要的那一部分，余下的残肢则被丢弃（登纪子和友子提供头部和小腿，所以只需要进行一次切割）。她们虽然失去了生命，但是肉体却成为阿索德的一部分。与死后立刻开始腐烂的皮囊相比,能够获得永恒的生命,成为完美躯体的一部分,她们一定不会反对的。

这伟大事业从开端起就必须遵循炼金术最本质的原则。当太阳位于白羊座之时,是这一切的起源。

头部取自登纪子的肉身,由于她是白羊座,所以必须使用♂来结束她的生命。(♂代表火星,但在炼金术中也是表示金属铁的符号。)

胸部取自夕纪子,她是巨蟹座,所以必须被☽杀死。(☽代表月亮,在炼金术中表示金属银。)

腹部取自处女座的冷子,她必须吞下☿而死。(☿代表水星,在炼金术中表示水银。)

腰部取自天蝎座的亚纪子,天蝎座的守护星虽然是♇(冥王星),但以尚未发现冥王星的中世纪来看,选取♂来夺取她的生命更为合适。

大腿取自射手座的野风子,她应用♃杀死。(♃代表木星,在炼金术中表示金属锡。)

小腿取自水瓶座的友子,水瓶座的守护星是♅(天王星),不过如同冥王星那样,在中世纪也未被发现,所以由♄代替。让♄带来死亡挺好的。(♄代表土星,在炼金术中表示金属铅。)

首先需要顺利地得到这六个完美的躯体,然后使用葡萄酒和某种灰混合而成的泥来清洁我自己的肉体和那六个完整的身体。

接着，使用锯子将需要的部分一一切割下来，然后把十字架固定在浮雕板上，用以安放这些被取下的肉块。虽然也可以如同耶稣那样，将肉块用钉子固定在浮雕板上，但是我不希望这件完美的作品有一丁点儿瑕疵，更不用说是那可怕的伤痕了。所以我希望阿索德能按照赫卡忒①神谕的指示，在完成前先制成木雕像，精心打磨，并以小蜥蜴来装饰。

然后就要着手准备"隐秘之火"。培尼狄修士曾用强烈的激情描述过隐秘之火。在很多不入流的炼金术士看来，隐秘之火只不过是普通的火焰，那太可笑了，简直是愚蠢之极，所以他们的试验才会一再地失败。其实，无论是不会湿手的隐秘之水，还是不会燃烧的隐秘之火，都是特殊的盐和香料的代称。

接下来要寻找构成黄道十二宫（十二星座）的象征之物。就是从绵羊、牛、婴儿、蟹、狮子、处女、蝎子、山羊、鱼等生物的肉体中找寻能够使用的部分。有的是内脏，有的是鲜血，然后混合起来，加入蜥蜴和蟾蜍，放在锅里煮。这口锅当然是"阿达诺鲁"，就是所谓的黄金炉。

在混合"阿达诺鲁"时，必须轻声哼唱有关的咒语。这条必要的咒语也是花费了我一番心思，从古代的巫术典

---

①赫卡忒（Hecate），最初为大地、天空和海洋的统治者，后成为司魔法和魅力的女神。

籍中找寻出来的。这本典籍的作者是奥利金[①]或者圣希波吕托斯[②]。

"来吧!来自地狱、荒野、天上的魔鬼,还有陋巷、十字路口的女神啊!你带来光明,却在午夜徘徊;你是朝阳的爱人,却与黑夜媾和。听闻野犬啼哭和见到鲜血就莫名兴奋的你啊!徘徊在墓园与鬼魂相伴的你啊!贪嗜鲜血,为人间带来恐惧的你啊!格鲁格、摩鲁诺、拥有无数化身的月之女神啊。请用你仁爱的目光,注视我所奉献的祭品吧!"

煮好后的"阿达诺鲁"必须封存在"哲人蛋"中。这颗蛋的温度必须和孵蛋时母鸡的体温保持一致。不久,这颗蛋就将升华成为"帕纳兹"(巫术中的万灵药)。

然后将帕纳兹涂抹在六个部分的接合处,拼合成一个整体,那就是阿索德,一个全能全知的,拥有不朽的生命力的,与光同辉的完美女性。在完成了如同女神一样的阿索德后,我也就成为"阿迪普德"(理解宇宙大智慧的贤者),阿索德的光芒与肉体将永生不灭。

在世俗的理解下,"玛格努斯·奥普斯"(伟大的杰作之意,一般被称为炼金术)只不过是将卑金属转变为黄金

[①]奥利金(Origenes Adamantius),基督教著名的神学家和哲学家。
[②]圣希波吕托斯(Hippolytus of Rome),公元三世纪的罗马长老,第一位敌对教皇。

的法术。这样的想法太愚蠢，是极端错误的！或许如同天文学的前身是占星术一样，化学的发展和进步也少不了炼金术的功劳。不过现代的化学家即使明白这个道理，但因为自卑心理的作祟，竟然诋毁炼金术只是骗人的把戏。这和一夕成名的学者为了自己的面子，不承认自己有个酒鬼父亲有什么区别？

所谓炼金术的本质，是关于宇宙更深层次的大智慧。我们通常意义的常识、理论只是在书面或者口头上出现，但炼金术不然，它使用更实际的方式将宇宙的奥秘呈现在我们的面前。简单地说，就是将只存在于我们心中的，用语言甚至画笔也无法描绘出的美丽和神圣，通过具体的步骤，再现于这个物质的世界上。如同卑金属一样的思想和意识将在提炼中升华，遭受到这个世俗世界的压迫的人们，将在神的指引下褪去他们腐朽肮脏的外壳。最终我们会达到不朽，如同完美金属黄金所代表的符号那样，成为一个光辉纯净的圆环。炼金术不仅仅属于西方世界，在东方世界也有自己的名字，我想那应该是佛教中的"禅"。把两者比较，将平凡的事物升华，普度众生，这才是炼金术的真正内涵。

世俗的炼金术士们啊！即使你们真的能够将废铁变化成黄金，那也是违背了炼金术士的本义的，是仅仅为了名利的、低贱的行为，你们中的大多数人是十足的骗子和恶棍。

大多数不能领会炼金术奥秘的人，为了寻找第一物质而苦思冥想。其实第一物质并不只存在于金属之中，帕拉塞尔苏斯不是曾说过："第一物质随处可见，甚至在我孩子的身边嬉戏。"在我看来，第一物质如果不是人类女性的肉体，还会是什么呢？

　　看到这里，你或许认为我是个疯子，但我并不在意。或许在某些方面，我的想法和一般人大相径庭，但作为一个艺术家来说，这难道不是很平常的事情吗？这些异于常人的地方或许就是所谓的才华。如果只是简单地拼凑前人遗留下来的精华而得到的东西，根本不能够称之为艺术品，只有在叛逆中，才能创造出新的经典。

　　我不是一个嗜血的人，但幻想在制作过程中切割肉体时所体会到的快感让我永生难忘。为此，我常常幻想那平躺在台板上的肉体的模样。小的时候，我就强烈地想用画笔描绘脱臼的臂膀，我也不止一次地想要观察生物死亡的过程，在那时，我会感觉全身放松。我认为只要是真正的艺术家，就会有和我一样的想法。

　　在这里，请容我作一下自我介绍。说起来，我会对占星术如此痴迷，是源于十几岁时认识了母亲的一位密友，他是一个占星术士，这样的人在当时是非常罕见的。他曾很准确地预言过我的人生，我也曾多次向他求教。他是荷兰人，原本是基督教的传教士，但由于沉迷占星术而被教会开除。从此，他只能靠占星术谋生。在明治时代，不用说东京，即使在整个日本，他也是独一无二的。

明治十九年一月二十六日下午七时三十分，我生于东京。太阳宫是水瓶座，上升宫是处女座。由于♄（土星）位于我的上升点（出生时东方的地平线）上方，给我日后的生活带来了深远的影响。

♄是我的星，也是我宿命的象征，我迷恋上炼金术，得知♄在炼金术中代表第一物质铅，它拥有极其重要的地位。我希望凭借我艺术家的智慧，去领悟使矿物升华为黄金的技术。

对于人一生的命运来说，最能考验其耐力，给予其锻炼的星，就是土星。那位占星术士曾推算过我的命盘，他这样说："自你明了人间世故，就萌生了自卑感，这将困扰你一生。因此你的一生可以说是在不断与自己抗争中度过的。"现在回想起他说的这些话，才感觉到是如此的准确。

我并不是个体格健硕的人，幼时羸弱多病。在念小学的时候，曾不小心被教室中的暖炉烫伤了右脚，留下一个很大的伤疤，所以被多次警告要小心烫伤。

时至今日，当我看到登纪子和夕纪子的时候，就又会想起他的预言：我将会和两个女人有情感纠葛。我既深感他的话是多么精确，也为自己的人生感到悲哀。

预言中提到，双鱼座对应♀（金星），所以我特别注意双鱼座的女人，想从中寻找我的真爱。但事与愿违，我却娶了狮子座的女人，同时，他还说我在二十八岁时就要担负起家庭的责任。后来，那位占星术士的预言一一应验，我先是对双鱼座的阿妙萌生情感，后来因为我迷恋上了德加①，便爱屋及乌地喜欢上了我当时的模特儿，也就是现在的妻子胜子。在我爱的攻势之下，已为人妻的胜子为我生下一个女儿，就是夕纪子，我巧妙地徘徊在两个女人之间。之后阿妙又给我生下一个女儿，那便是登纪子。后来我和阿妙离婚，娶了狮子座的胜子。而那时，我正好年满二十八岁。

阿妙现在在都下保谷经营一家小小的香烟店，那家店铺是我买给她的，登纪子有空就会去探望她。我起初担心登纪子会被排挤，但现在看来，这种担心是多余的。我们离婚都已经二十多年了，但我始终感觉亏欠阿妙。直到今天，这股愧疚感仍然没有消退，反而愈加强烈。我甚至想过，如果阿索德能使我获得一笔财富，我将要把这笔财富全部留给阿妙。

关于我的晚年，那位占星术士是这么预言的：你将在孤独无助中度过你的余生。这并不是指你会离开你的家人，住进医院或者养老院。而是在精神层面上，你将远离世俗，耽乐于幻境之中。这一点也被他料到了，我目前的

---

① 德加（Edgar Degas），法国印象派画家，常以芭蕾舞女为模特儿。

确独居在院子角落的一间仓库里，这里是我的画室，也算是我目前生活的地方。我时常一个人发呆，沉浸在幻想中，很少到她们住的那间房子里去。

那位占星术士众多预言中最准确的一条，是有关于Ψ（海王星）与Ｐ（冥王星）重叠产生的第九宫。因为第九宫的存在，暗示我拥有超自然的能量。但开启这种能量的钥匙，则是要我放弃世俗的情感，着手研究被称为异端的邪术。此外他还曾暗示我将在一段时间内流离失所，在异国他乡流浪。我的性格乃至今后的人生道路都会因为这次旅行产生很大的转变。按照月缺来判断，那一次旅行将会发生在我十九到二十岁时。

如果在某人的命盘上，Ψ和Ｐ重叠，此人的命运一定不同于常人，他的一生中将有诸多诡异怪诞的经历。比如我，出生时和重叠在感应力最强烈的第九宫，于是我的后半生就一直受到这两颗煞星的支配，由此看来，我被恶魔支配也是命中注定的事了。十九岁时，我离开日本踏上异国的土地，以法国为中心，在欧洲各国流浪。这段旅行正如同预言的那样，神秘主义的种子也随之在我的大脑中生根发芽。

其余还有诸多细节，也都和预言不谋而合。其实我年轻的时候根本不相信占星术，为了验证它的错误，刻意做出很多和那位占星术士的预言背道而驰的事。但没有想到的是，最后的结果却都和预言相符合。于是，我便彻底臣服于自己的宿命了。

不光是我个人,我的整个家族,我的亲人,甚至是我认识的人,也似乎都受到了命运的摆布。最明显的例子是我周遭的女性,这些和我有关的女人,不知为何,她们的婚姻都不尽如人意。

先来说说我自己。我和第一任妻子离婚后,成为第二任妻子的第二任丈夫。在我决定了结自己的生命后,也不得不想到胜子要第二次失去丈夫了,这被命运嘲弄的人生啊!

同样,我长辈的婚姻也都很失败,父母是这样,听说祖父母也是这样,甚至胜子的女儿和荣也面临离婚的危机。

友子已经二十六岁,亚纪子也二十四岁了。由于家业富有,而且她们比较依赖自己的亲生母亲,所以暂时都没有要结婚的打算。再加上现在时局动荡,日本或许会向中国宣战,一旦开战,即使结婚了,她们的丈夫也会应征入伍。她们也有可能变成寡妇。想到这些,我宁可维持现在的生活。反正通过胜子的教育,她们掌握了芭蕾和钢琴的技艺,日后也可以自立门户。胜子不喜欢军人,或许她也难以忍受有一个军人女婿。

既然放弃结婚的念头,胜子和女儿们便把兴趣转移到筹算怎么合理利用家业上。她们认为,六百多坪的土地如果就这么一直空置着不加以利用,实在是一种浪费,于是再三催促我将老宅的主屋修建成长屋，当作可以出租的公寓。

我已经告诉过她们我的遗愿。我死后，房子怎么处理随她们决定。弟弟良雄现在还在外面租房子，想必他一定会赞成的。这栋房子如果改建成长屋，一定可以使他们下半辈子衣食无忧。

提到良雄，因为我是长子，继承了全部的家产，总觉得这样对他来说太不公平。不过我也曾提议让他和弟媳搬过来一起住，反正有的是房间。但不知是弟媳绫子太客气，还是胜子不太愿意，他们始终在附近租房住。

除我之外，大家都赞成改建长屋的计划，所以他们刻意疏远我，因为在这个意见上，我总是和他们撑对头船。我甚至开始怀念阿妙，因为她实在是个很听话的女人，虽然听话过头了就显得有些枯燥乏味了，不过总比胜子她们好些。

我反对将房子变成公寓自有我的理由。现在住的这栋房子位于目黑区大原町，这里有一间仓库改建成的画室，就是上文提到过的我独居的地方，我很喜欢这里。从这里的窗户往外看是一排绿树，在我创作遇到瓶颈的时候，抬头放眼望去，就能够消除疲劳，让我心情愉快。但如果将主屋改建成公寓，那代替这排绿树的将是外人好奇的眼光。不光如此，那些搬进来的住客也一定会将我视作怪人，在房客们充满好奇心的注视下，我的创作一定会受到阻碍。所以我绝不同意在我有生之年，将房子改建成公寓。

我小的时候，就常驻足在这间画室外观察，并被这里散发出的阴郁气氛所吸引。当时还是个孩子的我，像猫一样喜欢拥挤的地方，而这间仓库的格局正合我的心意。尽管如此，这里要用来当画室还是过于阴暗了，所以我在仓库的屋顶开了两个天窗，然后打通了二楼的地板。为了防盗，我又在天窗上安了两扇玻璃铁窗。

不光是屋顶的天窗，其余所有的窗户都安上了防盗的玻璃铁窗，并且在仓库内加装了卫浴设备。原本这间仓库是两层的，但被我打通后只剩下了一层，屋顶显得很高。

为何大部分画室的天花板都很高？这是因为房间宽敞，会产生相应的空间感，这对于创作来说是十分重要的。另外，如果作品的面积很大，房间的天花板太低会限制创作。有人将画架放到地上来解决这个问题，不过，大面积的作品，也需要一定的距离来观赏，因此较高的天花板和宽敞的室内面积就成为创作上必不可少的要素了。

我实在很需要这样的工作室，为此还特意从医院弄来一张带轮子的床，索性在这里住了下来。有了带轮子的床，让我可以在房间的任何地方安眠，我喜欢睡在哪里，就睡在哪里。

我尤其喜欢那屋顶的天窗，秋天的下午，我坐在宽阔的地板上，抬头仰望屋顶，看着飘零洒落到铁窗格子上的落叶,让人感觉像是五线谱上的音符。

有时哪怕只是抬头看看原本处于二楼的窗户也是一种享受。这时,我总是习惯性地哼着《卡布里岛》或《月下之兰》等美妙的旋律。

仓库西面和北面的墙外就是围墙,上面没有窗户;南面的窗户被封死了,光线无法穿透那里,所以我拥有了一堵面积相当大的墙壁可以使用。在我小的时候,这间仓库才刚刚造好,外面还没有大谷石垒起的围墙。仓库的东面是一扇用来进出的门,旁边是新造好的厕所。

在西面和北面没有窗户的墙壁上,挂着我呕心沥血完成的十一幅作品,它们都是以十二星座为主题的大型画作,估计不久后我就将完成第十二幅。

目前我正在进行创作的是白羊座,这也将是我最后一幅作品,画完后我就开始着手制作阿索德,只要能看见她完成,我就结束自己的生命。

在欧洲流浪的那段时间里,我也曾有过一次爱情的体验。当时,我在法国遇到了一个名叫富口安荣的日本女人。

明治三十九年,我初次踏上巴黎大街的石板路。从此,我迷茫的青春就在这条石板路上来回反复。试想,一个对法语一窍不通的日本人,能和故国的同胞在这条石板路上相遇的机会是何等渺茫。不安充斥着我的内心,在月明星稀的夜晚,独自走在陋巷中,感觉自己仿佛是世界上唯一活着的人。

即使在日后，我逐渐习惯了异乡的生活，也能通过蹩脚的法语和人适当地交流，但不安感并没有减轻，反而转变成思乡和孤寂所带来的哀愁。就这样，我终日无所事事地在拉丁六区附近闲逛。

我的内心是充满哀伤和忧愁的，所以巴黎的秋天特别能够引起我的共鸣。当我走在石板路上，听着落叶掉在地上的声音时，突然能感觉到这个世界的美好。石板路的灰色和落叶的颜色十分相称。

我从那时开始喜欢上了古斯塔夫·莫罗，他的博物馆位于罗谢富克街十四号。无论是梵·高还是莫罗，欣赏他们的作品对我来说一直是一种慰藉心灵的方式。

某个深秋的傍晚，我和平常一样在巴黎街头散步，然后在卢森堡公园的美第奇喷泉边遇到了富口安荣。当时她正斜坐在喷泉边的石栏上，发呆似的注视着前方。时值深秋，周围的树叶已完全落尽，枯枝宛如老人的血管，在死皮般苍白的天空下伸展。那天气候突然降温，对一个在外求学的浪子来说，寒风带来的不光是寒冷，还有让人倍感凄凉的心境。

我看到了安荣，因为她是东洋人，让我的心底油然升起一股亲切感。我向她走去，但发现她一脸不安的神情，如同过去的我，寂寞彷徨。不知为什么，我以为她是中国人。

看到我的目光，她也以颇为亲切的眼神注视着我。我用法语向她打招呼，扯了一些有关天气的话题，日本人不会这么说，但我单纯地认为这种西方式的开场白，有拉近与陌生人之间距离的作用。但显然我错了，那个蹩脚的问候，让她有些郁闷地转过头去。眼看她就要走了，我有些惊慌失措，下意识地用日语朝她的背影大喊："你是日本人吗？"她回过头来，脸上出现了信赖的表情。那一刻我就预感到自己会坠入爱河。

每到冬季，美第奇喷泉附近就会出现卖烤栗子的小贩。烤栗子的香气四溢，加上小贩卖力地吆喝着"热乎乎的烤栗子"，总会吸引很多人来购买。我和安荣常在一起吃烤栗子，同是天涯沦落人，每逢相见倍感亲。

安荣虽然和我同龄，但我是一月出生的，她是十一月底出生的。所以我们俩有一岁左右的差距。她是个为了追求艺术理想，前来法国求学的千金小姐。

后来，当我二十二岁，她二十一岁的时候，我们一起结伴返回日本。不久，巴黎就卷入了欧洲战争（第一次世界大战）。

回到东京后，我打算和她结婚，不过东京和巴黎的情况不同。在异国，或许是两颗孤独的心相互吸引。而在日本国内，她的身边不乏追求者。再加上她是个性格外向、活泼好动的女孩子，所以最后我们还是分手了。后来听说她结婚了，我们有很长一段时间没有见面。

二十六岁的时候，我和阿妙结了婚，那时良雄在府立高中（现在的都立大学）车站前的一家和服店上班。我会和阿妙结婚原本只是一个玩笑，但因为那年母亲的去世给我带来了沉痛的打击，我无法忍受寂寞，没考虑那么多就草率地决定了这门婚事。何况我当时继承了家业，有一笔不小的资产，心想阿妙一定不会在意我是什么样的人吧。

　　造化弄人，在我结婚的几个月后，却在银座邂逅了久违的安荣，她还带着一个孩子。我说："你果然结婚了啊。"她回答："不，我已经离婚了。现在在银座经营一家画廊兼咖啡馆。店的名字是你我都熟悉的一个地方，你猜是哪里。"我说："不会是美第奇吧。"她笑着回答道："嗯，你猜对了。"

　　我把自己所有的作品都委托她出售，但卖得并不好。她多次建议我开个人画展，但我对二科会或光风会之类的奖项没有太大兴趣，也一直不打算做一些推销自己的举动，所以默默无闻是很自然的事。况且我很讨厌自我宣传。她曾来过我的画室，我为她画了一幅肖像，将来如果能够在美第奇开办个展，我打算把这幅画也列入参展作品。

　　安荣生于明治十九年十一月二十七日，是射手座。她的儿子平太郎生于明治四十二年，是金牛座。她曾私下暗示过，平太郎或许是我的儿子，而我只把这当作她开的一个玩笑。不过仔细一想，时间上倒也符合。而且她特意给儿子取了个带着一个"平"字的名字,似乎想说明什么。如果她说的都是真的,那我只能感叹宿命的力量了。

在艺术上我算是个老派的人。对于现在流行的毕加索或米罗等人的抽象艺术,我一点兴趣也没有。对我来说,只有梵·高和莫罗的作品才是我心中的经典。

我很清楚自己是个保守派,只欣赏在色彩和线条中透出力量的作品,没有力量的作品就没有灵魂,只不过是一堆沾满颜料的木板和画布罢了。倘若我能从那些抽象作品中感觉到力量,我同样欣赏它们!所以,毕加索的一部分作品,或者是以身体为画布的隅江富岳的作品,都还在我爱好的范围内。

我很难认同那些抽象派画家的创作理念,我想画家挥笔创作应该和顽童把泥巴颜料扔在画布上是完全两个概念,当然产生的结果也完全不同,前者是有思想的,而后者仅仅是一种本能的发泄。与其让我欣赏那些没有灵魂的抽象作品,我宁可去看车祸后马路上所遗留下来的痕迹。那飘散着橡胶气味的轮胎印,或者四处蔓延滴洒的血痕,都和灰色的马路形成多么强烈鲜明的对比啊!这些都具备了完美作品所应有的条件,也可以说是除了梵·高和莫罗之外,还能使我感动的作品。

我将自己说成个保守派是有理由的。我的兴趣的确和别人有很大的不同。比如雕刻,我喜欢人物雕塑更甚于喜欢主题雕塑，在我看来做工精细的金属雕塑只不过是一堆废铁。总之我对于先锋派的艺术就是难以接受啊！

年轻时，我曾在府立高中车站前附近的一家洋装店的橱窗里发现一位魅力十足的女性，我被她的魅力所吸引，几乎每天都要到洋装店门口看看她。如果有事要经过那里，必定会驻足在门口观赏一两分钟，甚至有过一天去看五六次的纪录。我持续欣赏她一年有余，无论是她穿春装、夏装，还是冬装的模样我都不曾错过。虽然她只是一具摆放在橱窗里的时装模特儿，我却深深为她着迷。

如果是现在，我也许会毫不犹豫地让店主把她让给我。可是我当时只是个十几岁的孩子，腼腆而羞涩，我说不出转让给我的理由，再说当时我也根本买不起。

我讨厌烟雾缭绕的地方，也无法忍受酒鬼的破铜锣嗓子，所以我从不涉足酒吧之类的地方。不过那时我却破格常去一家叫作"柿木"的酒吧，酒吧的一位常客，是一个假人工房的经营者。

有一次我喝醉了，要求参观他的工房。结果那里并没有我中意的登纪江，甚至找不到和她容貌有百分之一相似的女人。或许在一般人看来，假人就是假人，只不过是没有生命的人偶，工作室里所有的假人都和登纪江一模一样，但我一眼就能够看出她们之间的差异，两者的价值就如同珍珠项链和铁丝圈一样悬殊。

登纪江，就是我为洋装店里的那位模特儿取的名字。

当时有个叫登纪江的女明星，容貌上和那个模特儿有几分神似。我被没有生命的登纪江迷住了，无论清醒还是在睡梦中，她的形象总是占据着我的脑袋。我甚至还为她写了很多情诗，也暗地里开始按照记忆中的影像为她作画。现在回想起来，或许那就是我艺术生涯开始的源点。

那家洋装店的隔壁是一家生丝批发商，有送货的马车在那里卸货。我可以伪装成在看马车，其实远远地注视着登纪江，看着她那柔和的脸颊、褐色的发丝——虽然那头发的材质看起来有些僵硬——纤细的手指，还有裙摆下裸露的小腿。即使三十多年过去了，这些景象仍然历历在目。

我曾见过她身上没有需要展示的衣服时全裸的姿态。当时我内心受到的冲击，远比少年偷尝禁果时的感受来得震撼。日后当我第一次体验鱼水之欢的时候，竟下意识地和那时的感受比较，但显然前者的印象更为强烈。我记得当时我全身颤抖，几欲倒地。自从看过登纪江的裸体之后，很长一段时间内，我对女性的身体产生了莫大的兴趣。我尤其迷惑的是为何女性的下体会长毛，更难以理解女性下体所包含的生殖机能的意义和价值。

与登纪江的邂逅，对我欣赏女性的眼光产生了很大影响。比如我偏好发质干燥的女性，特别能够感受哑女的魅力；又如恬静的女性，只要她们坐在那里一动不动，就会让我开始对她们的肉体产生意淫。

之前我已经阐述过我的艺术观，但我欣赏女性的角度，却和我这种艺术观背道而驰，连我自己都觉得奇怪。不过既然梵·高和莫罗的作品风格是那样的迥异，我这种心理也没有什么奇怪的了。或者说，如果我没遇到登纪江，或许我欣赏女性的角度和艺术观就会一致了。

我的前妻阿妙，就是一个如花草般恬静，像人偶一样的女子。但内心中的另一个我却以艺术家的激情，追求着另外一个女人，即我现在的妻子胜子。

登纪江，她是我的初恋。我永远忘不了那一天，三月二十一日，登纪江从橱窗里消失了。那是春季，一个樱花盛开的早晨。

我感觉自己身上的某个部分被取走了，产生撕心裂肺的疼痛。我哭了吗？我忘记了，只记得当时眼前所有的景象都变得模糊。这件事让我意识到，手边所有的一切，在某一天终将会失去，所以我才会跑到欧洲去躲避这幻灭带来的痛苦。之所以选择欧洲，是因为登纪江的气质很接近法国电影中的那些女性角色，我妄想或许在法国能够遇到像登纪江一样的女子。

出于对登纪江的怀念，当我拥有第一个女儿的时候，便毫不犹豫地给她取名为登纪子。她的生日和登纪江从橱窗里消失的日子一样，都是三月二十一日，我对这种命运的安排感到不可思议。

登纪子是白羊座，我也就随之判断橱窗里的登纪江也是白羊座。或许橱窗里的登纪江知道自己无法和我在一起，于是转世成了我的女儿。我固执地认为登纪子长大后一定会越来越像登纪江。

但是这个女儿却体弱多病。

写到这里，我突然发觉一件自己从未想到过的事。我最疼爱登纪子，但她的身体柔弱，我制作阿索德的初衷难道是下意识地希望登纪子能拥有一个健康完美的身体？

我的确对登纪子抱有单方面的爱恋。她是白羊座，或许是因为她生于水与火交替的日子（白羊座的守护星是火星，前一个星座双鱼座的守护星是水星，三月二十一日正好处于这两个星座交接的日子）。她的脾气有些暴躁，当她不开心的时候，我便担心她的心脏。我无法克制自己对她的爱怜。诚然，这种感情已经超越了父亲对女儿的疼爱。

除了长女和荣以及两个侄女冷子和野风子之外，我曾分别为其余的几个女儿画过半裸的素描。登纪子的身材不太丰满，右腹部有块胎记。我有种痛惜的感觉，如果登纪子的身体能和她的容貌一样完美该有多好。

不，绝不是说登纪子的身体是最单薄的。我所没见过的冷子与野风子的身体，可能比她还要瘦弱。我对登纪子的感情，完全是一个男人对女人的爱怜。

仔细考虑的话，我的女儿除了登纪子外，只有夕纪子。所以这样的感情也不会不自然吧？

我对于铜像之类完全不感兴趣,但有个例外。多年前我再度到欧洲旅行,我认为卢浮宫并没有世人称赞的那么伟大。雷诺阿或者毕加索的作品不能够打动我,更不用说罗丹的雕塑了。但当我在荷兰的阿姆斯特丹参观一名叫安德烈·米诺的无名雕塑家的个人展览时,却受到了极大的震撼。我折服于他作品中所表现出来的气势,这种打击使我在将近一年内无法继续创作。

那是一个展现死亡艺术的展览,在一个已经废弃,几乎可以看作是废墟的古老水族馆内举行。

悬挂在电线杆上的男人尸体,遗弃在路边的母女的尸体,似乎散发着腐烂气味、令人作呕的尸臭。一年后,我才走出这次展览所带来的"阴影",我拼命对自己说那只不过是一场展览,我所见到的雕像是假的,不是真的尸体。

因恐惧而扭曲的五官、死亡所带来的惊恐和痛苦、求生意识所激起的刚毅,以及暴露着青筋的肌肉,等等,人在死亡那一刻所能表现出来的表情、感受,都被栩栩如"死"地刻画了出来。

作品过于逼真,甚至让我忘了那只是一座座金属的塑像。一般的铜像表面会十分光滑,但这些作品所表现的质感,却给人完全不同的感觉。

有一件表现溺杀主题的作品。一个男人站在水中,把另一个戴着手铐的男人的头用力按到水里,那戴手铐的男人嘴里吐着细链般的泡沫。为了能让参观者看得更清楚，这个作品放在一个有灯光装饰的水箱里。昏暗的会场中，那唯一的灯光让人感觉仿佛置身梦境。

这简直是杀人现场的再现，在我的记忆中，从未有过如此的体验。

参观那个展览后产生的虚脱感觉持续了一年左右。我意识到自己绝对无法超越他的作品后，就下定决心要制作阿索德。只有制作阿索德所带来的成就感，才能重新唤醒我对艺术的知觉。

在展览上，我还留意到一个细节，走在我前面的妇人手上抱着一只约克夏。在整个展览的过程中，那只小狗显得十分焦躁，几次要挣脱妇人的怀抱，我想或许它听到了徘徊在展馆中亡灵的哀号。据说当声音的频率超过两万赫兹时，人的耳朵是听不见的，但狗却可以听到三万赫兹以上的各种声音。所以我确信，它的确听见了。

制作和存放阿索德的场所，必须通过精确的计算来选定。

如果只是制作，可以使用我的画室。但如果六名少女一齐失踪了，最先受到怀疑的是我本人，自然这间画室也少不了被搜查一番。面对警察的盘问，胜子也会怀疑到我的头上。所以我决定另外寻找一处安静的场所，用来制作和安放阿索德。最后，我决定找乡下的房子，因为乡下的租金相对便宜。另外我也担心在制作完成之前，或者在我死之前，这部手记就被发现。所以我不写明具体的地址，只能说在新潟县。

这本小说是因阿索德而生的，所以它应该和阿索德一起被放在日本帝国的中心地带。这本小说绝不能被单独看到的。

另外，属于六名少女的，制作完成后所残留的躯体，则应该掩埋在日本帝国代表各个星座的土地中。

我根据土地中所含金属的成分，来决定土地的星座属性，即蕴含铁矿（♂）的土地为白羊座，或者天蝎座；产金矿（☉）的为狮子座；同样，产银矿（☽）的地方为巨蟹座；产锡矿（♃）的地方为射手座，或者双鱼座。

按照土地的属性，登纪子的躯体应该被埋在属于白羊座的产♂之地；夕纪子则应埋在属于巨蟹座的产☽之地；冷子的躯体埋在处女座产☿（水银）之地；亚纪子的躯体埋在天蝎座产♂之地；野风子则放在射手座产♃之地；友子埋在水瓶座产♄（铅）之地。只有经过这样的安排，阿索德才能成为不朽的作品，才能将她的魔力发挥到极致。埋放她们的每一个步骤都不可以疏忽，只有一一完成，才能最终成为"玛格努斯·奥普斯"。

或许有人会质疑我创作阿索德的目的。创作阿索德的过程并不像创作西洋画那样，充满了激情和冲动。我对美的追求是无止境的，但创作阿索德并不只是为了满足我的一己私欲，阿索德不同于一般的作品，更重要的是，她是能够拯救大日本帝国的救世主。现在的日本帝国已经误入歧途，不自然的裂痕在历史年表上随处可见。现如今我们的国家正在创造一条更大的裂痕，两千年来的积怨，现在该是付出代价的时候了！如果一错再错，日本这个国家将彻底从地球上消失，亡国的危机迫在眉睫，为了拯救这个国家，我才决定制作阿索德。

阿索德在我的心目中是美的化身，她是天神和恶魔的合体，她更是一切咒语的象征，也是所有魔法的结晶。其实在远古的日本就有类似阿索德的存在。对！那就是卑弥呼。

从西洋的占星术来看，大日本帝国应该属于天秤座。所以日本人性格开朗，喜欢参加庆典和社交活动，这也是这个民族的特性。但后来由于受到朝鲜系民族的支配，以及中国儒教文化的影响，又产生了极端压抑的性格特色，成了一个略带阴郁气质的民族。

举个典型的例子，日本的佛教由中国传入，但两国的教义有很大差别。我甚至认为日本不应该向中国学习汉字，因为汉字实在是太难写了。大日本帝国应该恢复到邪马台帝国时期的女王制，这样整个国家才会有救。

日本是个崇尚神的国家，素有八百万众神明的说法。物部氏的主张是正确的。但苏我氏族却积极主张崇佛，力图通过崇拜佛教来代替重视祭祀、利用占卜预知神意的传统信仰。这种中途改信异教的行为，终究会在历史的洪流中产生报应的。

日本是信仰女神的国度。从这点上来看，日本和英国在民族性上或许有着共通之处。比如日本的武士道，倘若有能够与其相提并论的道，那大概只有英国的骑士精神了吧。

对于早已失去卑弥呼的大日本帝国来说，我所创造的阿索德将是这个国家的救星。我必须准确地将她放置于日本国土的中心。至于那个中心确切的地点，根据日本的时区来测算，以通过明石的东经一百三十五度为基准，似乎可以将日本国土南北两面一分为二。不过这样计算也未必正确，倘若这样测量的话，大日本帝国的中心线，应该是在东经一百三十八度四十八分上。

日本列岛就像一张美丽的弓，但是这张弓的具体形状却很难判断。一般的看法是，日本的最东边是堪察加半岛前的千岛群岛，最南端是位于小笠原诸岛南方的硫磺岛。不过我却认为最南端是位于冲绳群岛的波照间岛，因为按照纬度来测算的话，波照间岛更靠南。硫磺岛之所以被重视，是因为它可以算是日本国土上的"箭头"。

日本的国土形状又如同被维纳斯守护的天秤座。无论从哪个角度来看，世界地图上再也找不到像日本这样拥有优美弧度的群岛了。另外，它的形状让人联想到女性性感的曲线。

配合日本列岛这张弓的箭矢，是延伸至太平洋的富士火山带，而那闪着光芒的宝石箭头就是硫磺岛。这座岛屿对于整个大日本帝国来说，有着极其重要的意义。

这支搭在弓弦上的箭也曾射向远方。向南沿着地球仪缓缓而行，通过澳大利亚南方，斜掠过南极之侧，穿过合恩角；向东则可连接巴西，在巴西有很多日本移民；如果再前进，则能到达大英帝国，再穿越亚欧大陆，返回日本。

日本列岛东北端的正确位置应该被铭记。千岛群岛的大部分，应该包含在日本列岛的范围内。很多人认为幌筵岛和温祢古丹岛也是日本的领土，可是这两座岛屿却在堪察加半岛附近，它们面积宽广，理应属于大陆。所以应该把春牟古丹岛以南的诸小岛划入日本领土，这样的话，罗处和岛与计吐夷岛之间的纠纷就能得到公正处理。不过千岛群岛的命名由来已久，所以理应被看作是日本列岛的一部分，不然南方冲绳群岛之间就难以获得平衡。这两端的小岛可以看作用以装饰日本这张弓的流苏。经过这样的摆饰，日本列岛这张弓显得更加和谐美丽。

春牟古丹岛的最东端是东经一百五十四度三十六分，最北端是北纬四十九度十一分。

然后是西南方，西方是与那国岛。这座岛最西面的经度是东经一百二十三度零分。

上文提到过，因为处于"箭头"的位置，所以硫磺岛被看作是日本的最南端，但是真正的最南端却是位于与那国岛东南的波照间岛。这座岛屿南端的纬度为北纬二十四度三分，相比硫磺岛的南端北纬二十四度四十三分而言更加靠南。

接下来是东西方，如果以东面的春牟古丹岛和西面的与那国岛为中心线来进行平均计算，所得到的结果是东经一百三十八度四十八分，这条线才是大日本帝国的真正的中心线。它连接伊豆半岛的前端、新潟平原的中央以及最北端凸出的部分。

富士山脉也靠近这条中心线（东经一百三十八度四十四分），所以这条线对于大日本帝国来说具有十分重要的意义。甚至从日本的历史上来看，也的确是这样。过去如此，将来也如此。因为我有过人的感应能力，所以我很清楚。

一百三十八度四十八分的这条中心线十分重要。

这条线的最北端有座弥彦山，山上有座神社被称为弥彦神社，这座神社自古以来就是众人的敬奉之地。这是因为它在咒术的意义上，有着举足轻重的地位。神社中有一块神石，而神石所在的位置相当于日本的肚脐。不能小瞧了这个地方，或许这里就是大日本帝国的"龙脉"。我死前唯一的愿望，就是去弥彦山参拜。如果这个夙愿不能实现的话，希望我的子孙能够替我完成。我时常感觉到这条线，尤其是位于北方的弥彦山在召唤我前往。

这条线自南排列着三个数字，分别是四、六、三。而它们相加之和正好是十三，这正是恶魔的数字。我的阿索德将放置在十三的中央。

※ 文中括号内的文字，是编辑后来加进去的。另外，平吉所使用的一些老式说法，也一一改为现在的通用说法，比如：白羊宫→白羊座。

I 四十年来的谜案

一

"这是什么玩意儿?"

御手洗合上书,向我扔过来,然后又转身回沙发躺着。

"看完了?"我问。

"嗯,是梅泽平吉的手记吧。"

"对里面写的内容,你怎么看?"

我很在意御手洗的看法,但他只是有气无力地"嗯"了一声,便再也没说什么。过了一会儿,他才说:"好像在看电话簿。"

"你觉得他对占星术的看法是否有误解的地方?"

听我这么一问,御手洗摆出一副对占星术很在行的样子。

"他对身体属性的看法太过于武断。他认为是太阳宫决定一切,在我看倒不如说是上升宫,单凭太阳宫来判断身体的属性,这种理解过于偏颇了。不过其余的部分大致上是正确的,在基本常识方面没有问题。"

"那炼金术方面呢。"

"炼金术嘛,我认为他有概念上的错误。就像以前的日本人把棒球看作美国人的精神修养一样,以为如果被三振出局就得剖腹自杀，这种看法很荒谬。不过他认为点石成金是不可能的，这倒比那些利欲熏心的家伙聪明得多。"

我叫石冈和己，对于那些充满神秘感或者被称为难解之谜的事物有着莫大的兴趣，简直到了难以自拔的程度。只要一周不看此类书籍，就会像犯了瘾似的，浑身难受。这时候就只有跑到书店，寻找书名上冠以"谜"之类的书籍来解解毒了。

或许因为在这方面阅历广泛，所以我才会对邪马台国存在论、三亿日元事件等如数家珍。像我这样的人，通俗上可以称为"推理发烧友"。

不过，在日本国内发生的诸多未解之谜中，最有魅力的莫过于发生在昭和十一年，也就是与二二六事件同年发生的占星术杀人事件。

在我和御手洗经手的无数案件中，占星术杀人事件是最难以捉摸，也是最不同寻常的一起。尽管我们几乎绞尽脑汁，但是仍然无法洞察其玄机所在。这起杀人事件的古怪、不合逻辑，以及其规模之华丽可以算得上是前无古人，后无来者。

我这样说一点也不夸张，因为该事件发生后，几乎受到了整个日本的瞩目。将这起事件作为兴趣来研究的人们，相互之间探讨、争论了近四十年，直到一九七九年的今日，仍然没有得出一个合理的结论。

我自诩智商不低于这些人，所以也想加入挑战的行列,但却在挑战的过程中遇到了从未有过的难题,这对我的信心造成了很大的打击,这个难题的难度也是我始料未及的。

早在我出生的时候,就有出版社把梅泽平吉的小说式手记和当时整件事的来龙去脉编辑成册,取名为《梅泽家占星术杀人》出版。此书不仅大卖,而且引起了上百个业余侦探的兴趣,在之后很长的一段时间里,他们互相辩论,形成了当时圈内的一股热潮。

但这个案件却丝毫没有因为这股热潮明朗化,反而愈加扑朔迷离。所有的人仿佛进入了一座没有出口的迷宫,永远徘徊在其中。或许在当时那个特殊的时代,太平洋战争一触即发,人们的心灵感到危机和惶恐,因此这样一起诡异的案件,才能够引起民众浓厚的兴趣吧。

具体的前因后果稍后再说。首先要说的是最让人感到毛骨悚然也是最无法理解的部分,小说中所提及的六具梅泽家少女的尸体,其后分别在日本各地被发现,并且从这些尸体上,也找到了和她们的星座相互对应的金属元素。

但最让人啧啧称奇的是这些少女的死亡时间,在这个时间之前,梅泽平吉早已死亡。而其他有可能涉案的嫌疑人,则全都有不在场证明。

而且,那些不在场证明无论从哪个角度来看,都可以称得上完美。所以我们只能由此判断,除了被害的少女之外,所有手记中曾出现的人物,都不可能犯下如此残忍的罪行。也就是说，除了梅泽平吉本人，无论是理论还是动机上，都不存在另外的凶手了。

最后众人讨论得出的结果，就是手记中没有提到的人才是真正的凶手，这种说法在当时最为盛行，但几乎每个参与讨论的人都有自己心目中的"凶手"，激烈的争论景象不啻世界末日的来临。总之，凡是能够想得到的答案都被人提出过，我个人所想到的答案也难以超出这个范围。

对于这起案件的关注，一直持续到昭和三十年。近几年仍有人试图折磨自己的大脑，乐此不疲地寻找新的线索。市面上还陆续出版过一些解密书，但观其内容，真让人怀疑这些书的作者是否真的用过脑子。这种书热销的原因不外乎抓住了读者的猎奇心理。众人一窝蜂拥上的景象，不禁让人联想起了美国的淘金热。

最有分量的言论，还是警政署长或者是总理大臣的看法。不过政客说出来的话，总是那么空洞保守。还有些比较荒诞的说法，比如纳粹的活体试验，或者是日本国内有新几内亚食人族。

在这种荒诞不经的说法的影响下，有的人甚至声称自己曾经见过食人族，还说就在浅草看见过野人跳着怪异的舞蹈；还有人说自己差点就成了食人族的大餐。当时，日本各地都流行过类似的都市传说，于是某家杂志社顺应这种潮流，举办了一场名为"人肉的吃法"的活动，邀请那些食人族存在论者以及美食家来发表各自的意见。

不过这股热潮被随之而来的ＵＦＯ热潮取代了，这或许也算是优胜劣汰。一九七九年正是科幻小说盛行的年代，不用说各位也能猜到，这股热潮正是由某部好莱坞经典科幻电影的上映而诞生的。而此时占星事件的再度兴起，或许也是为了配合好莱坞推出的惊悚电影的步调吧。

不过，上述的第三者杀人论，很明显有一个致命的漏洞。那就是那个第三者如何能看到平吉的手记，以及那个第三者是基于什么理由，非要按照手记上所写的内容来进行杀人。

关于这点，我也想过或许是有人利用梅泽平吉早已写好的手记来杀人。比如说，某个男人爱上了六名少女中的一个，但是遭到了对方的拒绝，于是因爱生恨，便将这名少女杀害了。但是为了制造假象，就按照手记上面的方法，将另外五名少女一并杀害。

不过这种假设从现有的资料来看是难以成立的。首先根据警察的调查发现，六名少女的母亲昌子（手记中提到的平吉现任妻子胜子）对她们的管教十分严格，根本不可能发生男女感情的纠葛。当然，事件如果发生在现代或许还是有可能的，但在昭和十一年，事实上并没有我们想象的那么浪漫。而且就算真有这样一个男人，他也没有必要如此费力地杀害另外五名少女，还将她们抛尸在全日本境内，他应该选择更简单有效的方法来一解心头之恨。

另外还有一个疑点，这个男人是怎么看到平吉的手记的呢？

　　基于这些理由，我只能放弃自己的假设。而在二战后又出现了一种大胆的推论：这起案件是军方或者特务机关所为。因为战前日本军方的确执行过一些一般民众不知晓的隐秘行动，只不过这些行动的规模都没有占星术杀人事件那么大。持这种观点的甚至包括当时负责调查的警方。

　　至于军方对梅泽一家进行屠杀的理由，或许是因为昌子的长女一枝（手记中的和荣）的丈夫是中国人，所以认为她们一家都参与过间谍活动。此案发生的第二年就爆发了中日战争，从这点来看，这样的推论倒也符合事实。

　　不过我认为，想要超越前人的定论，获得这起惨案的真相，目前首先要解决的，是要理清那些看似不可能成立的疑点，从中寻找有利用价值的线索。

　　尽管找到凶手并破案似乎是不可能的事，但突破某个疑点，我认为还是能够办得到的。这其中无论是军方行动的假设，还是第三者行凶论，都存在着一个共同的疑点，那就是凶手为何能够得到平吉的手记，以及为何要按照手记中记载的方法，来实施那种非常人所能为的残酷杀人行径。唉，至今我的思绪仍然在迷宫中徘徊……

　　一九七九年的春季，就连平日里活力充沛，总是喋喋不休的御手洗，也莫名其妙地抑郁了。即使碰到了这种高难度的挑战，他也提不起精神。所以我才特意为他做了一番解释，希望他能够感兴趣。

御手洗是个富有艺术天赋的人，或许这样的人都感性十足，比如买到了一支很合口味的牙膏，就会刷牙刷上一整天；而对自己十分喜欢的餐厅座位一下子失去了兴趣时，则会郁闷好久，整日唉声叹气。或许一般人会觉得他不是那么容易相处，不过在一起的时间长了，我也能预测到他的行动模式。只不过至今为止，或许连以后也算上，我都没有看到过他如此沮丧的样子。

无论去吃饭喝水还是上厕所，他都像一头走向象冢的大象，拖着缓慢沉重的步伐。就连接待来占卜的客人也是一副无精打采的样子，看惯了他平时滔滔不绝地演说，现在这副样子总让人感到不安。

一年前，我因为某个事件认识了他。后来，我就常到他的占星教室来玩。要是我在的时候有人来访，我就顺便当他的义务助手。有一天，一位姓饭田的女士突然来访，她自称是占星术事件有关当事人的女儿，并且拿出了一份从未向外界公布的证据。当时我震惊得说不出话，差点停止了呼吸。在那个时候，我很庆幸自己有御手洗这个朋友，同时也开始对这个"怪人"刮目相看。看来，这个没什么名气的占卜师，在一些人眼中还是有些威望的。

那个时候，我差不多已经忘记了占星术事件，但马上就回想起来，并且为眼前这个突然出现的线索感到高兴。不过反倒是被拜托的御手洗，身为占星术士，居然不知道这么有名的占星术杀人事件,这实在让我有些汗颜。于是,我只得从自己的书架上抽出那本《梅泽家占星术杀人》,掸掉上面的灰尘,为他讲述事件的来龙去脉。

"那么小说的作者,梅泽平吉也被杀了吗?"御手洗摆出一副痛苦的表情问道。

"是的,这本书的后面写了,说得很清楚,你看过就知道了。"我回答道。

"我不要,字体太小,看着费力。"

"难道要给你本漫画版的,你才肯看?!"

"写什么你都知道了吧,讲给我听,不就行了嘛。"

"行是行,不过我怕我说不清楚,我的口才可没你好。"

"我……"

御手洗想搭腔,但或许太累了,懒洋洋地只说了一个字。要是他一直这么乖,或许就是个很好相处的人了。

"好吧,我把事件的大致情况给你说一下吧,怎么样?"

"……"

"可以吗?"

"嗯,好的……"

"占星术杀人事件,其实是由三个独立事件所组成的。首先是平吉被杀,然后是一枝遇害,最后就是阿索德命案了。这本书是这样写的:手记的作者梅泽平吉,在完成手记的五天后,也就是昭和十一年二月二十六日早上十点左右,被发现死在了自家的仓库中,也就是手记中写的那间改建成画室的仓库。而这本写得像幻想小说一样的手记,则是在画室中书桌的抽屉里找到的。

"尸体被发现不久,距离平吉被害的目黑区大原町有一段距离的世田谷区上野毛,梅泽平吉独居中的长女和荣(一枝)也被杀害了。警方怀疑这是一起盗窃引起的凶杀案,或许和之前平吉的死没有关联,只是单纯的偶发事件。站在客观的立场上来看,我也这么认为。只是案发的时间正好处于平吉被害以及阿索德命案的中间,所以很自然地和另外两起命案联系到了一起。

"一枝命案后,占星术事件才可以算是正式开始。紧接着,平吉手记中的连续杀人案,竟也成了事实。不过,虽然被称作连续杀人案,但受害者的死亡时间似乎是一致的,这也就是所谓的阿索德命案,梅泽家成了一个被诅咒的家族。不过,御手洗君,你知道平吉尸体被发现的昭和十一年二月二十六日是什么日子吗?"

御手洗显得有些不耐烦,只是"嗯"了一声作为回答。

"对!就是二二六事件发生的日子,没想到你也会知道这件事。哦,原来是书里有注解啊。

"让我想想该怎么向你介绍这起空前绝后的连续杀人事件。我看还是先从平吉手记里的人物开始说起吧!首先得说说有关他们姓名的问题,这本书里有一张列表(图一)。你看！平吉手记中人物的名字，大多用的是假名，这些都是同音异字[①]。图一中括号里的名字，是手记中使用的名字。这起案件涉及的人物关系实在是太复杂了，所以不看图，就有混淆的可能。

"不过其中也有发音和汉字完全不同的情况，也就是手记中的野风子并非信子[②]，而是信代。还有，富田安江的姓也变成了富口，这样改或许是找不到合适的汉字来代替富田吧，不过她的儿子平太郎和小说中的名字倒是一样，大概是因为这个'平'字有特殊意义的关系，而且'太郎'这两个字也找不到合适的汉字来替代，我想这样来推测应该没错。图上连他们的年龄也有标明，不过都是以事发的昭和十一年二月二十六日为准的。"

"这上面连血型也写了吗？"

"血型的用处，你到后面就会知道啦，这和案件有很重要的关系。另外小说中人物的经历似乎是有事实依据的，这一点应该没有什么大问题。而小说中没有提到需要补充的，就是有关平吉弟弟吉男的事。他是个作家，平时给旅游杂志写写杂文，也在报纸上连载小说，他们两人可以说是一对艺术家兄弟。平吉被谋杀的时候，吉男正好去东北一带取材。因为经常四处取材，平日里的确很难找到他，但在命案发生的时候，他却有确凿的不在场证明，这

[①]这里指的是日语中发音相同，但是所对应的汉字不同的情况。
[②]野风子和信子的发音都是Nobuko。

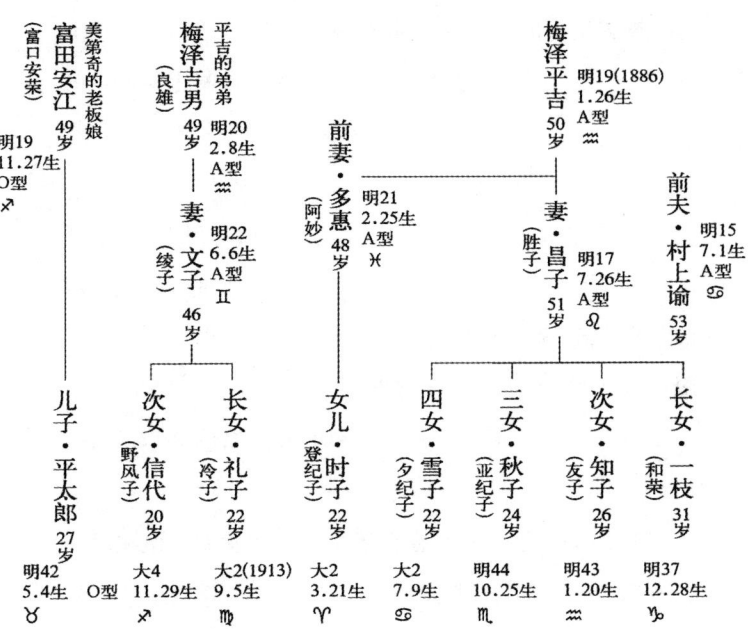

图一

也得到了证人的证实。关于这点,以后再细说。我会把每个人犯罪的可能性,进行一个系统概括的说明。对了,不能少了对昌子的补充。她本来姓平田,娘家好像是会津若松的望族。她的前夫是一家贸易公司的经理,名叫村上谕。而一枝、知子、秋子三人,其实是她和村上谕所生的女儿。"

"富田平太郎呢?"

"事发当时,平太郎二十六岁,未婚,好像在母亲开的店里工作,也就是美第奇的经营者。如果他真是平吉的儿子,那么就应该是在平吉二十三岁时生的。"

"这点可以从血型来判断吗?"

"这很难说,因为富田安江和平太郎都是O型,而平吉是A型。"

"富田安江虽然是平吉在巴黎交往的女人,但在昭和十一年,他们仍有来往吧?"

"似乎是这么回事,如果说平吉在外面还有女人,那很可能就是安江。平吉似乎很信任安江,或许是因为两人对绘画都很有兴趣吧!他对于自己的妻子昌子,以及和自己没有血缘关系的女儿们则心存戒备。"

"是吗,那真不明白他为什么要和昌子结婚,对了,昌子和安江的关系怎么样?"

"不怎么好,是在路上碰见了才会相互点个头的程度。虽然安江常常到平吉的画室去,不过总是不和昌子打招呼就走了。

"我想,平吉之所以喜欢那间画室,始终独居,应该和安江也有些关系吧。因为画室外就是后门,安江去找他的时候不会碰到其他人。或许,平吉仍然爱着安江,当初并不是他抛弃了安江。他很快地就和多惠(阿妙)结婚,想必也是因为失恋所带来的空虚。而他和昌子结婚,也许是因为昌子在某些地方和巴黎时的安江长得很像,可以说他只是爱上了一个安江的替身。"

"那么,这两个女人是否会和平共处呢?"

"这是绝对不可能的!"

"平吉没有再见过前妻多惠吗?"

"好像没有,女儿时子倒常常去保谷探望母亲。因为她担心母亲一个人经营小店会太劳累。"

"真是个薄情汉。"

"他从来不和时子一起去看多惠,多惠也从来不去平吉的画室。"

"多惠和昌子的关系也很紧张吧。"

"那是当然的啦,对多惠来说,昌子是抢走自己丈夫的女人啊!哪个女人不恨自己的情敌呢?"

"看来你还挺了解女人的嘛。"

"……"

"时子既然这么担心母亲,干吗不搬过去一起住呢?"

"那种事情我怎么知道?我不了解女人怎么想的!"

"平吉的弟弟吉男,还有他妻子文子,他们和昌子的关系好吗?"

"好像还不错吧。"

"他们好像不想和昌子住在一起,但觉得让两个女儿住在梅泽家是理所当然的权利。"

"大概他们心里想着什么却没说出来吧。"

"安江的儿子平太郎和平吉,他们俩关系怎么样?"

"那我就不清楚了,因为书上没有写。书上只说平吉和安江的来往密切,他经常光顾安江在银座开的那家美第奇。我想两人关系一定很好。

"人物介绍先说到这里。总之,梅泽平吉这个男人和很多艺术家一样,做事不受世俗的约束,所以才会造成如此复杂的人际关系。"

"是啊是啊,所以你也要当心喽。"

"胡说什么啊!我可是很重视道德观念的人,根本不了解那种人脑子里在想什么。"

人往往不了解自己。

"前言就到此为止!石冈君,快开始说明平吉被杀的详细情况吧!"

"哼哼!我对这个问题可是有深入的了解哦!"

"哦!是吗?"御手洗又露出嘲讽般的笑容。

"即使不看书,我也可以说得很明白。不相信的话,书给你。啊!有图的那页别动!"

"难道你就是凶手?"

"什么?"

"如果你就是凶手那多好,我躺在沙发上就可以把事件解决了。只要打个电话,然后等警察来。不过我连电话也懒得打,要不干脆你自己打吧。"

"你又在胡言乱语了!那是四十多年前的事,我看起来像个大叔吗?……不过你刚才说要'解决',我可是亲耳听到的哦!"

"算你说对了,我的确是有这个想法,不然我也不会坐在这里,听你上无聊的课。"

你明明是躺在这里……我心里想着,却没说出口。

"嘿嘿嘿!"我不自觉地嗤笑着,接着说道,"老兄,这可不是普通的案子。只要一步走错,可会全盘皆输啊。就算你是福尔摩斯再世,也未必……"

御手洗打了一个大大的哈欠,我只好接下去说。

"二月二十五日的白天,时子离开梅泽家到保谷去探望她的母亲多惠,直到二十六日的上午九点多,才回到目黑。而二十五日到发生二二六事件的二十六日那天为止,东京下了一场三十年不遇的大雪。这点很关键,你那自傲的脑瓜可要好好记住!

"时子一回到家,就开始为平吉做早饭。平吉平时只吃她做的东西。当她把早饭端到画室的时候,已经快十点了。她敲了半天门,但里面却没反应,于是她走到窗户边向里张望，结果发现平吉倒在地板上，周围还有一摊血迹。当时她吓得魂不附体，一路尖叫着往回跑。最后叫来了姐妹们，合力撞开了门。时子走近平吉，才发现平吉脑后有一个圆形的伤痕，好像是被平底锅重击致死的，头盖骨碎裂，脑部受到重创，口鼻出血。

"抽屉里的财物和一些贵重的物品都在现场，所以排除了盗窃杀人的可能。并且从抽屉中发现了那本诡异的小说手记。

"挂在北边墙上，被平吉称为毕生重要绘画的十一幅作品，并未遗失或者遭到破坏。而平吉的第十二幅作品，也就是遗作，仍放在画架上。那幅画还只是打底稿的阶段，尚未着色，也未遭到破坏。至于暖炉，在少女们进入现场的时候还有点火星，不是很旺，但没有完全熄灭。在这个时候，就要感谢平日里读的那些侦探小说了。由于大家发觉这是犯罪现场，所以很小心地保护窗户下的脚印，也尽量避免触碰任何东西，所以当警察赶到时，现场被保护得十分完好。

"前面已经说过，前一天晚上，东京下了一场三十年不遇的大雪。所以从画室到后门，都留着清晰的脚印。请看那张图（图二），看到脚印了吧！这可是极其珍贵的线索。由于遍布全城的积雪，才能留下这个让人意外的证据。脚印正好是案发的当天晚上留下的，而且需要注意的是，这些脚印显然不是同一个人的。男鞋的脚印紧跟着女鞋的脚印，让人不禁猜测这两组脚印的主人是否是一起来的，但从脚印之间重叠的部分来看，显然这两组脚印是分别留下的。

"但也存在这两组脚印是同行的可能性，因为如果是一前一后地走，脚印就可能重叠。但如果是同行而来的，却又出现了让人想不通的地方。男鞋在走出画室后，先向南面的窗户走去，在窗户附近留下凌乱的脚印，然后转身走回去；而女鞋走出画室后，并没有停顿的形迹，而是沿最短的距离径直走向后门。所以如果这两个人是同时走出画室的，男鞋应该与女鞋有一定的距离才对。而实际状况却是男鞋的脚印踩在了女鞋的脚印上。所以说，男鞋是在女鞋之后离开画室的。走出后门就是柏油马路，十点多发现尸体的时候，已经有不少行人经过。所以从后门出来后的脚印已经难以分辨了。"

"嗯。"

"下雪的时间是一个关键点，有必要解释清楚。据说目黑区一带，在二十五日的下午两点左右就开始下雪了。东京三十年来从未下过如此之大的雪，所以也没有人料想到这场雪会下到厚厚的堆积起来的程度，毕竟那时候的天气预报没有如今那么准确。那场雪从下午两点一直下到了晚上十一点后才停止，大约前前后后有九个半小时。这么大的雪，会造成积雪也是理所当然的。

"到了第二天二十六日清晨的八点半左右，约莫又下

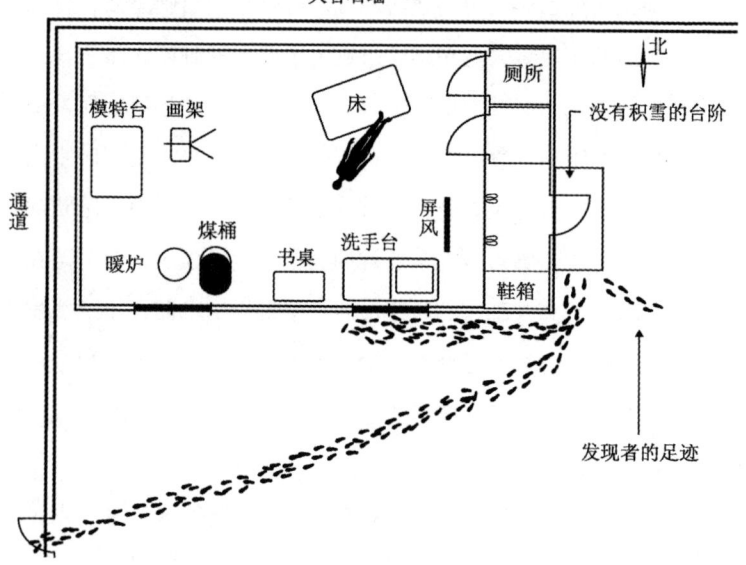

图二

了十五分钟，不过这次的雪却只是断断续续的一星半点，两场雪的大致时间就是这样。要记住，有两场雪！

"回过头来看那些脚印，由于被一层薄薄的雪所覆盖，可以推断两人至少是在十一点半雪停前的半个小时内进入画室，并在十一点半至翌晨八点半之间，以女鞋在前、男鞋在后的次序离开的。若他们在雪停之前三十分钟到来，那来时的脚印应该就不会留下来了。

"我们从这些脚印中可以分析出平吉被杀的一些端倪。比如男鞋和女鞋的主人和平吉三人的确在画室中见过面。次序应该是这样的：

"女鞋先来，见到平吉后离开。男鞋后来，杀了平吉后离开。这样的话，现场的脚印就不应该是我们发现的那样，我想这就是这起命案让人费解的地方。也就是说，如果男鞋是凶手，则女鞋一定见过他。反过来，若女鞋是凶手，也是同样的结果。不过，结合刚才的推论已经知道这是不可能的了。因为男鞋是后走的。难道在女鞋行凶的时候，男鞋也在场？并且等女鞋离开后，他又踱步到窗前，留下脚印后才离开，这似乎有些匪夷所思了。

"以上的疑问都是基于凶手是单独作案的说法，如果换作是两人协同作案，情况又会怎样呢？假设是两个人作案的，这就要考虑以下这个问题。这里有个十分有趣的疑点，在被害的平吉的胃里，检验出有安眠药的成分。也就是说平吉在被害前曾服用过安眠药。药的剂量不大，离致死的药量还差很远,可以看作是他为了治疗失眠而服用的。只是在平吉服药之后,他就被杀了,也就是说,他是当着两个人的面服下安眠药的。仔细想想!倘若他是在一个和自己很亲密的人面前服用安眠药,那情理上还说得通。但现场有两个人,难道这两个人和平吉的关系都不一般?不然在客人面前吃下安眠药,等药性发作睡着了,难道不是很失礼的事情吗?并且性格古怪的平吉,会有那样亲密的朋友吗?

"所以,还是凶手单独作案的可能性比较大。按照我的看法,整个案件的来龙去脉应该是这样的:十一点半,雪停,女鞋离开。然后只剩下平吉和男鞋。之后平吉服用安眠药。不过这个假设也存在着漏洞,倘若留下的是女性,平吉一定不会戒备,服下安眠药也很正常。因为女人在体力上似乎不能够对他造成威胁,而且平吉的确有几个关系比较亲密的女性朋友。但换作是男人就让人起疑了,平吉有关系如此密切的男性朋友吗?所以安眠药这个问题的确很棘手,倘若不解开的话,就像鱼刺卡在喉咙里一般难受。以上我说的都是四十年来反复被讨论过的内容,仔细分析下来似乎存在着这样那样的纰漏,但结合脚印的分析,目前只能得出这样的结论:凶手是男人,而女人则见过那个男人。你认为那个女人是谁?"

"不会是模特儿吧。"

"对!我也是这么想的。模特儿应该就是见过行凶男人的那个女人。但当年警方曾数次呼吁那位模特儿出来做证,并且担保绝对会保护证人的隐私,然而那个模特儿却始终没有露面。四十年后的今天,要找出她是谁,简直是大海捞针!真可惜,这样一个关键的证人就消失了!算了,我们说另外一件事,那就是一般的模特儿是否会持续工作到晚上十一点半?我想她一定是和平吉关系不一般的人。这样,就可以排除普通的家庭主妇和未婚少女了。

"以当时的天气推论,或许她是因为没有带伞,所以只能留下来等雪停了再走。但如果画室里没有伞,平吉难道不能去旁边的屋子里借吗?

"有的人就由此推论,根本没有这样一个模特儿的存在,因为警察无论怎样寻找,都没有发现这个人的踪迹。因此就更让人怀疑,所谓两个人的脚印根本就是凶手伪造的。这种假设也引起过一阵热烈的讨论。不过随着线索被各种假设所缠绕,大家有种永远也找不到边际的感觉。

"我们再回过头来看一下这些脚印,从脚印着力的方向,以及回转的痕迹来看,我们能够判断出这两组脚印都是前进的,并且'只走过一次'。所以即使女鞋在前,男鞋随后跟上,踏在女鞋的脚印上,也绝不可能只留下男鞋的脚印。因为仔细观察的话,就能发现在较大的脚印里还有一个较小的脚印轮廓,当然就是女鞋的脚印。不过由于八点过后的那场雪,所以不容易看出来。

"对了,有个假设或许有些可笑,那就是凶手用爬行来伪造两组脚印。双手套上女鞋，然后脚穿男鞋，慢慢爬行。不过即使如此也难以造成这样的脚印，因为首先要考虑爬行的姿势，比如怎样避免膝盖着地啦，那就不能使双腿弯曲，这样的姿势实在是太古怪了，简直像关节不能活动的木马。再说男鞋的脚步也比女鞋大得多，如果要精确到每次行走的幅度都大致相同简直是不可能。

"关于脚印的讨论就到此为止啦。其实这并非最主要的问题。在平吉小说里描写的这间画室，所有的窗户包括天窗都装有坚固的铁栏杆。平吉这个人有点神经质才会这么做的吧。那些铁栏杆都很结实，没有被卸下来过的痕迹，即使要卸也只能从内部进行，如果外面就能随便拆下来，那做这些保护措施简直没有任何意义。这间仓库就好像牢房一样，只有一个出口，看来凶手也只能通过门口进出。

"说起门口，这里的大门和平常的门有些不一样，是一扇西式的，向外开启的门，门上装了一个滑竿式的插销。或许是平吉在游历欧洲的时候看到当地的老百姓喜欢用这种样式的门吧，所以回国后自己也做了一个。这种门关上后，可以将插销插进墙上的铁环里，然后再把插销向下旋转，使插销上的锁眼挂住下面的铁扣，最后用挂锁锁住铁扣。"

御手洗缓缓张开双眼，从沙发上挺起了身子。

"你说的是真的吗？"

"没错，那仓库就是一间完美的密室。"

二

"密室,这让人有些难以置信。既然整间房子被密闭得如此严实,我看凶手只有在杀了平吉后,找个秘道逃走了。"

"警察也是百思不得其解,凡是能够搜查的地方几乎都找遍了,但没有发现什么秘道。他们甚至考虑过凶手是钻进厕所的排污道逃走的,不过即使凶手身形再矮小,也不可能钻过那个洞,所以最后关于凶手是个小孩的论点也被推翻了。

"如果只是插销之类的,那还有可能被动过手脚。但铁扣上有挂锁,而且还是被锁在屋内,那关于门锁方面就很难想象存在什么机关了。另外让人感到疑惑的是窗外雪地上凌乱的脚印,这让人猜不透那个男人究竟在干什么?

"对了,还得确认一下平吉的死亡时间。最后得到的结果是平吉于二十六日零点前后一小时内被害,也就是二十五日午夜十一点至二十六日凌晨一点。所以二十五日晚上十一点半雪停前的这段时间,应该特别注意。

"接下来介绍现场,这里有两个奇怪的地方,第一,床摆放得和墙壁不是平行的(见P62图二),而且平吉的一只脚还垂落在地上。

"不过,平吉喜欢按照自己的心情来移动床,这样看来床的位置也不算奇怪。不过关于这点总觉得会有什么有用的线索，所以我认为很重要。

"第二点，原本平吉留着山羊胡子，但尸体的脸上却没有胡子。

"根据他家人的说法，前两天看到他的时候，他的脸上还留有胡子。如果说有什么地方让人感到奇怪，就是在对尸体进行检查的时候，发觉他的胡子似乎不是自己剃掉的，而是被剪刀剪掉的。也就是说是被凶手剪掉的。在尸体身边也发现了少量胡须，但画室里既没有剪刀，也没有剃须刀。

"很奇怪吧？

"根据这点，有人怀疑死者的身份不是平吉，而是他的弟弟吉男。因为胡子看起来虽然是被剪掉的，但如果长时间不修理，也会变成这种胡子拉碴的样子。平吉和吉男长得很像，简直就是一对双胞胎，但吉男没有留胡子。或许是平吉说有事找吉男，让他到画室来一下，然后动手杀了他，又或许是相反的情况……

"总之，这种少年侦探团里才会出现的情节，并非不可能发生，因为平吉的家人也很久没有看到过平吉不留胡子的样子了，再加上他头部受到重击，整个脸部都变形了，容貌很难确认。想到平吉这个疯狂的艺术家为了阿索德可以不择手段，这种推论的可信度也大大提高了。

"关于现场的说明就到此为止，接下来说说平吉手记里的人物和他们在命案发生时的不在场证明。"

"等一下,老师!"

"干吗?"

"你课上得太快了,我连打瞌睡的时间都没有。"

"你这个坏学生!"

"我还在想有关密室的事,有关密室和脚印的推论,应该还有很多吧!"

"四十年来的所有推论你都要听吗?"

"嗯,我想多知道一些。"

"你这么说,我也不可能马上都想起来,我就先说些我想到的吧。改作画室的仓库原本有两层,后来打掉了一层,所以地面距离天窗约有两层楼的高度,就算把床竖起来,人也是够不到天窗的,更不用说从天窗进出了。即使能够到,上面也安装有铁栏杆和玻璃,而画室内既没有梯子也没有能够垫高的工具,那十二幅画也没有被移动的痕迹。

"至于那个暖炉的烟囱,则是白铁皮制成的,圣诞老人也爬不上去,何况下面还点着火。墙壁上倒是有连接烟囱的洞,不过小得连头也钻不进去。屋内的情况就是这样,总之,不存在任何能够让一个人通过的洞穴或者缝隙。"

"那窗户上有窗帘吗?"

"有的。对了,画室内好像有根很长的棍子,是用来拉窗帘的。棍子放在距离窗户较远的北墙,靠近床的位置。那根棍子做工好像挺精细的。"

"窗子上锁了吗?"

"有的有,有的没有。"

"外面雪地上有脚印的那扇窗子上锁了吗?"

"没有。"

"嗯,了解了。你再说说,室内还有些什么东西?"

"没什么重要的东西了,给你看的那张图上已经几乎全部标出来了。一张床、绘画用的油彩、绘具、笔记本、书桌里的文具、手表,还有一些钱,另外还有几本地图册,都不是可疑的物品。平吉似乎不在画室内放重要的东西,也没有报纸或者杂志,他大概不看这些,留声机、收音机什么的更不用说了。房间里的东西都和绘画有关。"

"后门也上锁了吗?"

"后门的锁也是要从里面锁的,不过好像很早就坏了,从外面很容易就可以撬开,锁了也是白锁。"

"真是太不小心了!"

"的确,平吉被害前身体状况很不好,食欲差,又常常失眠,需要服用安眠药,后门应该锁好才是的。"

"平吉身体弱,再加上服用了安眠药,死因是后脑被钝器重击,而且是被杀害于密室之中……实在令人称奇,一点都不符合常理。"

"而且胡子还被人剪掉了。"

"这点我看提不提无所谓。"

御手洗有些不耐烦地摆摆手说道。

"后脑被钝器重击致死,可以确定这是他杀。但凶手制造密室的理由又是什么,一般制造密室的目的不都是想让被害者看起来是自杀的吗?"

我有些按捺不住,因为这个问题的答案我早已知道了。

"这就涉及安眠药的问题了。刚才已经说过,平吉在男女两人的面前吃下安眠药,至少也是在男人的面前,这种情况的可能性更大一些。因此这个男人一定是平吉的熟人,而且他们的关系一定不一般。我想这样的人选,只有吉男或平太郎了。"

"除了手记里写到的那些,难道平吉没有其他比较熟的人了吗?"

"还有在美第奇认识的几个画家,以及在柿木酒馆里认识的两三个朋友。这其中就有开假人工房的绪方严三,也是手记里提到过的人物,还有绪方手下的雇员安川民雄。

"但他们和平吉都是泛泛之交,并没有太深厚的关系。他们之中只有一个人曾去过平吉的画室,而且也只去过一次而已,他和平吉的交情也很一般。所以说如果案发当晚,是他们中的某人偷偷溜进画室的话,一定不会对现场如此熟悉。再说平吉也不至于在这样的人面前,毫无戒心地吃下安眠药吧。"

"警方传讯过吉男和平太郎吗?"

"他们两人都没有嫌疑,不过他们的不在场证明都比较模糊。先说平太郎，二十五日的晚上，他在银座的美第奇和富田安江以及她的几个朋友一起玩牌，他们大约玩到十点二十分，几个朋友才回家。平太郎和他母亲也回到二楼各自的房间休息，那时应该已经十点半了。前面已经说过，目黑区的雪是在午夜十一点半停的，所以假设他们其中一个是凶手的话，必须在雪停前的半个小时抵达画室，这样能使用的时间只剩下三十分钟，即使大雪埋没来时的脚印只需要二十分钟，这样也只有四十分钟的时间。但在如此大的雪中，行车困难，只用四十分钟能赶得上吗？

"倘若这对母子是一起行凶的呢？这样说来，现场留下的男女两组脚印似乎就对得上了。他们等待客人一走，就立即出发，时间或许能够勉强赶上，但他们却没有杀人动机啊。如果凶手只是平太郎一人，或许还可以解释成了自己的母亲，对不负责任的父亲进行的复仇。但如果母子是共犯，那似乎就有些讲不通了。安江和平吉的感情很好，平吉把自己的作品委托她出售，可以说两人在事业上也是很好的合作伙伴。所以安江也不会傻到去杀害平吉。即使平吉死后作品可能会升值，战后他的作品的确都以高价售出，不过，安江也无利可图，毕竟她和平吉没有合同上的约定。话又说回来了，事后警察曾对这一路段做过试验，证明了在大雪中，用四十分钟是绝对不可能从美第奇抵达平吉的画室的，所以他们两人的嫌疑就更小了。"

"嗯。"

"再来说说吉男吧。案发当天的晚上,他正在东北一带旅行,直至二十七日的晚上才回到东京,他的不在场证明也不够清楚。不过他曾在津轻碰到过熟人,可以为他作证。这其中的细节很复杂。你要听的话我就说。

"总之在平吉被杀的那晚,像平吉一样不能确定行踪的人很多,比如吉男的妻子文子,她说自己的丈夫去旅行了,两个女儿又住在昌子家,家里只有自己一个人,所以更加拿不出不在场证明了。"

"她会不会就是那个模特儿呢?"

"她当年四十六岁,已经是半老徐娘了哦。"

"是吗……"

"还有就是那帮娘子军,她们的不在场证明可以说是全体不成立。首先是长女一枝,当时她已经离婚,独居在上野毛的平房里。那时候上野毛一带很偏僻,所以也没有人可以为她的不在场作证。还有就是昌子和那些少女,昌子、知子、秋子、雪子、礼子以及信代,她们像往常一样在主屋里聊天,十点过后才各自去休息。时子去保谷探望母亲,所以不在家。

"梅泽家的主屋,除了厨房和作为芭蕾舞教室的客厅外,一共有六个房间,因为平吉平时不住在这里,所以礼子和信代合住一间,其余的女儿都拥有自己的房间,这本书里也有房间的分布图。

"或许和案子没有多大关系，但我还是说明一下，从一楼的客厅开始，依次是昌子、知子、秋子的房间，二楼以同样的方向来说明，依次是礼子和信代，中间隔着楼梯，然后再是雪子和时子的房间。

"有人就猜想，是否是其中的一个女儿，趁大家熟睡的时候，悄悄地走出屋外，去谋杀平吉呢？尤其是住在一楼的人，只要爬出窗子就可以了。不过屋子外的雪地上却没有从窗口延伸出来的脚印，所以这种假设就被推翻了。

"当然，也有可能是从大门走出去，然后沿着围墙潜入后门，再入室行凶。但是从大门到后门之间的地上都铺着鹅卵石，二十六日最早起床的知子说她看到鹅卵石上有雪耙清扫过的痕迹，根据她的推断，路上的脚印或许是当天送早报的人留下的。不过只有她这么说，很难下结论。

"还有就是厨房门口，根据昌子的证言，她说她看到那里并没有脚印，不过这只是她的一面之词。警察来的时候，厨房门口已经被踩得乱七八糟。还有一种方法就是爬墙，不过这点也被警察否定了。因为二十六日上午十点左右，警察来勘查现场的时候并没有发现可疑的痕迹。

"还有一点可以证明爬墙是不可能的，因为那堵大谷石墙上插满了防盗的铁条，就算是个大男人想要跨过去，估计也得摔成骨折，更不用说在墙上行走了。

"对了，有关平吉的前妻多惠和女儿时子的不在场证明，她们两个是互相做证的，因为时子去探望多惠，自然在多惠家里过夜。不过母女之间的证词不足取信。"

"看来这些不在场证明都很不充分啊。"

"严格地说是一个也没有。"

"的确如此,每个人都有嫌疑。对了,平吉在二十五日那天画过画吗?"

"好像画过。"

"那他应该找过模特儿吧!"

"是的,关于这点,刚才只说了一半,警方也认为雪地上的女鞋脚印是模特儿留下的。

"平吉以前都去银座一家叫'芙蓉模特儿俱乐部'的地方雇模特儿,后来才委托富田安江帮忙介绍。警方询问了'芙蓉模特儿俱乐部',对方说二十五日那天平吉没有来雇过模特儿,那些模特儿也都说没有介绍朋友去过。安江那里也说当天没有介绍模特儿给平吉,不过她却谈到平吉曾说过一段耐人寻味的话。

"二十二日那天,安江和平吉见面的时候,平吉很高兴地对安江说自己已经找到了一个很好的模特儿,和他自己心目中想画的女人十分接近。他还说,这或许是自己的最后一幅画,所以一定要竭尽全力。虽然没有找到完全一样的女人,但能有这样相像的女人来当模特儿,实在是很高兴。"

"嗯……"

"你别发呆啊,刚才就好像心不在焉似的,也发表下意见啊。这可是你想解决的事件啊！我只是帮你搜集资料而已。难道我刚才说了这么多，你没一点想法吗？"

"还没想到……"

"真拿你没办法，总之，平吉心目中的女人是白羊座，而时子也是白羊座。所以一般的看法是，时子就是他最想画的女性。不过画的是裸女像，所以让女儿来当模特儿或许有些不太合适，于是找了一个和时子长得很像的女人来当模特儿，这样想很合情合理吧。警方也是这么看的。"

"原来如此，言之有理。"

"警方为了寻找那名模特儿，拿着时子的照片问遍了东京所有的模特儿俱乐部。不过一个多月下来，仍然是毫无线索。因为只要找到这个女人，就几乎等于破案了。她一定见过那个凶手，可以让她指证对方。可是事与愿违，始终没有找到这个关键的证人。或许是二·二六事件大大削减了参与寻找的警力吧。总之这个模特儿没有找到，警方只能判断她是平吉在街头或者酒馆里偶然找到的人。

"不过一般来说，专业的模特儿和画家之间是不会太亲密的，所以也不可能摆姿势画到晚上十二点，除非是生活所迫的家庭主妇，或是急需钱的人。或许她从新闻里得知雇用自己去当模特儿的那个画家被人杀了，于是就吓得躲了起来。她大概怕自己为了钱去做模特儿这种事情被熟悉的人知道了，颜面无存。

"警方也考虑到这点，多次对外宣布，希望她能够出来作证，并再三保证会保护证人的隐私，可始终不见人影。到了四十年后的今天，还是不知道这个模特儿到底是谁。"

"如果她就是凶手，当然不会出现！"

"啊！"

"或许这个模特儿就是凶手本人，她杀了平吉以后，故意制造假象，做出两组脚印。只要在自己的脚印后加上男人的脚印，别人就会认为凶手是个男人。你刚才不也是这么推论的吗？所以我说……"

"你的这种假设已经被人推翻啦！假设这位模特儿就是凶手，如果她想做出男鞋留下的脚印，就必须准备一双男鞋。不过，她怎么知道当天会下雪呢？

"雪可是二十五日的下午两点左右才开始下的哦，之前没有天气预报说要下雪。如果她是晚上来的，那还可以准备。但根据推测，她应该是二十五日的下午一点左右进入画室的。这点是根据少女们的证词推测出的，因为当时画室的窗帘是拉下来的，表明平吉那时候正在作画。即使这个模特儿有心要杀平吉，也不可能预料到会下雪，继而事先准备男鞋来制造脚印。

"我想你会说：难道她不可以用平吉的鞋子吗？但根据对平吉家人的取证，平吉平时只有两双鞋。在他遇害后，那两双鞋都在屋子里。不管是先做好脚印，还是在杀了平吉后边走边做，然后再把鞋放回到屋子里，都是绝对办不到的。

"所以这个模特儿应该不是杀人的凶手,她在工作结束后就回家了。"

"如果模特儿不是凶手,那凶手又会是谁呢?"

"是啊,那又会是谁呢?"

"应该是那双男鞋的主人吧!他如果想要制造假的脚印,只要事先准备好一双女鞋就可以了。"

"嗯,你这么说也有可能,因为他是在下雪时才进入画室的。"

"不过,若再仔细想想,会觉得制造脚印这件事情,有点画蛇添足。如果凶手是个女人,想用制造男鞋的脚印来让警方判断错误的话,自己穿上男鞋不更省事吗?只要留下男鞋的脚印,让警察认为凶手是个男人。相反的,如果凶手是个男人,也可以如法炮制啊。只要制造女鞋的脚印就好了,不是吗?我不明白他为什么没有想到这样一个简单的方法。啊!"

"你怎么了?"

"头好痛!我只是要你说明案件的始末,谁知你却加了一堆别人的无聊看法,害得我头痛得要命!"

"那休息一下吧……"

"算了,你只要说明现场的状况就可以了。"

"我知道了。现场完全没有留下任何可疑的东西,烟灰缸里只有平吉吸过的香烟和烟灰,他是杆老烟枪。现场的指纹都是旧的,没有特别奇怪的指纹。平吉似乎用过好几位模特儿,在现场采集到的一些指纹里面有些就是她们留下的。画室里找不到那个被怀疑是凶手的男人留下的指纹,不过却有吉男的指纹。当然,吉男有可能就是男鞋的主人。另外现场也没有好像被擦拭过的痕迹,总之从指纹上很难找寻到破案的要点。凶手要么是平吉的亲人,要么就是个极为细心不留下痕迹的人。"

"哦……"

"另外,这个画室里也没有那些异想天开的杀人机关。没有利用冰块融化来推动石头砸死被害人后冰块融化产生的水痕,没有用来移动物体而固定在墙壁上的滑轮所留下的安装孔洞,类似的东西一概没有。总之画室里没有任何可以当作凶器的物品,房间里的东西和平常一样,不多也不少。只不过房间的主人没命了而已。"

"哦……房间里留下的那十二幅作品,真有点美国神秘电影的气氛。如果凶手是某个平吉认识的人,他或许会破坏那幅属于凶手星座的画作,当作死亡——"

"不好意思,他是当场断气的。"

"难得有如此豪华的道具陈列在面前,真是可惜。也没有有关被剪胡子的暗示?"

"说了他是当场死亡啊!"

"哦!当场死亡啊!"

"那么,有关这件被称为目黑的二二六事件——梅泽平吉命案就讲解到这里,该说的我都说完了,如果你是当时负责侦破的人,你会怎么看?"

"后来那七名少女也都被杀了吧。那么,她们应该不是凶手吧?"

"话是这么说,不过说不定两起案子的凶手并不是同一个人。"

"或许吧。不过从动机来考虑,我看只有为了将房子改建成公寓而发生分歧的妻子,或者是偷看到了手记而意识到危险的少女,还有就是为了让平吉的画作能够升值的画商……嗯,没有了。总之,只有这些人才有可能是凶手,至于手记没有提到的人,应该是完全没有关系。"

"我也是这么想的。"

"他的画后来真的升值了吗?"

"没错,一幅的售价,就可以盖一座豪宅了。"

"那应该可以盖十一座豪宅了。"

"画作的价格在战后就开始飙升,而这本《梅泽家占星术杀人》,也一度列入畅销书的排行榜,多惠也托手记中遗言的福,得到了不少好处,就连吉男也分到一笔遗产。不过事后不久,中日战争就爆发了。四年后又是珍珠港事件,警察没有闲置的警力来继续调查,错过了最好的调查时机,最终让这件悬案不了了之。"

"这件事在当时也造成了极大的轰动吧?"

"嗯,光是流言蜚语就够出书成册啦!还有一个研究炼金术的老人说，平吉的手稿就是他邪恶内心的映照，他污秽的思想令神灵震怒，所以才会在密室中被非人力能为的手段杀害。这样的看法还有很多，这可以看作是一种道德论。

"最后还有一个值得一提的小插曲——梅泽家成了神棍的聚集场所。来自日本各地的神棍，络绎不绝地出现在梅泽家的大门口。比如一个神态高贵的中年夫人出现在正门，一会儿却又从客厅冒了出来，她滔滔不绝地宣扬自己的教义，还对梅泽事件大加评论。反正各种古怪的宗教团体、祈祷师、牧师、灵媒，等等，为了自我宣传，不顾路途劳累，从全国各地赶往梅泽家。"

"那可真够热闹的！"御手洗的脸上突然露出了兴趣盎然的表情。

"这些神棍的确有趣，不过你也该说说你对这起案件的看法了吧。"

"如果凶手是上帝，大概没我发挥的余地了。"

"凶手当然不是上帝，我反正觉得这是高智商犯罪，如果能从现有线索中找出凶手，那真是太有趣了。你怎么看？难道要举手投降了？不说阿索德事件，光平吉的案子就够让人头大了。"

御手洗紧皱着眉头，在思考着什么。

"但光凭这些线索，的确很难推断出谁是凶手。"

"我觉得凶手是谁倒在其次，主要是凶手如何犯案。

被害人死在了上锁的房间内，这可是密室杀人哦！"

"啊！这个问题简单，只要把床吊起来就可以了。"

三

"既然凶器是拥有一定面积的板状物，那么地板也可能是致死的凶器。挂锁的问题就不用考虑了，因为是平吉亲自上锁的。

"把这几点结合起来考虑，理解起来就通顺了。平吉在手记中曾暗示过要自杀，所以凶手完全有理由将现场布置成一间密室，然后让平吉的尸体呈现出自杀的模样。但是根据尸体的致命伤在后脑来判断，这无疑是一起他杀案，警察一定会追查凶手是谁，唉，明明有遗书摆在那里……

"也有可能凶手没有读过那份手记，除此之外我想不出其他的原因了。

"嗯……其实我的看法是凶手在行动中失手了，难得能想出如此异想天开的诡计，真是可惜！"

"我实在太佩服你了！当时的警察也是过了好久才意识到这一点，但凶手具体是怎么实施这个计划的呢？"

御手洗沉思了一会儿，他似乎不想再说下去。

"这个过程听起来有些荒唐，说起来很麻烦。"

"那让我来替你说吧！之前我们已经知道了床角下有

滑轮这个事实,所以凶手的计划离不开这点。先把床上方的天窗拆下一扇,然后放下一个带有挂钩的绳子,钩住床的一角。平吉已经吃过了安眠药,所以应该睡得很死,小心一点的话,他应该不会醒。用第一根绳子将床拉到合适的位子,然后再放下三根同样带有挂钩的绳子,分别钩住另外三角。最后是把整张床吊起来!拉到天窗附近,这样就可以用割腕或者灌毒的方法,制造平吉自杀的假象了。

"不过这只是纸上谈兵罢了,或许在实际操作的时候,参与作案的四个人因为没办法事先演习,所以在将床吊起来的时候发生了意外,以至于平吉的身体头朝下坠落到了地板上。这间仓库本来是二层楼的,所以天花板到地面的距离大约有十五米呢!掉下去的话,又是头朝地,当然是必死无疑。"

"嗯。"

"能够这么快想到这点,不愧是御手洗君啊!当初警方可是想破了脑袋,用了近一个月的时间,才意识到这点的。"

"是吗……"

"但那些脚印,应该也有个合理的解释吧,御手洗。"

"嗯……嗯……"

"难道你已经想到了?"

"那些脚印嘛,让我仔细想想……对了!我想应该是这样的。

"窗户附近的脚印,并非凶手想要制造障眼法才存在的,而是凶手把上下屋顶用的梯子放在了那里。操作这个诡计至少需要四个人,四个人分别拉住一根绳子把床吊上来,而另外一个负责制造平吉自杀的假象。这样算来,应该是五个人了。这么多人上上下下,自然会留下很多脚印。这些脚印中,被当作是那个模特儿留下的女鞋脚印应该不是伪造的,而男鞋脚印就得考虑一下了。我是这么想的,芭蕾舞演员不都是踮着脚尖走路的吗?如果这样在雪地上走的话,就会留下踩高跷一样的脚印。几个人采用同样的姿势走路,后面的人踏在前面人的脚印上,这样留下的痕迹虽然会有些不自然,但让最后那个穿着男鞋的人把前面的脚印都踩一遍就可以了。

"只要前一个人的脚印比后一个人的小,就可以掩盖前一个人的脚印了。但即使是踮着脚尖走路,如果人很多,还是会出现不吻合的地方。不过前面的人都这样走,只要最后一个人穿着男鞋用平常的方式一踩,就什么痕迹也留不下了。"

"说得不错!您真是不简单啊!像您这样优秀的人才,居然蜗居在横滨当个占星术士,实在是国家的损失!"

"是吗?哈哈哈哈!"

"不过在上下梯子的时候,要踏在相同的位置上,这也不简单啊。况且还会留下摆放过梯子的痕迹。就像你说的那样,最后那个穿男鞋的人将前面的脚印一一踏平,最后就变成了一副乱七八糟的样子（见 P62 图二）。"

"……"

"关于这点我是明白了，接下来呢？"

我这个问题让御手洗有些不快，他说："问了这么半天你不饿吗，石冈君？我可是饿坏了。走，找个地方吃饭去。"

第二天我早早地出了门，径直前往位于纲岛的御手洗家。我来的时候他还在吃早饭，看样子他本打算做火腿煎蛋的，但盘子里的早点却是火腿炒蛋。

"这么早啊！今天不上班吗？"

发觉我来了，他做了一个挡住盘子的动作。

"不上班，你的早饭看起来不错嘛。"

"石冈君。"御手洗一边吃，一边随意地指着一个不大的匣子对我说，"你猜里面是什么？打开看看吧！"

我打开一看，原来是一个全新的过滤式咖啡机。

"旁边的口袋里有磨好的咖啡豆，麻烦你煮一杯，这样我的早餐会更美味的。"

当我转过头再看御手洗的时候，桌子上只剩下一杯水了。

"昨天我们说到哪儿啦？"

御手洗一边品尝着香浓的咖啡一边问道，和昨天没精打采的样子比起来,今天他似乎更有精神。

"啊,我们说到平吉命案,这只是整个事件的三分之一,我介绍了他是在仓库改建成的画室内被杀的,而你想到了把床吊起来伪装自杀的诡计。"

"嗯,是的。你昨天走后我又想了一下,觉得那种方法似乎还有说不通的地方。但我现在又忘了……算了,等我想到再告诉你吧!"

"昨天的说明里,我也漏了一点。"我马上接着说,"有关平吉的弟弟吉男,昭和十一年二月二十六日命案发生那天,他正在东北取材。之所以会提到他,因为吉男和平吉长得很像,几乎是一对双胞胎,而且平吉尸体的脸上没有胡子。"

御手洗默默地看着我,什么也没说。

"案发当天,虽然没人看到过平吉,但平吉的家人和富田安江都说两天前最后看到他的时候,他的确是留着胡子的。"

"那又如何?"

"你不觉得这点很重要吗!说明平吉和吉男很有可能互换了身份。"

"我倒认为这种可能性不大,吉男从东北回来的时间是……是二月二十七日的深夜吧,他回来后不是和妻子女儿过着正常的生活吗?再说他也需要和出版社的人联系吧,如果真的互换了身份,身边的这些人应该有所察觉。"

"这我清楚,但如果牵扯到接下来的阿索德命案,你或许就不会这么想了。平吉如果就这么死了,案情可能会难以发展下去。我也是个插画家,有时熬夜赶工,第二天编辑见了我都说我好像变了个人似的。"

"但他妻子难道会因为他通宵赶工就把他当成别人吗?"

"到时候换个发型,再戴副眼镜,或许编辑就认不出来了。再说交稿大多是在晚上……"

"难道询问笔录上写着命案后梅泽吉男是戴着眼镜的?"

"这倒没有……"

"那就假设出版社的人都是大近视,或许还是重听耳,但一起生活的妻子,是很难蒙骗的吧。倘若妻子没有发现自己的丈夫被调包了,那妻子一定也是共犯!这样看来,这几个案子的凶手应该是同一个人,文子竟也狠得下心对自己的两个女儿下手。"

"嗯……另外伪装成吉男的平吉也得骗过他的两个女儿。啊呀!这样一来不是就有杀死两个女儿的动机了吗?与其在以后的生活中露馅,不如趁早把她们杀掉。"

"希望你别做这些没有根据的推测,假设真像你说的那样,那么文子的目的是什么?她失去了丈夫还失去了女儿,为的只是房子和遗产吗?"

"……"

"这就和拿着一捆一万元的纸钞去烤白薯一样，说白了就是得不偿失。另外你认为文子和平吉，他们叔嫂有不伦的倾向吗？"

"没有！"

"这就是了，他们两兄弟本来就性格怪异，如果没有阿索德命案，谁也不会注意到他们的长相问题，所以你一定要说平吉还活着就有些牵强了。"

"……"

"总之对调身份的说法是绝对不可能的，我倒宁可相信你昨天说的，平吉的死是受到了神的制裁。如果硬要说平吉没死，那也只有另一种可能。那就是平吉找到了一个和自己容貌相似的第三者，然后让他代替自己去死，这种推论倒还比较合理。

"反正不管是调包说还是替身说都是无稽之谈，别再往这方面推理了。你会有这样的想法，是因为吉男提出的不在场证明不够充分吧。但只要证明他所说的是事实，所谓互换身份的说法不就没有意义了？"

"关于这点，你倒是很肯定啊，御手洗君。我想你说的都有道理，但你听我说完阿索德命案后，可别动摇自己的观点。"

"我洗耳恭听。"

"哼，看你自信满满的样子。算了，还是先来说说吉男的不在场证明吧。"

"案发当晚吉男投宿的旅馆应该可以查到吧？我想只要核对一下，就能够证明他当晚的确不在案发现场，这不是很简单吗？"

"事情没你想的那么方便。根据吉男自己的陈述，二十五日晚至二十六日清晨，他一直坐在夜班特快中，关于这点很难证明。如果他在第二天早上抵达青森后就立刻入住旅馆，那么就很容易调查。可是他却带着相机在津轻海峡一带闲逛了一整天，一路上也没有碰到什么能够证明他行踪的人。直到晚上他才寻店投宿，而且他也没有事先预约，是走到哪里就住到哪里，很随意。当时是冬季，所以旅馆即使不预约也不会没有房间。他妻子就算想和他联络也找不到地方啊。

"如果他是二十六日晚上才投宿住店的，那么的确有杀害平吉的可能。他在目黑行凶后，一早就到上野车站，然后搭上前往东北的早班火车，那样就能在晚上赶到并且投宿了。

"但吉男声称自己二十六日一整天都在津轻海峡一带闲逛，二十七日的早上就有熟人到旅馆找他。他是吉男作品的读者，不过其实那天也只是他们两个人的初次见面，彼此不能算很熟。二十七日那天，吉男一直和他在一起，中午的时候才搭火车回东京。"

"原来如此，那么说二十六日吉男拍的照片，就是他不在场证明是否能成立的关键喽。"

"没错！吉男并不是想要欣赏津轻的雪景才去东北的，关于他是否真的在早上就到达了青森这点很容易查证，因为吉男抵达目的地的时候，周围应该还是初冬的景色。也就是说，如果照片里出现的景色和当时不一样，那就是去年拍的。"

"能确定照片是他本人拍的吗？"

"嗯，他好像没有可以事先帮他在东北拍照，然后再把底片交给他的朋友。再说，如果真这样做就等于暴露了自己的目的。即使对方不知道他这样做的原因，面对警察的询问，也难保不会把他供出来，应该没有人会傻到帮他这种忙的。所以吉男想要在这点上做手脚，只有自己亲力而为了。不过最具戏剧性的是，经过调查，那卷底片竟然是前一年的秋天，也就是昭和十年十月在吉男的新家中拍摄的，这算是个突破口吧，也是我在阅读时遇到的高潮之一。"

"嘿嘿，即使这样，也只能说他的不在场证明有伪造的可能，而不能说一定就是和平吉互换了身份啊。"

"我就猜你会这么说的，看来要挫挫你的锐气，只有等第二起命案了，那我就接着说了。"

"悉听尊便。"

"第二起命案，也就是平吉的妻子昌子和前夫所生的长女一枝，在上野毛的自宅中被害一案。这起案件发生在平吉被杀约一个月后的三月二十三日，一枝的死亡时间推断为晚上七点到九点之间。这起命案倒是留下了凶器,凶器是家中的玻璃花瓶,她似乎是被这个花瓶打死的。我说似乎是因为这件凶器存在着一个让人费解的地方:花瓶上沾着血迹,但上面有被擦拭过的痕迹。

"与平吉命案相比,一枝命案的疑点显然少得多。我这样说或许有些草率,但从外部呈现的各种证据来看,这的确是一起极其普通的入室抢劫案。发生命案的屋内很乱,衣柜被翻得乱七八糟,抽屉里的现金和值钱的东西都不见了。显而易见,那只被擦拭过的花瓶就是凶器,但根本没有擦拭血迹的必要啊。虽说是被擦拭过,但也不是用水洗,而只是用布或者纸草草地擦了一下,所以仍然能从上面检验出一枝的血。凶手如果需要毁灭证据,为什么不干脆把花瓶丢掉呢?怪就怪在他不但没有这么做,还多此一举地去擦拭血迹,并且放在了和尸体一门之隔的房间里,这简直就是告诉警方:这就是凶器!"

"警察和那些业余侦探对这点是怎么看的?"

"他们认为花瓶上留下了清晰的指纹。"

"原来如此,或许花瓶并非凶器,而只是不小心沾染到了血迹吧。"

"那倒不是,一枝的伤口和花瓶完全吻合,所以花瓶是凶器是毫无疑问的。"

"或者凶手是个女人呢?她只是习惯性地擦干了花瓶上的血迹,然后再放回原处。有这种习惯的人只能让我联想到女性。"

"凶手一定是个男人！我有确凿的证据能够证明你的推论是错误的，因为一枝的尸体有被强暴过的痕迹。"

"嗯……"

"一枝死后才被强暴的可能性较大，她体内留有男人的精液，根据精液可以判断出那个男人的血型是O型。警方对涉案的一干人等逐一调查，结果发现除了平吉之外，只有吉男和平太郎有犯案的可能。但是，吉男的血型是A型，平太郎的血型虽然是O型，但在三月二十三日晚上七点到九点之间，他有不在场证明。这起命案和平吉被杀，以及接下来的阿索德命案或许完全无关，只是刚好发生在两者之间的一起不幸事件罢了。不过即使这样想，或许外人还是会认定这是梅泽家受到的诅咒。但其实一枝根本不是梅泽家的血脉。

"当然，如果这起案件没有发生的话，就没有这么多猜测了，但恰恰它就是发生了。因为一枝命案发生的时机非常敏感，让人觉得整个事件越发复杂了。"

"在平吉的小说里，并没有提到这个杀人计划吧。"

"是的。"

"一枝的尸体是什么时候被发现的？"

"案发后的第二天，也就是三月二十四日的晚上八点左右，是住在附近的主妇送联系簿到她家的时候发现的。虽说是邻居，不过上野毛是个荒僻的地方，那个邻居住在距离很远的多摩川堤岸旁，可以说两家人平日里是不怎么来往的，不然也不会这么晚才发现。

"说得准确一些，本来是可以提早发现的，因为那个邻居之前曾经去过一次金本家，一枝嫁过去的那户人家姓金本。那是一枝被杀后的第二天中午过后，当时大门没有上锁，她在外面喊了几声却没人应答。她以为一枝出去买东西了，于是就把联系簿放在了放木屐的柜子上，然后就走了。但到了晚上，那个主妇却发现联系簿没有传到下一家，所以她又回到金本家询问。天色已晚，屋内却未开灯。她打开门一看，发现联系簿还好端端地放在那里。她觉得一定有什么事发生了，但又不敢贸然闯进去，只好先回家，等她的丈夫回家后，再一起去看个究竟。"

"听说一枝的婆家原籍是中国？"

"是的。"

"是做什么的？贸易商吗？"

"不，好像是开餐馆的，不过不是中华料理那种小吃店。听说在银座、四谷都有分店，生意做得很大，家里很有钱。"

"那么，上野毛的这座房子一定很豪华吧。"

"不是，只是一栋很普通的平房，在外人看来有些奇怪，所以才会有他是间谍的谣言。"

"他们是自由恋爱结婚的吗？"

"好像是的，不过因为对方是中国人，昌子自然强烈反对。一枝婚后也曾和梅泽家断绝来往，最终还是言归于好了。不过这段婚姻也只维持了七年，就在命案发生的前一年，金本发觉中日局势紧张就把餐馆卖了，并和一枝离婚回到了自己的祖国。表面上看他们的离婚是战争造成的，其实他们婚后的生活并不美满，所以一枝没有和他一起回中国的打算。离婚后，一枝分到了在上野毛的房子，因为改名很麻烦，所以她一直沿用了金本的夫姓。"

"一枝死后，房子由谁来继承呢？"

"我想还是梅泽家的人吧！因为金本在日本的亲属只有梅泽家，而且一枝也没有孩子，即使打算把房子卖了，因为是凶宅，大概也得等风声过去了以后才行吧。所以那房子就一直空着。"

"周围的人不会把那房子当鬼宅吧？最近的邻居就是住在多摩川堤岸旁的那一家，所以那房子简直就是为制作阿索德而特意建造的一样。"

"嗯，那些业余侦探也是这么看的。"

"不过平吉的小说里提到的是新潟县吧？"

"是的。"

"他们一定认为凶手把平吉杀了以后，为了取得制作阿索德的场所，所以把一枝也杀了。"

"把这里当成制作阿索德的场所的人就是这么想的。结合日后的阿索德命案，可以看出这个凶手真是一个头脑冷静、心思缜密的人啊。把这座房子当作阿索德的制作室是再合适不过的。如果一枝命案案情复杂，警察或许会经常到现场取证，而设计成简单的入室抢劫，日后就不会再有人来了。

"另一方面，这幢鬼宅的地理位置也好，周围没有什么人，而唯一和房子有关的只有梅泽一家。稍微有点推理头脑的人，就应该想到入室抢劫只不过是凶手的障眼法，为的就是让房子变成既没有人敢、也没有人想要接近的凶宅。

"不过这种假设也有一个问题，那就是凶手到底是谁？从目前获得的线索来看，凶手是个男人，而且血型是O型。也有人说凶手未必就是平吉手记中提到的人物，但考虑到阿索德事件，无论如何也不应该是外人所为，所以只有从现有的嫌疑人中寻找了。按照上述条件，似乎只有富田平太郎一个人完全符合。他是男人，并且也是O型血。

"但现在又有两个理由让人难以判定平太郎就是凶手。第一，他的不在场证明的确成立。一枝被杀时，他在银座的美第奇和三个朋友聊天，当晚的女侍也能够证明；第二，如果一枝是他杀的，那平吉也应该是他杀的。但这样一来，密室的问题又跳出来了。如果是他杀了平吉，那么应该是在那个模特儿回去后才动的手。但这里就产生了疑问，平太郎如果是为了卖画的事来找平吉的，那平吉有可能在他面前吃安眠药吗？或者安眠药根本就是个假象，是为了让人误以为凶手是和平吉亲近的人，才在杀害平吉前，强迫他吃下去的。但平太郎会做这么麻烦的事吗？

"暂且不管这个，先假设是平太郎杀了平吉，那在他离开画室的时候，他就必须把门从里面反锁上。所以要证明平太郎是凶手，我看最先要解决的还是密室问题啊！"

"唉，这样说来，问题似乎有增无减了。平太郎如果是为了卖画的事情来的，应该让平吉把他生前的十二幅杰作交给自己后再杀了他。既然一幅就抵得上一座豪宅，那应该是罕见的杰作。"

"梅泽平吉真正称得上是杰作的作品，也只有这十二幅，应该说不算未完成的只有十一幅，其余都是一些小品，而且大多数是为了完成大作而做的练习。剩下的只有带有德加风格的芭蕾舞女素描。这些作品寄放在安江那里，并没有以很高的价格卖出去。"

"嗯。"

"如果一枝命案和其余两起案件是同一凶手所为，那么这个凶手应该是一个做事不经过大脑思考，非常容易冲动的人才对，并不是我想象中办事冷静的智慧型罪犯。或许是个连自己的血型和性别都搞不清楚的傻瓜呢。"

"是吗？"

"从刚才列出的那些理由来看，平太郎应该没有嫌疑。对了，如果他是单独作案，从美第奇到梅泽家，在大雪天开车绝对不止四十分钟，时间上就不可能。所以我们可以很放心地排除平太郎的嫌疑。这样凶手或许是一个我们想不到的路人甲,如果真是如此,那么从这个神秘事件中获得的推理乐趣就要大大减半。不过想要获得乐趣或许也只是我们的一厢情愿。"

"嗯。"

"所以我认为:一枝命案和平吉命案以及阿索德命案完全无关,只是夹在其中的不幸事件。"

"这么说来,那鬼宅也不是制作阿索德的场所了?"

"嗯,我也是这么想的,凶手如果仅仅是为了得到上野毛的房子而杀害一枝,实在有些不合情理。

"一个疯子艺术家,在黑咕隆咚又死过人的房子里,没日没夜地拼凑尸体……光想想就让人觉得毛骨悚然了,这简直就是怪谈小说里的情节。而且还有个实际问题,如果他半夜也要工作的话,就需要蜡烛之类的照明工具吧。鬼宅里又飘出了烛光,周围的邻居还不得吓死……

"警察的神经应该是很敏感的,一枝的案子还没有破,如果在案发现场发现了什么可疑光线,他们一定会强行搜索。如果是有人住的房子还可以找理由抵挡一下,但这里只是没人住的空屋子。所以换了是我,肯定会找一个没人知道的地方来做拼尸体这种事,不然天天处于风声鹤唳的状态中,根本不能顺利进行,也谈不上什么欣赏了。"

"嗯,言之有理,不过很多业余侦探都把这里当成制作阿索德的场所啊。"

"他们本来就认为凶手杀一枝的目的是为了房子。"

"不过从血型来看，我看凶手只能是路人甲之类的了。"

"对对对，从这里开始你的看法就有点和已知的推论不同了。"

"是的！除非把一枝命案看作是普通的入室抢劫，不然梅泽家占星术杀人事件的凶手只能是外人。不过……看来一枝的案子铁定要成为悬案了。"

"是啊！"

"如果只是普通的盗窃案，凶手应该是找不到了吧。"

"的确是这样，御手洗君，这种无头公案很多都是不了了之。比如我们去北海道旅行，其间杀害了一个独居的老太太，抢走她藏在床底的积蓄，那么警察无论如何也不会怀疑到我们头上的，因为我们和她毫无关联。其实这样的案子真的很多，但蓄意的谋杀就不同，凶手有明确的动机，总有一天案件会真相大白的。整个占星术杀人事件之所以像迷宫一样难以找寻到出口，就是因为我们还是没有掌握凶手杀人的动机，尤其是阿索德事件，根本是疯狂而且匪夷所思的，除了梅泽平吉的那个妄想之外，没有人能够拥有杀害这么多人的理由。但很可惜的是，他却早早死了。"

"的确是这样。"

"所以我一再强调，梅泽事件的凶手绝对不是外人。把凶手假设成外人这种事，本身就很不负责任。"

"我明白了,你坚持的观点是,一枝命案应该只是偶发的盗窃杀人。嗯,那请你将现场的状况再仔细描述一次吧。"

"请看这张图(图三),我相信你应该很快就可以看明白,其余我也没有什么可以说的了。这应该是一起再普通不过的案子了。一枝是穿着和服倒在地上的,她的穿着很整齐,只是没有穿内裤。"

"嗯?"

"别大惊小怪的,当时的习惯就是那样,你没听说过白木屋火灾的传说吗?"

"那不是骗人的吗?"

"……别管了,总之现场衣柜的抽屉都被拉了出来,衣服什么的被扔了一地,钱和贵重的东西都不见了。房间里有一个带试衣镜的梳妆台,倒没有被打破。梳妆台上的东西摆放得很整齐,那个被当作凶器的花瓶放在隔壁房间的榻榻米上,两个房间之间只有一扇拉门。对了,当时花瓶是倒在地上的。

"一枝的尸体被发现的位置,也如图所示(图三),周围没有反抗过的痕迹,不像是第一现场。所以一枝应该是被杀后,才被搬到那里的。凶手行凶的时候,应该很用力,这样势必会让血液四处飞溅。不过尸体被发现的地方四周却没有血迹。而且她是死后才遭到强暴,大概凶手是想把尸体搬到一个干净点的地方再做那种事吧。但整幢屋

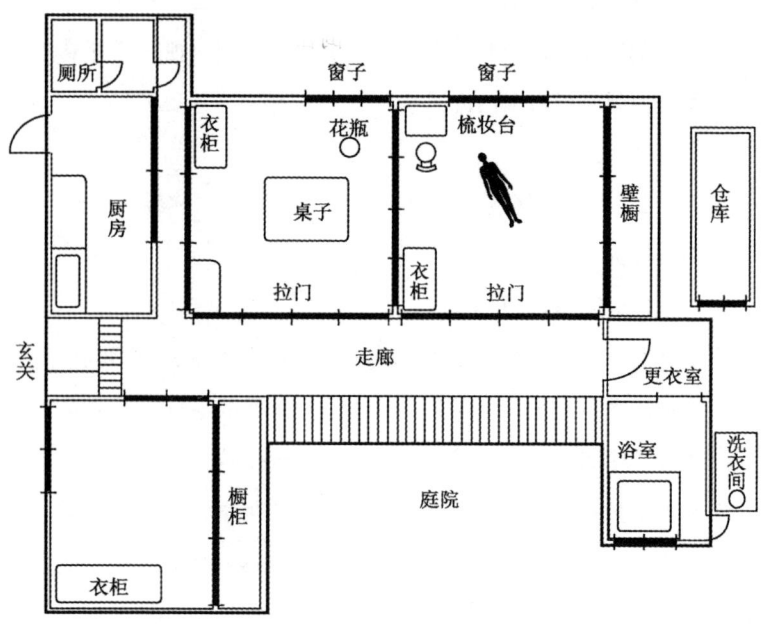

图三

子里都找不到第一现场,这点让人感觉非常奇怪。"

"等等,你说她是死后才遭强暴的?"

"是的。"

"你能确定?"

"从尸检结果来看应该是那样的。"

"那就有些矛盾了,你刚才说尸体的穿着很整齐,但如果是偶发的盗窃杀人,那个凶手难道会在强暴了女人之后,再帮她把衣服穿好吗?"

"这个……这个……"

"算了,请继续说下去。"

"嗯,在房子里找不到第一现场的确很奇怪,有人认为第一现场或许在屋子外的什么地方,甚至还为此产生了激烈的争论。凶手在屋外将一枝杀害,也不是不可能,只是我想不出要这么做的理由。警方仔细勘查,结果发现那个试衣镜的表面被擦得非常干净。不过仔细看,还是发现了少量的血迹,经过检验可以确定就是一枝的血。"

"那么说,她是在梳妆台前化妆时被杀害的?"

"不,尸体的脸上没有化妆的痕迹,应该是在梳头的时候被杀害的。"

"她是面朝镜子?"

"对,面朝镜子。"

"但这样似乎就说不通了,这房子是平房吧?"

"是的。"

"从图上来看,梳妆台的隔壁和正后方都有拉门吧,如果一枝是面朝镜子梳头,背后是有拉门的走廊,小偷要潜入房间杀害一枝,应该只有从背后的拉门进来,然后偷袭。但这样一枝肯定能够从镜子的反光中看到小偷,难道她坐以待毙?一般来说应该是吓得逃走吧。假设是从隔壁的拉门进来的,梳妆台上的试衣镜是三面的,也可以看见小偷。即使看不见,听到门被拉开的声音,难道她不会转过头看看吗?一枝是正面受到重击的吗?"

"不,等一下……不是,错了错了,是从背后,她是背对凶手,凶手从背后重击她的后脑。"

"这倒和平吉遇害的情况很像,难道其中有什么玄妙之处?算了,另外凶手还可以通过窗子爬进来,但这更不可能了,难道她会一边梳头,一边看着小偷爬进来。所以我觉得很奇怪,这应该不是小偷干的,一定是一枝认识的人。不然完全不合情理嘛!一枝坐在装有试衣镜的梳妆台前,等凶手进入了屋子,她却头也不回,等着对方杀死自己,她这样做的理由令人想不通。我想她一定从镜子里看到有人接近自己,但她依然维持着原有的姿势,所以这个人一定是和她熟识的人,或许关系还相当亲密。我敢和你打赌,她一定看到了那个人的脸,那人也一定不是冒失的小偷,而是个很细心的人,因为他把镜子上的血迹也擦干净了。这就表示他想隐瞒自己的身份。这可以算是一条重大的线索!

"我想这两人关系亲密的程度,可能都已经发展到有肉体关系了。因为当时的女性不会在自己不熟悉的男性面前梳妆打扮,除非是一个和她有过肌肤接触的男人。嗯,这样想也不对啊。如果是关系如此密切的男人,用不着在她死后再强暴她,应该在一枝死前就尽情享受鱼水之欢啊。所以这个死后才被强暴的结论,是否准确呢?"

"你问我,我也很难回答啊,不过这已经成了定论。既然案情这么古怪,或许事实和推论相反呢。"

"那男人会不会是个恋尸癖?好恶心,真是个变态!总之凶手一定是和一枝关系不一般的人。一枝当时有情人吗?"

"很遗憾,根据警方的调查,她身边没有这样的男人。"

"唉,看来我真的要被打败了。啊!对对对!我想起来了,化妆,你刚才说一枝的尸体上没有化妆的痕迹?"

"嗯,是的。"

"三十多岁的女人,在男人面前不会不化妆……女人!对!一定是女人!石冈君,那个人一定是个女人啊!不,不对,女人怎么会有精液呢?这点先不管,石冈君,如果凶手是个女人,而且和一枝很熟,一枝也有可能背对着她梳头呢。而且你看,一枝没有化妆。我想凶手是把花瓶藏在背后,然后微笑着走过来,这样一枝既不会逃走,也不会回头了。至于精液问题么……对了,她一定是带着某个男人的精液，这样看来，在所有涉案的女人中，可以方便地拿到男人精液的女人，只有吉男的妻子文子。她只要拿她丈夫的就行了，嗯……又不对，吉男是 A 型血。"

"昨天的精液和今天的精液应该不一样吧？我想通过检测应该可以看出来。"

"是啊，精子的数量会随着时间减少的。其他人的不在场证明呢？"

"除了我刚才说过的平太郎外，其余的人都没有不在场证明。先说富田安江吧，她平日里都待在美第奇，但那天刚好外出了，说是要去银座逛逛，所以安江的不在场证明不存在。至于梅泽家的那几个女人嘛，昌子、知子、秋子，还有雪子正在准备晚餐。时子好像刚刚从保谷多惠那里回来，所以这四个女儿都是由他们的生母做证的。虽然不可信，但也算是有吧。

"完全没有证人可以做证的，只有礼子和信代。她们说是去涩谷看电影了，电影的名字是《飞往里约热内卢》，大概在八点结束，九点她们回到了吉男和文子的住处。所以从时间上来说，她们完全有犯案的可能性，从空间上看，她们就读的东横线府立高中距离上野毛也没有多少距离。但当时她们一个二十岁，一个二十二岁，不可能做出这么可怕的事。至于文子和吉男，则和他们的女儿一样，也没有明确的不在场证明。"

"但牵扯到动机问题的话，一枝命案和平吉命案则完全相反，因为大家都没有杀害一枝的动机。"

"美第奇的富田安江和平太郎应该没见过一枝。吉男和文子也是，他们或许见过一枝，但也不会太熟，应该也没有要杀死她的理由。至于那些少女们，她们不会残忍到杀死自己的姐姐吧。"

"一枝曾去过梅泽家吗？"

"很少去。我想关于一枝命案就先说到这里吧。我的结论就是，这只是一起偶然发生的入室盗窃杀人案。接下来我要说的人是饭田。你不是也希望快点进入阿索德命案的部分吗？"

四

御手洗似乎还有继续听下去的意思，他说："那你就接着说下去吧，前面没想出来的地方，等有了新的提示再继续讨论。"

"看来终于要进入正题了。'阿索德杀人事件'可以算是集合了前所未有的恐怖要素的一大奇案！"

"拜托，别再唬人了，快说吧。"

"你别着急嘛，我看等我说完了，你估计下巴都合不拢了。一枝遇害后，梅泽家只是草草地为她办了丧事，因为接连发生了两起命案，全家人感到不安，于是就打算去祈福保佑，驱除厄运。最后决定前往朝拜的地点是新潟县内的弥彦山，就是平吉在手记末尾提到的地方。那手记写得像遗书似的，所以这一来算是为他完成遗愿了，好告慰他的在天之灵，二来也是让家里还活着的人能够安心。"

"嗯，这是谁提议的？"

"是昌子提出来的，她们决定在三月二十八日离开东京，前往弥彦山。一行人包括昌子、知子、秋子、雪子、时子、礼子和信代七人。实际上这趟旅行也有散心的打算，因为两起命案在众人的心头都罩上了一层阴影。三月二十八日晚，她们终于抵达弥彦，住宿一晚后，决定第二天开始登山。"

"那么说，她们一定参拜过弥彦神社了。"

"那是当然的啦，不过行程不止如此。弥彦附近有个岩室温泉，你很少外出，应该不知道吧。从弥彦出发，只要搭乘公共汽车就可以到达。所以二十九日的晚上，她们在那里逗留了一个晚上。那里还有个佐渡弥彦国家公园，是个风景秀丽的好地方，女孩子喜欢玩的心情可以理解，所以她们要求昌子再多住一晚。"

"对了，我大概之前没提到过，昌子的娘家就在福岛县的会津若松，离弥彦没多少路。昌子觉得既然都到弥彦了，不如顺路回一趟娘家。但她担心六个女儿一起去的话会给家里人添麻烦。都是这么大的人了，既然她们想多玩一天，不如就让她们待在这里玩个痛快，自己一个人回娘家，这些都是在之后的审讯中昌子说的。然后她就按照自己的想法,在三月三十日那天独自前往会津若松。她事先嘱咐过女儿们,说可以不用等自己先回家。于是女儿们决定三十日玩一整天,然后三十一日的早上出发,晚上回到位于目黑的梅泽家。昌子在三十日的早上从岩室温泉出发,当天下午抵达会津若松的娘家,而三十一日一整天都在娘家休息,直到四月一日的早上她才出发回东京。按照她原来的打算,应该是四月一日的晚上回到东京的,然后就可以见到她的女儿们了。"

"那么说,那些女孩应该早就在家里乖乖地等着妈妈回来喽?"

"是的,但是四月一日的晚上,昌子回到家以后却没有看到女孩们。家里和出去的时候一样,女孩们应该还没有回过家。从此这些女孩就下落不明了,不久她们都变成了尸体,才再度现世。嗯,就和平吉手记里写的那样,而且每具尸体都缺少了一个部分,这些尸体分别在不同的地方被发现。而等待昌子的,不是少女的行踪,而是逮捕令。"

我说到这里就没再说下去,而御手洗也是一脸沉思。

"昌子被捕,应该不是和一枝的案子有关吧?"

"当然不是,是平吉的案子。"

"警察也注意到了那个把床吊起来的方法吗?"

"不,好像是收到了匿名信才发现的。"

御手洗马上哼了一声。

"当时好像收到了不少匿名信,看来对这个案子有兴趣的人不在少数。当时的日本可是热衷推理小说创作的国家之一。如果我早生个几十年,又破解了那个密室诡计,也一定会写信给警方的。

"警方收到信后就立刻前往梅泽家进行调查。但家里的人都去旅行了,警方就认为她们几个其实是畏罪潜逃。等到昌子回来后却不见少女们的踪影,警方断定是昌子指使少女们杀害了平吉,然后又杀害了少女灭口。"

御手洗好像要说什么,但他只是把嘴张开又闭上了。

"昌子承认了吗?"

"承认了,但她后来又推翻了自己的口供,并且一直坚决否认。当时社会上都称她为'昭和的女岩窟王'①。昭和三十五年,她死于狱中,享年七十六岁。昭和三十年,文坛关于占星术杀人事件的推理热潮又死灰复燃,这或许是受到了媒体的大力宣传,以及昌子至死也未承认犯案的影响。"

"警方对于昌子的怀疑,是否只是针对平吉一案呢,还是包括了阿索德命案?"

"我认为警察只是对整个事件的调查陷入了绝境,这时候出现了昌子这个具有最大嫌疑的人,所以就将所有的罪责推到了她的身上,希望有一天能够屈打成招。当时的

---

① 《岩窟王》即《基度山伯爵》。翻译家、推理小说家黑岩泪香于一九一〇年翻译这部作品时采用的就是这个译名。

警察不都这样吗?"

"真是一群蠢货啊,不过这样没凭没据,他们居然也能拿出逮捕令?"

"啊,怪我刚才没说清楚,其实也不是正式的逮捕令。"

"说得也是!当时那群家伙根本不需要逮捕令。那检察官呢?说了是她杀的吗?"

"书上没有写。"

"判决呢?她上诉了吗?"

"当然是死刑,因为她曾经承认自己杀人。"

"死刑!被害人可是她的女儿,难道没有人提出异议吗?"

"有啊,而且提出过好几次申诉。"

"结果是否决吧?"

"唉……"

"不过话说回来,我认为昌子杀害那六名少女的可能性是微乎其微的。这里面大部分都是她的亲生女儿,如果一个母亲为了保护自己而杀害子女,那简直就是鬼婆[①]再世!"

"不过,昌子给人的印象的确不好。她是个很严厉的人。"

---

①指的是日本民间传说"安达原鬼婆"。公卿府邸的奶妈为了治疗小姐的疾病,化身为杀人取肝的鬼婆,最后却错杀了自己的女儿。

"那我倒要问问看了，或许现在才问也没有多大的意义。在弥彦的时候，昌子有杀害那六名少女的时间吗？"

"关于这点，至今仍然没有停止过争论，但如果就结论来说，答案应该是没有。根据旅馆方面对此事的证词来看，到三十一日早晨为止，那些少女仍然活着。当时在旅馆工作的服务生说：三月二十九日和三十日，包括昌子在内的七名客人的确在该店入住，而之后的三十日和三十一日，除了昌子外，其余的六名少女仍然住在那里。也就是说六名少女连续两天住在这个旅馆内，但等到三十一日早上离开旅馆后，就不知道她们的下落了。

"通常我们要证明某人是否有不在场证明，前提是要知道被害者的死亡时间，但在这起命案中却很难办到。因为那六名少女自失踪之日起，距离相当长一段时间才被发现，而且尸体也都受到很严重的损毁。只有最早被发现的知子，因为距离失踪时间比较短，所以能够较为准确地推断出死亡时间，那是三月三十一日下午的三点到九点之间，也就是她们退房离开后的下午。

"按理说，六名少女是在同一时间同一地点遇害的，那么之前从知子尸体推断出的死亡时间应该就是六人共同的死亡时间。假设她们是在三十一日午后被杀害，那么时间上接近傍晚的可能性比下午更大。用这个死亡时间和昌子在三十一日的行踪进行对比，那么昌子便没有不在场证明。虽然昌子娘家的人再三辩解昌子在三十日的傍晚的确回到了娘家，不过亲人的证词是不足取信的。再加上平吉一案对昌子的影响，致使她到娘家后就不愿再出门，一天都待在家里。所以除了她的家人外，谁也没有见过她，这是对她最不利的地方。由此推断来看，谁能保证她没有回到弥彦将少女们杀害呢？"

"不过六具尸体不是被分散在全国吗？昌子应该不会一个人完成藏尸这件事吧。她有汽车的驾驶执照吗？"

"没有，在昭和十一年，几乎没有女人拥有驾照。当年汽车的驾照就好比如今飞机的飞行执照，之前提到过的人里面，也只有已死的梅泽平吉和富田平太郎有驾照。"

"那么这几起案子的凶手如果是同一个人，而且是单独作案的话，就不可能是一个女人。"

"这么说没错。"

"再说说少女们的行踪吧。到三十一日早上，她们的行踪还算明确，但这之后，就再也没有见到过她们的人了。不过六个人在一起走，不是应该很引人注目吗？"

"但完全没有目击者啊。"

"有没有这种可能，她们认为只要在四月一日的晚上之前赶回目黑就可以了，所以决定多留一天？"

"警方也这么想过，所以查询了周边所有的旅馆，岩室温泉不用说，弥彦、吉田、卷、西川，甚至比较远的分水、寺泊，到燕一带的所有旅馆都查了，但就是没有人看到过有这样同行的六个少女。有可能她们中的几个在三十日就被杀了。"

"可是三十日晚上她们不是还住在一起吗？"

"啊，是的！是啊！如果发现有人失踪了一定会报警的。"

"她们有可能去佐渡吗？"

"谁知道呢，那个年代要去佐渡岛，只有从新潟或直江津坐船才可以，但这两个地方离岩室温泉都很远。即使这样，警方仍然去佐渡调查过。"

"或许她们故意隐瞒自己的行踪，所以分开行动，两人、三人一组，而且使用假名。三十一日有整整一天的时间，她们可以分别投宿在不同的旅馆。在火车上也可以分席而坐。这样就能避免给人留下深刻的印象。不过我想不出她们要这样做的理由。"

"你说得没错，分开行动的话，的确不会引人注目，但她们为什么要那样做呢？况且她们所去之处都是她们日后成为尸体后被发现的地方。难道凶手使用了什么催眠术让她们自己送上门来？三月三十一日之后，她们就再也没有投宿过旅馆了吗？我看不大可能，她们在东京外没有什么亲戚，其余的熟人朋友也都说她们绝对没有来过。如果是曾在自己家中住过的少女，就这样惨遭横死，我想没有什么人会保持缄默吧。总之，三十一日早上后，她们就如同从这个世界上蒸发了一样，消失得无影无踪。"

"四十多年过去了，难道就没有人找到她们消失的原因吗?"

"的确是这样。"

"昌子在被捕后,矢口否认自己杀过人,但警方仍没有释放她的打算,难道警方手里握有什么证据?"

"是的!警方搜查梅泽家后发现了装有砒霜的瓶子,还有似乎是用来吊床用的带有钩子的绳子。"

"真的?!"

"嗯,的确找到了,不过绳子只有一根,其余的大概都被丢掉了。"

"不过这样不会被认为是别人故意嫁祸的吗?昌子难道没有否认?"

"她当然否认了。"

"她说了是谁想害自己吗?"

"她说不知道,或许她真的不知道。"

"我看问题的关键点就是天窗。警察应该仔细检查过天窗,没有发现被移动过的痕迹吗?"

"好像在平吉死的前几天,有小孩淘气把石头扔上去,结果把玻璃打碎了,之后平吉马上更换了天窗,重新安装的时候用了新的油灰,所以看不出什么疑点。"

"真是个行事缜密的家伙啊!"

"行事缜密?你指的是——"

"那石头应该不是小孩丢的,而是凶手丢的。"

"为什么这么说?"

"待会儿再解释,如果警察能够发现这点就好了。案发的二月二十六日,屋顶应该有很多积雪,毕竟是三十年未遇的大雪啊。只要用梯子爬上去一看就知道,会看到有脚印或者手印,或者是玻璃被移动过的痕迹。啊!"

"怎么了?"

"我突然想到了,因为下大雪的关系,天窗上肯定有积雪吧,那么平吉的尸体被发现的时候,画室内的光线应该很暗。但如果天窗曾被拿掉过,那积雪就没有了,房间也应该很明亮。当时画室内的光线有什么异常吗?"

"这个我说不上来,书里没有提到过,我想如果有的话,应该会写上几笔。或者两边的玻璃上都有积雪吧。不过……"

"是吗?凶手的计划如此周密,肯定会将玻璃放回原位,然后在上面撒上积雪。但是二十六日的早上八点不是又下过一次雪吗?而且在到处都是雪水的环境里修补天窗也不是件容易的事情。"

"但昌子被捕距离平吉被害已经有一个月的时间了。"

"唉,怪就怪警察错过了调查的大好时机。算了,说到梯子,梅泽家有梯子吧?"

"有是有,但一直放在主屋的角落里。"

"有使用过的痕迹吗?"

"没有,梯子放在屋檐下,那地方不会积雪。再说玻璃店的人来换玻璃的时候也用过那个梯子。警察是在平吉被杀的一个多月后才再去搜查的，梯子上面积了灰，所以到底有没有用过，已经看不出来了。"

"嗯，如果昌子她们要杀平吉的话，应该用的就是这个梯子。不过雪地上好像没有搬运梯子留下的脚印吧。"

"可以不留下脚印就把梯子搬出去，梯子就放在一楼的窗口下，把梯子从窗口搬进屋子里，然后再从大门搬出去就可以了。其实也不用那么麻烦，因为需要搬出去的时候，外面应该还在下大雪，就算有脚印也会被雪盖住的。问题是搬回来的时候怎么办。嗯，把梯子从后门运出来，然后沿着外面的马路绕一圈，最后搬进主屋，从一楼的窗子放回到原来的地方。这不是挺简单的嘛！"

"哈哈，这样搬来搬去的，那些女人好像变成扫烟囱的了。"

"如果她们不是凶手的话，那些砒霜和绳子又怎么解释？"

"这应该是我问你才对吧。"

"砒霜就是三氧化二砷，那六名少女就是被砒霜毒死的。法医对尸体进行解剖后发现，每名少女的胃里都含有零点二到零点三克的三氧化二砷。"

"嗯？！这不是很奇怪吗？首先这和平吉小说里记载的并不一样，白羊座要用铁，处女座应该用水银来杀害啊！而且这些少女应该在四月一日之前就已经被害了，那么这些装有砒霜的瓶子怎么会出现在梅泽家呢？"

"这个……但既然发现了装有毒药的瓶子,警察就有理由拘留昌子,这样即使没有正式的逮捕令,警察也不会遭到起诉。另外,平吉手记中提到的那些应该用来杀害少女的金属元素,的确在少女们的口中或喉中被发现,对应的顺序就如同手记中写的那样。不过这些金属并不是致死的原因,真正令少女们丧命的毒药就是砒霜。

"只要零点一克的砒霜,就可以杀死一个人。大家都知道氰酸钾也是一种常用的毒药。相对于氰酸钾的致死量零点一五克,三氧化二砷的毒性更大。这里还有一份说明,你要看吗?是关于刚才说的三氧化二砷 As_2O_3,将其溶于水中会增加它的碱性,这样就会加快溶解速度。然后变成了三氧化二砷溶剂,公式是 $As_2O_3+3H_2O= 2H_3AsO_3$。

"另外胶状的 $Fe(OH)3$,也就是氢氧化铁,可以作为去除三氧化二砷的解毒剂使用。"

"哦。"

"凶手把三氧化二砷溶剂混在水果榨成的汁里,也就是现在所说的 juice,不过战前都不这么叫,而是称为'果汁'[①]。凶手让少女们喝下有毒的果汁,因为每个人检查出的剂量大致相同,所以应该是凶手利用六个人在一起的时候,同时对她们下毒的。"

"原来如此!"

[①] 原文中,前者的 juice 以片假名表示,后者的"果汁"则以汉字表示。

"可是，凶手为何不按照平吉手记中的记载，用不同的金属来杀死少女们呢？

"水瓶座的知子口中发现了氧化铅，这是一种黄色的粉末状物质，本身就具有毒性，但好像很难溶于水。如果只是要杀知子，的确用氧化铅就可以了，但其他几名少女所对应的金属或许不如氧化铅那么便于使用。所以凶手不得不使用相同的毒药，一次就毒杀六名少女。我想这样的推理应该可以成立。"

"嗯，你这样推理很正确。"

"天蝎座的秋子口中被放的是氧化铁，俗称铁丹，通常用于制作颜料中的红色，呈泥状。氧化铁并没有毒性，是一种很普通的物质，约占地球上所有物质的百分之八；然后是巨蟹座的雪子，在她喉部的金属物质是硝酸银，这是一种无色透明的有毒物质；接下来是时子，她是白羊座，和天蝎座的秋子放的是同一种物质，因为她的头已经切了下来，所以铁丹只是涂抹在她脖子的切面和身体上；处女座的礼子，她口中有水银；最后是射手座的信代，她的喉部化验出锡的成分。

"情况大致是这样，水银可以从摔破的温度计里获得，其他物质则需具备专业知识，而且也只能是大学内医药学部的人，一般人恐怕是很难搞到的。但平吉是个对艺术有着疯狂追求的人，或许他会为此不择手段。不过他已经死了，是否真是他找来的这些药品，已经死无对证了。"

"会不会是平吉在死前就已经收集齐备,然后藏在一个隐秘的地方?"

"那就不得而知啦,我也这样想过,不过警方并不认同这种看法。"

"凶手是昌子的话,她又从哪里去找这些东西?"

"谁知道呢。总之,不管这是有目的的行凶还是只是一个黑魔术,他已经完成了这项艰难的工作,而且是完全按照平吉手记中的步骤来完成的。可以说平吉这本手记几乎成为凶手的杀人指南。但有最大嫌疑的平吉本人早已死亡,那么凶手到底会是谁,他行凶的目的又到底是什么?这恐怕要成为一个未解之谜了。"

"嗯……大家都认为昌子是凶手?"

"我不这么认为。"

"看来只有警察才这么固执。"

"我想只有用平吉未死来解释阿索德命案的真正凶手。对外人来说,制作阿索德是一件没有任何意义的事情。或许是平吉思想、艺术观的崇拜者为已经死去的平吉完成了他的遗愿。平吉有如此亲密的朋友吗?"

"平吉真的死了吗?"

听到御手洗这么说,我不禁哈哈大笑起来。

"我早就在等你这句话呢!"

御手洗显得有些失望,不过他转念一想,接着说:"不,其实我和你想的不一样。"

"哦，那你到底是怎么想的？"我追问他，根据我对他的了解，他这么说一定有他的意思。

"你的说明难道已经完结了吗？"御手洗又说，"尸体分别是在什么地方被发现的？我想等你把全部疑问都提出来以后，再说出我的想法。"

"好的，那你可别忘了，待会儿你可要好好回答我的提问。"

"好的，反正你很健忘。"

"你胡说什么啊。"

"谁的尸体最先被发现？是按照靠近东京的顺序依次被发现的吗？"御手洗马上问道。

"不是，第一个被发现的是知子，在细仓矿山，隶属于宫城县。具体的地点是宫城县栗原郡莺泽村的细仓矿山。她的尸体被丢弃在山道十字路口后的树林里，并没有掩埋。尸体膝盖以下被切断，然后被油纸包起来，身上还穿着旅行时的衣服。她是在失踪后的十五天，也就是四月十五日，被当地路过的村民发现的。

"细仓矿山是以产铅及亚铅而著名的。知子是水瓶座，在占星术或是炼金术中代表铅。面对这种情况，向来没有想象力的日本警察也不得不相信平吉小说所写的是事实。他们据此推断少女们应该都已经被害，并且按照手记所写的那样被弃尸于全国。不过，平吉手记中虽然写了要把白羊座置于产铁之地，巨蟹座置于产银之地，却没有具体说明是哪一座矿山。因此，要接下去寻找时子，就得到全国闻名的几座矿山搜索了。比如北海道的仲洞爷、岩手的釜石、群马的群马矿山、埼玉的秩父等地。同样，巨蟹座的雪子属银，所以也要到北海道的鸿之舞或丰羽、秋田的小坂、岐阜的神冈等地去寻找。找寻那些尸体用了不少时间，因为尸体是被掩埋起来的。"

"被埋了起来？那么说，只有知子没有被埋喽？"

"是这样的！"

"嗯……"

"她们被掩埋的深度各不相同，这在占星术上是否有某种特殊意义呢？这就要请教你了。"

"你把具体数字说一下吧。"

"嗯，秋子被埋了五十厘米，时子是七十厘米，信代是一百四十厘米，雪子为一百零五厘米，礼子为一百五十厘米。这些只是大概数字，警方和业余侦探都想不出这些数字到底有什么意义。至今也没有一个能令人信服的答案。"

"哦。"

"或许没有什么特别的理由，这些数字只是故弄玄虚，要么就是各处的土质松软程度不同。"

"如果都只有五十到七十厘米左右，那还说得过去，但至于一米以上的深度，未免有些夸张，要是个子矮一点的人，恐怕到最后得站在坑里了。这样做应该有它的道理。秋子是天蝎座，她被埋了五十厘米，那么时子……"

"白羊座和天蝎座分别是七十厘米和五十厘米，处女座、射手座、巨蟹座则分别为一百五十、一百四十、一百零五厘米。这里有一张表。"

"嗯……和元素有关吗？还是按照比例，我看都不是……这应该和星座没有关系，所以不用考虑四十还是七十这种微小的差距。大体上掩埋尸体的坑分为五十厘米和一百五十厘米这两种。"

"嗯，但还有个一百零五厘米的。"

"那或许是凶手大意造成的，那么在知子之后发现的是谁？"

"因为下过雨，所以错过了发现尸体的最好时机，过了很长一段时间后才被陆续发现，失踪一个月后又发现了秋子的尸体，她也是被油纸包裹，穿着旅行时的衣服，不过腰部被切掉了二十到三十厘米左右，死状很惨。她被发现的地点是在岩手县釜石市甲子村大桥，被埋在了釜石矿山附近的山里。听说是动用了警犬才发现的。知子和秋子的尸体，都经过了当时被关在拘留所里的昌子的指认，可以确定是她的亲生女儿。

"警方对警犬的信心大增，于是再次派出大量的警犬和警力进行搜查，果然不负众望，只隔了三天，就在群马县群马郡六合村大字入山的群马矿山里找到了时子的尸体。她身上也覆盖着油纸，衣服也同样是失踪时候的穿

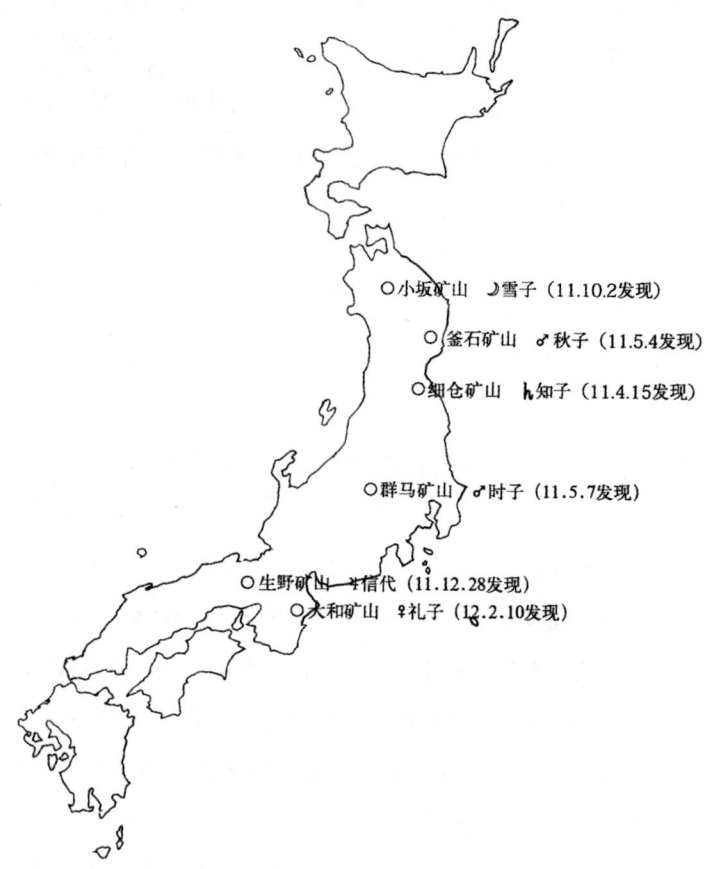

图四

着，只是没有头，所以不能确定身份。不过她的生母多惠来认尸，确定是自己的女儿。死者的两脚有练习芭蕾舞的特征，而且腹部也有一块胎记，这和平吉手稿中记叙的一致。并且在时子失踪的时间段内，并没有和时子同龄的失踪女性，所以可以断定这具尸体就是时子。

"大概因为被埋得太深了，之后过了很长一段时间，直到十月二日，雪子的尸体才被发现。她的死状是最惨的，由于时间太久，所以肉体早已腐烂。胸部被切除，凶手竟把头直接放在尸体的腹部上，那个样子就好像一寸法师。其他地方和前几具大致相同，用油纸覆盖，穿着旅行时的衣服，她被埋在一米多深的洞里，地点是秋田县鹿角郡毛马内町小坂矿山的废矿附近。昌子也去确认了尸体，可以确定就是本人。

"接着又隔了一段时间，在年末的十二月二十八日发现了信代的尸体，距离被害已经有九个月。信代和礼子分属于射手座和处女座，代表的金属是锡和水银，在日本境内出产这两种金属的矿山并不多。先说水银，如果将范围限定在本州内，则出产地只有奈良县的大和。而锡，也只有兵库县的明延和生野。如果不是这样，或许永远也难以找到她们的尸体，因为她们的尸体被埋得相当深。

"十二月二十八日，信代的尸体在兵库县朝来郡生野町川尻，生野矿山附近的山中被发现。她的大腿被切除，膝关节放在骨盆下面，其余情况和前几个大致相同。被害时是三月底，被发现时已经过了九个月，尸体已部分化为白骨，真是凄惨啊！

"最后一个被发现的是礼子，她是在昭和十二年二月十日被人在奈良县宇陀郡宇太町大字大泽的大和矿山附近发现，距被杀已经有一年时间。礼子的尸体少了腹部，其余的和其他人一样。她被掩埋在深达一百五十厘米的坑中。她和信代的尸体已化为白骨，所以即使是亲人来辨认，也难以确认真正的身份，所以根本没有必要让文子来认尸，不过文子还是去了。"

"照你这么说，这两具尸体是别人的可能性不是比时子更大吗？因为容貌已经无法确认了，只能单凭衣服来分辨。"

"嗯，是的，为了确认尸体的确是信代和礼子，调查人员花费了不少工夫。时子的尸体因为死亡时间的关系，还未腐烂，所以不难辨认。这最后找到的两具尸体，可以根据骨骼和皮肤来判断年龄，尸体的高度也和信代、礼子大致吻合，另外还可以用容貌复原技术来恢复死者大致的面容，这样从外形上就可以断定了，还有血型对比等。

"不过最具有决定性的，还是这六具尸体的脚部骨骼以及脚趾的形状，她们生前都长时间进行芭蕾舞的练习，时常踮着脚尖跳舞，脚趾当然就变形了，腿部骨骼的生长和一般人也有很大区别。在日本国内，要能够找出和她们同龄，又都跳芭蕾舞的女孩，那恐怕不太可能。当然，当时也有妙龄少女失踪的案子,所以不能百分之百地肯定死者就是梅泽家的女儿们,但如果说是其他的人,凶手为了杀害她们,而逼迫她们练习芭蕾舞让脚趾变形的话,这未免有些荒唐。总之,综合各种情况考虑,可以肯定这六具尸体百分之九十九,是梅泽家的小姐们。"

"原来如此!"

"另外还有一点,她们到弥彦旅行的时候,肯定要带些随身衣物,但在尸体周围却没有发现这些东西,这或许是非常关键的线索。另外我要重申的是,知子的死亡时间推断是昭和十一年三月三十一日下午三点到九点之间。前面已经说过,这个时间也可以当作是其余五个人的死亡时间。有些调查报告上将另外五个人的死亡时间写成四月初,基本可以不去理会。"

"你认为这五个人的死亡时间和知子是一致的,是否只是基于刚才说明的理由呢?"

"对,因为后来发现尸体的时间都比较晚了,所以很难推断出正确的死亡时间,只能大致进行推算。尤其是信代和礼子,可以说根本判断不出正确的时间。根据法医的说法,尸体只要放置一年以上,就容易出现判断失误。更何况有些人习惯将时间说得长一些,有些人则喜欢说得短一点。另外尸体放置的环境会影响尸体腐烂的速度,自然也就影响了对死亡时间的推断。举个例子说明,凶手在夏天杀了人,而故意给尸体换上冬天穿的棉袄,这样推断出的死亡时间，其前后相差可能有半年以上呢！好了，我的说明到此结束。"

"但是不在场证明呢？所有人在三月三十一日下午的不在场证明。或许阿索德只是个幌子，其真正的目的就是为了杀光梅泽家的人。或者是梅泽平吉有什么不可告人的秘密，招来了杀身之祸。不过，要是提到对梅泽有什么不满的人，最先被想到的，应该就是平吉的前妻多惠。"

"但从不在场证明来看，那是绝对不可能的。多惠每天的工作就是守着柜台，负责小店的营生。先不论平吉被杀的时间是深夜，无论是一枝遇害的时间，还是六名少女失踪的时间，附近的邻居说多惠的确都坐在柜台前。多惠的小店对面就是一家理发店，三月三十一日那天，理发店的生意不好，直到晚上七点半左右关门，老板一直看到多惠坐在店里，其间只是偶尔去上过一两次厕所或做别的什么事情。而且当时多惠已经四十八岁了，怎么可能有那个能力将六名少女抛尸全国呢？何况她也没有驾照，再说那其中还有她自己的女儿。不管从哪方面来看，多惠都不可能是凶手。"

"多惠的不在场证明成立吗？"

"完全成立。"

"嗯，昌子因为证据不足而被警方拘留，那富田安江和平太郎呢，他们被警方逮捕了吗？"

"不，他们只是被警方传讯，不算是逮捕。我刚才说过了，那时候警察只要认为谁看起来可疑，就可以随便抓人，不像现在，一定要有正式的逮捕令才可以带走嫌疑人。所以，吉男也被扣留过几天，是否有嫌疑，就要看当班的警察心情如何了。"

御手洗冷笑了一声，说："那些蠢材，还能做出什么好事！"

"不过那几个人的确都有明确的不在场证明。先说富田安江和平太郎，三月三十一日那天，美第奇照常营业，晚上十点打烊，店里的服务生以及客人都可以给他们做证。白天他们都没有离开超过三十分钟，而即使打烊后，也有熟客聊到十二点才离开。当然安江和平太郎都在场。

"再说吉男。三月三十一日下午一点他在护国寺和出版社的人有约，一直谈到五点。然后他和一名叫户田的编辑搭电车回家，两人又喝酒喝到十一点多。至于他妻子文子，她在下午六点前，也就是她丈夫回家前的行踪并不是很清楚，但五点十分左右，她还和附近的主妇在马路边交谈过。这样看来，他们夫妻二人的不在场证明应该可以成立。另外他们和多惠一样，六名少女中有两个是自己的亲生女儿，所以也不会是他们下的毒手。

"这些主要的相关人物，除了昌子，现在都还健在，而且他们的不在场证明都很充分。或许对于文子你还有些疑问，但根据询问，她不但不知道命案现场在哪里，或许连弥彦在哪个方位都不清楚。如果凶手是她，就一定要一早出门，不然就赶不上时间，所以她说的应该是真话。再说，这五个人都没有时间去丢弃尸体。这就是警方得出的结论。"

"手记里提到的所有人都有不在场证明啊。原来如此，怪不得有人会说凶手根本是个外人。不过昌子不是也有不在场证明吗？"

"但关键是替昌子做证的都是昌子的亲人，再加上那五个人的不在场证明都很充分。所以经过排除，最有嫌疑的人只能轮到昌子的头上了。再说在昌子居住的梅泽家主屋里，还搜出了砒霜和绳索。"

"我看即使吊床这个诡计可以成立，也不能推断出昌子到底只让自己的女儿帮忙，还是让另外的几个少女也一起参加。再说，如果在杀害平吉的时候她没有想到要灭口，为什么隔了一个多月，却又突然改变想法了呢？这点让人感到很矛盾啊。"

"依你所见呢？"

"先不说平吉的案子，我们来设想一下阿索德命案的凶手会不会是另一个疯子艺术家。他和平吉有着共同的想法，既然平吉已死，何不运用现成的材料，也就是那六个少女，来完成这个恶魔的艺术品呢？"

"这或许就是'占星术杀人事件'的最大魅力之所在，有人声称阿索德已经完成，并且就藏在日本的某个地方。所以要解开这个谜团，我看只有找到阿索德和凶手。"

"阿索德必须放在十三的正中，也就是日本的中心，这是平吉在手记里写的吧。这个平吉的继承者既然已经按照平吉的想法制作出了阿索德，必定会将阿索德放在平吉所指定的地方吧。

"那么，这个十三的正中，日本的中心点又在哪里呢？寻找凶手遇到了瓶颈，于是有人干脆放弃找寻真凶，继而开始寻找阿索德。多惠曾把得到的财产的一大部分，作为赏金来悬赏找到阿索德的人。可惜这笔钱至今为止都没有人能拿到。"

"慢着！难道说就这么放弃搜寻真凶了？"

"难道你还没有放弃吗？真是小看你了，御手洗君！我想我没有必要再重申一遍，所有和阿索德命案有关的人，都有不在场证明吧。而且抛尸必须使用交通工具，但平太郎从四月开始，每天都在美第奇露面。昌子则被警方关押，最后只剩下吉男，但他根本没有驾照。

"其他几个女人也一样，无论是多惠，还是文子和安江，她们不仅没有驾照，而且生活和案发之前没什么两样。

"由此可见，凶手只能是平吉手记中没有提到过的外人。既然无法从已知人物中寻找凶手，那只能将目标转移到寻找阿索德了。"

"你说得好像迫不得已一样，平吉就没有什么学生吗，或者在美第奇有志同道合的知音？"

"他的确在美第奇和柿木认识了几个人，不过都是泛泛之交。这些人中，只有一个曾经去过他的画室。好像另外一个也去过，不过本人却说没有，其余几个根本连他的画室在哪里都不知道。"

"这样啊。"

"另外平吉也没对这些人说过阿索德的事情，他们在手记中也没有被提到。我想能够成为平吉的继承者的人，一定是和平吉在艺术上有着共鸣，或者是和他关系亲密的人。所以这个人一定在平吉的手记中出现过！"

"嗯……"

"也有可能是有人曾经偷偷溜进画室里，发现了平吉写的手记。平吉外出的时候，一般都随身携带画室的钥匙。假设有人能够趁他喝醉的时候偷走钥匙，就可以进入画室了。平吉手记中出现的人物，是没有必要做出偷钥匙这种事情的。"

"唉……真是让人想破了头！"

"都四十年了，至今没有人能破解这个谜团啊！"

"能给我看一下那六具尸体被发现的日期表吗，我还有些问题。"

"好啊。"

"……从这张表所列的日期来看，埋得最深的尸体最晚被发现，没有被掩埋的则最早被发现。我认为这是凶手刻意安排的。不过这样做又有什么意义呢？我能马上想到的，只有两个原因。一是为了方便逃跑，二是凶手的确是个痴迷占星术或炼金术的人。这个掩埋尸体的顺序有他的目的，先是水瓶座，然后是天蝎座，再是白羊座、巨蟹座、射手座、处女座，这并不是按照黄道十二宫的排列顺序啊，看起来也不像是从北到南的顺序。是按照到东京的距离来计算吗？嗯，也不像，或许我们都有点钻牛角尖，这样排列根本没有意义。"

"或许他一开始打算都埋得很深，但是到后来又觉得麻烦，所以才越挖越浅，嗯……这样一来我们不就能够根据深浅来推断出凶手埋尸的路径了吗？"

"埋得较深的两处是兵库和奈良，这两个地方之间的距离很近，但深度第三的秋田，却距离这两个地方十分远，这是为什么？"

"说得也是，但深度第三不是秋田的雪子的话……嗯，总之按照路线，如果埋得最深的奈良和兵库的礼子与信代是第一个的话，那接下来的应该是群马的时子，然后沿着路线，在青森埋了雪子，接下来向南到岩手埋了秋子，最后到宫城，因为是最后一个，或许就随手就地把知子丢掉了，最后逃回东京。这样的推理应该可以成立。"

"与其说是凶手觉得把尸体埋得太深很麻烦，倒不如说是凶手在日本巡回埋尸的途中，突然想到，尸体埋得太浅被人发现就完了，所以越到后面就埋得越深。"

"可能是这样吧。不过在秋田发现的雪子埋得深，而在她之前的时子却埋得浅，这样就变成了深、深、浅、深、浅顺序，如果把第三和第四交换一下，就符合埋尸顺序和深浅有关的说法了。或许埋尸的过程并非一次完成的，或许凶手是军方的特务机关，有两个小组在分别进行。A组在西日本的奈良、兵库、关东的群马进行，B组在东日本的秋田、岩手、宫城进行。这样的话，两组都是第一具尸体埋得最深，这样就说得通了。

	发现日	名字	出生年	星座	发现地	埋葬深度
昭和十一年	四月十五日	知子	明治四十三年	水瓶座	宫城县细仓矿山	零厘米
	五月四日	秋子	明治四十四年	天蝎座	岩手县釜石矿山	五十厘米
	五月七日	时子	大正二年	白羊座	群马县群马矿山	七十厘米
	十月二日	雪子	大正二年	巨蟹座	秋田县小坂矿山	一百零五厘米
	十二月二十八日	信代	大正四年	射手座	兵库县生野矿山	一百四十厘米
昭和十二年	二月十日	礼子	大正二年	处女座	奈良县大和矿山	一百五十厘米

"我看和凶手是一个人分两次埋尸这种说法相比，还是军方分两组分别埋尸来得合乎逻辑。如果凶手是一个人，那么时子就不应该埋得那么浅，与其说她是第一次埋

尸过程中的最后一个，倒不如说她是整个埋尸过程中的切换点。或许凶手在完成西日本奈良和兵库的埋尸工作后，就直接到秋田了呢？但这样的话，群马的时子和在宫城还未来得及掩埋的知子的顺序就产生矛盾了。

"那么把西日本放在后面考虑呢，这也不合理，因为在宫城的知子还未被掩埋，所以这个事件是特务机关所为的可能性十分高。如果他们分成两组，同时在东日本和西日本进行掩埋工作，然后以东京为基准，分别从最边缘的地点开始掩埋尸体，这样就符合逻辑了。东京不是有特务机关的驻地吗？"

"但这样想，为什么负责西日本的那一组没有掩埋时子，这有些奇怪。"

"嗯，这样考虑的话，似乎又不是特务机关做的了。而且有熟悉军方内幕的人说，军方并没有下令进行过那样奇怪的计划。"

"哦！"

"也有可能是特务机关的高度机密，那些什么所谓知道内幕的人，也只是吹牛的吧。"

"但那些做证的是内部人员。"

"或许，秋田的雪子之所以被埋得那么深，只是凶手的一时兴起。不过从这个想法可以得到一个推论，那就是凶手应该是一个居住在关东地区的人。他可能是打算在回青森的途中一路掩埋尸体，这样雪子就应该是最后一个，或许没有被掩埋的应该是她。"

"嗯，也只能说是或许了，埋尸地点还有什么其他的线索吗？九州和北海道还有很多矿山，为何埋尸地点只选在本州呢？或许这正能够说明搬运尸体使用的是汽车，因为当时九州与本州之间的关门隧道还没有建好呢！或许是按照年龄呢？知子二十六岁，秋子二十四岁，嗯？对！埋尸的深浅程度是依照年龄来排列的！虽然最后的信代和礼子是颠倒的，但她们被埋的深度几乎是一样的，所以可以互换。这个杀人艺术家，把最年轻的信代放到了最后一组，或许也有某些意义呢！"

"这只是巧合，巧合！这样想的人不是没有，但根本算不上什么线索。"

"是吗？或许是巧合吧。"

"花了这么长的时间，总算把《梅泽家占星术杀人》给讲完了。怎么样，御手洗君，你有什么眉目了吗？"

御手洗的抑郁症似乎又发作了，他紧锁着眉头，用食指和拇指不停地摩擦着眼睑周围。

"这的确大大超出了我的想象。我实话实说，今天恐怕无法立刻答复你，或许要花上个两三天的时间吧。"

几天！我本来想讽刺他是不是在逞能，但终究没有说出口。

"和事件有关的人物，都有充分的不在场证明，而且他们几乎都没有杀人的动机。"御手洗低声自言自语道，

"也许是美第奇或柿木的什么人干的？但他们和平吉的交情，应该没有好到会替平吉去做那种荒唐事情的地步。再说他们不可能看到过平吉的那部小说式手记。至于说是局外人干的嘛，或许是陆军的特务机关，但他们又没有替平吉制作阿索德的理由，还有内部的人说根本没有过这样的计划，也就是说，这个凶手根本不存在！"

"不错！我看你还是投降吧，先放弃寻找凶手这件事，和大家一样，来寻找被放在四、六、三，十三之中心的阿索德吧。"

"阿索德不是被放在日本的中心吗？"

"是的！"

"平吉在手记里不是写得很清楚吗，日本的真正中心点在东经一百三十八度四十八分的线上。"

"是啊……"

"所以只要沿着这条线来寻找，就可以找到阿索德了吧？"

"你说得没错，但这条线全长三百五十五公里。如果换成直线，大概是东京到奈良的距离。其中要穿越三国山脉、秩父山地，还要经过那个有名的富士树海。不是随便开车或者骑摩托就可以走完全程的。而且这三百五十五公里路，基本都是在偏远的山区，阿索德又被埋在地下。就算我们可以和鼹鼠一样挖地道，但要找到阿索德，难于上青天啊！"

御手洗哼了一声，低声嘟囔着："即使这样，只要给我一个晚上，一个晚上就足够了……"

他说得非常小声，甚至比蚊子振翅的声音还要微弱，至于他后面说的是什么，就根本听不清楚了。

五

隔日，我因有事脱不开身，所以没有去御手洗的事务所。他似乎沉浸在四、六、三的谜题中，也没有打电话给我。

这时我才深感作为一个自由职业者的悲哀，无论如何都要以工作优先。我也曾对御手洗这样抱怨过，甚至还开玩笑地表示，干脆在他那里上班算了。但我的话还没说完，他就站起来说："用一个比喻来说吧：一片荆棘丛生的地带后是一座美丽的花园，为了到达这座美丽的花园，必须穿越蜿蜒曲折的小道，一路披荆斩棘，这样才能获得成功的喜悦，你明白吗？"

"什么……"

"我是说，那个地方是一个男人拼搏一生的终点站。虽然攀爬到高处，也可以远远看到那座花园，但终究只是看到而已，并不能真正置身于内。一切不用付出代价就可以安安稳稳到达目的地的想法都是错觉！"

"你到底想表达什么啊？我越听越糊涂了。"

"真遗憾，在没有想象力的人眼中，毕加索的画和涂鸦没有什么区别。"

现在回忆起来，是因为当时的御手洗不想让我去上班吧？但因为他性格那么别扭，所以不好意思说出"你别去上班"这种话吧。

第三天，当我再去找他的时候，发现才过了一天，他脸上的阴霾已经消散。对我来说，要了解这个男人的心情还真是简单，只要看表情就知道了。

我刚踏入房门，原本像个游民一样懒洋洋躺在沙发上的他就立刻站了起来在房间内来回踱步。然后，他对着我模仿起政客在宣传车上发表竞选演说的模样。

他这副架势让我想起最近看到的几个政客，他们举着大喇叭，用震耳欲聋的嗓门许下一些不知何日能兑现的诺言。

"各位请支持我！这样你们的钱包会像猪笼进水一样！流金不止啊！"

那些跟班也跟着应援。

"请各位支持菅野万作！请各位支持菅野万作！后面的人也请挥手！"

而此时的御手洗仿佛身临其境，着魔似的不停地挥着手。

我猜得出他这么兴奋的原因，想必是已经解开了"四、六、三之谜"了吧。

御手洗一边喝着咖啡,一边说。

"这两天到处都是选举演说,吵吵嚷嚷的真讨厌!我的思绪都被打乱了。

"那天你走了以后,我考虑了很多。我觉得首先应该找出日本的南北中心。东西方向的中心我已经知道了。

"平吉认为日本的最北端是春牟古丹岛,位于北纬四十九度十一分;最南端是硫磺岛,位于北纬二十四度四十三分。这两处的中心点为北纬三十六度五十七分。从地图上来看,平吉认定的东西中心线,是东经一百三十八度四十分,它和南北的中心线的交叉点,应该在新潟县的石打滑雪场附近。

"让我们再来看看平吉所说的真正南端,就是波照间岛与春牟古丹岛之间的中心线。波照间岛位于北纬二十四度三分,它和最北端的春牟古丹岛的北纬四十九度十一分之间的中心线,就是北纬三十六度三十七分。这条中心线和东经一百三十八度四十八分的交叉点,在群马县的泽渡温泉一带。这两个中心点之间正好相差了二十分,这个数字是有特殊意义的。

"然后是平吉所说的日本的肚脐,弥彦山的纬度,是北纬三十七度四十二分。这个数字和前面提到的两个中心点中的前者,相差了四十五分,是一个可以除尽的数字。但这样也还是求不出四、六、三这几个数。所以我就想,为何不把发现六名少女尸体地点的经纬度也全部列出来看看呢？所以就有了这张表格。"

御手洗递给我一张写满了数字的纸。

☽小坂矿山（秋田县）东经一百四十度四十六分 北纬四十度二十一分

♂釜石矿山（岩手县）东经一百四十一度四十二分 北纬三十九度十八分

♄细仓矿山（宫城县）东经一百四十度五十四分 北纬三十八度四十八分

♂群马矿山（群马县）东经一百三十八度三十八分 北纬三十六度三十六分

♃生野矿山（兵库县）东经一百三十四度四十九分 北纬三十五度十分

♀大和矿山（奈良县）东经一百三十五度五十九分 北纬三十四度二十九分

"我想把这六座矿山的经纬度相加，求出一个平均值来看看有什么特别的。先算东经，结果让我大吃一惊啊，因为正好是一百三十八度四十八分！这和平吉所说的东西中心线吻合。所以可以确定，六个埋尸地点是他早就选好的。然后再算纬度的平均值，是北纬三十七度二十七分，在地图上可以看出，这个纬度和东经一百三十八度四十八分的交叉点就在长冈的西边。

"然后再拿它和刚才求出的日本南北中心做一个比较

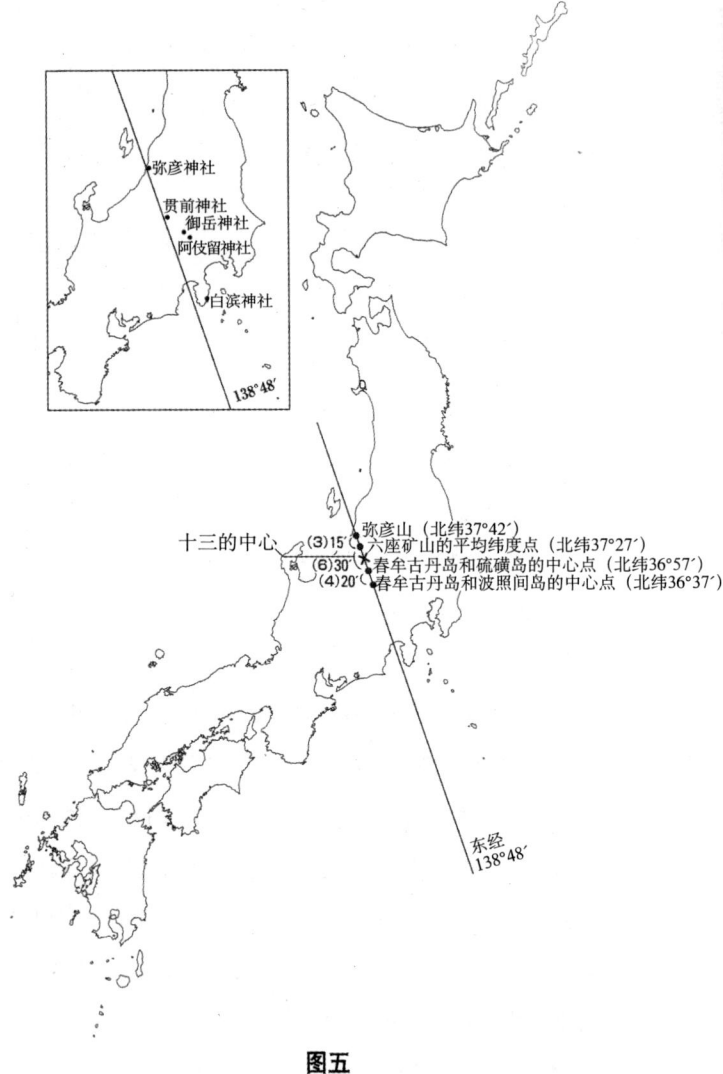

图五

就可以发现，它和两个中心点中的前者，也就是春牟古丹岛与硫磺岛的中心点，正好相隔了三十分的距离。再来看它与弥彦山之间的关系，北纬三十七度二十七分，是弥彦山向南移动十五分到达的地点。如果将弥彦山也包括在内，那么在东经一百三十八度四十八分那条线上，正好有四个点。

"由南向北，首先是春牟古丹岛与波照间岛的中心点，然后是向北移动了二十分的春牟古丹岛与硫磺岛的中心点，接下来是向北移三十分的六座矿山的平均纬度点，最后向北移动十五分，就是弥彦山了。从南端开始，四个点之间的间隔分别是二十分、三十分、十五分。这四个点并列于东经一百三十八度四十八分的这条线上。如果各除以五，就可以得到四、六、三这三个数字了。这四、六、三的中心，也就是相加之和为十三的中央点，就是北纬三十七度九点五分。这个北纬三十七度九点五分，东经一百三十八度四十八分的位置，从地图上看，是在新潟县十日町东北方向的山中。这里一定就是平吉安放阿索德的地点！

"如何？你也是那么想的吧！今天的咖啡特别好喝，你或许感觉不出来，但今天给人的印象最为强烈，你说呢，石冈君？"

"嗯，今天的咖啡……"

"我没问你咖啡到底怎么样，我的意思是你对这个四、

六、三的推论怎么看？"

一时之间，我有些语塞。

"嗯……了不起！"

我想到能说的似乎只有这几个字，但我马上感到了危险的眼神，御手洗似乎有些不快。我连忙补充了几句。

"御手洗君，你可真了不起啊，能够想到这些说明你的确是个天才！"

"你的意思是……"

"嗯？"

"难道这个推论早就有人提出过？"

或许刚才我的脸上闪烁过一丝遗憾的表情，才让御手洗如此敏感，不过挫挫他的锐气，又何乐而不为呢？

"御手洗君，可别小看这四十年啊，凡人花四十年，也是能建一座金字塔的呢！"

我这呛人的口气可是师从御手洗的。

"我可从来没见过这么讨厌的案子，"他似乎有些按捺不住情绪了，"不管想出了什么答案，都是别人说过的，这简直就是小学生测验！你就像拿着答案的老师，要我在考卷上画○或×。我讨厌考试，当然也不会因为答对了能得到表扬，会被当成好学生而感到高兴。当好学生又怎么了？再说，怎么样才算好学生？我可不会为了拥有好学生的优越感而努力。现在不会，以后也绝对不会。"

"御手洗君！"

御手洗没有理我，自顾自地走到了窗边。

"御手洗君。"

"……"

"喂，你！"

"那个……"他终于又开口了，"我不是不知道你想说的，但我并不像别人说的那样，我不认为自己是个怪人，只是别人不了解才会误会我的。我明明和大家一样，每天过着普通的生活，但为什么别人总是把我当作火星人一样看待呢？"

嗯，这大概就是他的病根。

"御手洗君，你……你好像不太舒服……我看你还是不要站着说话了，快坐下！站着一定很累。"

"我实在是搞不明白啊！"他接着说，"既然人最后都是要死的，干吗还要为愚蠢的事情拼命呢？

"徒劳啊，石冈君！一切都是徒劳的！就和平吉说的那样，现在的努力，其实都是献给虚无的供物，我们做的一切都是徒劳。

"无论大喜还是大悲，就如同暴风骤雨一般转瞬即逝。春天必定会盛开的樱花也必定会衰败。唉……无可奈何花落去，到头来，人根本不能左右自己的命运，终归会漂往相似的终点。无论是谁，也不能改变……

"还有，理想是什么？哼！只不过是个葬送我们一生的口号。"

他说着说着,整个人都陷进了沙发里。

"我了解你的意思,但是……"

听我似乎有所辩解,他立刻瞪着我问道:"了解,你了解什么!"但转瞬间他又带着愧疚的语气说,"对不起,我不应该对你抱怨,你不会认为我疯了吧?谢谢你,或许你和别人是一样的,但你一定比别人更理解我。

"好了,还是换个话题吧,刚才在我说的地点中,有没有别的发现?"

"嗯?地点?"

"……我说的是刚才提到的十日町东北面的山里,就是十三的中央啊。"

"哦,那个啊!"

"那些业余侦探没有一窝蜂地往那里跑吗?"

"好像没有,有的话,那里一定会变成观光胜地。"

"说不定还有卖阿索德馒头的。"

"的确有可能哦!"

"在那里什么都没发现吗?"

"没有,什么都没有。"我摇摇头。

"那么……这么说,还有别的推论?快告诉我!"

"的确还有很多谜团、推论,这本书里都写了。想知道的话,把书看一遍就可以了。"

"那算了,我懒得看,也没那个时间。我一定要自己解开这个谜团,谜底绝对就是事件的真相。

"这个凶手,神秘的艺术家先生,不知道他是否也找到了平吉手记里记载的安放阿索德的地点。我想他既然按照平吉所描述的步骤去杀人,应该也解开了安放阿索德的地点之谜……

"不对!他肯定是找到了,这不是个难题,只要用一个晚上就能想到。这个艺术家能够按照手记去抛弃那些残骸就是最好的证据。

"平吉在手记里并未将每具尸体该放在什么地方写得清清楚楚,他没有写出矿山的名字。不过就手记里四、六、三这三个数字来看,平吉其实早已有腹稿。再来看那个凶手的埋尸地点,竟也和四、六、三吻合。所以说,凶手埋尸的地点和平吉预想的地点是完全一致的,这是一个很重要的证据。那个平吉的继承者应该能够解开平吉生前留下的谜团。这个人那么了解平吉,真让人忍不住怀疑,凶手和平吉就是同一人!"

"是啊。"

"或者,因为突发的意外,让凶手找到了更适合安放阿索德的地点。难道是阿索德被埋得很深,所以不会那么轻易地被发现?那些业余侦探就没有去挖过那一带吗?"

"挖倒是挖了,只不过什么也没挖到。那地方已经被挖得好像满是弹坑的硫磺岛。"

"硫磺岛!说起硫磺岛,平吉的预言果然准确。这些先不管,阿索德到底有没有被埋在那里?那一带地形怎样？有没有大家都忽视了的死角？"

"似乎没有，因为那一带地形平坦，而且四十多年来，能挖的地方几乎都被挖遍了。"

"既然你这么肯定，那就姑且相信你吧。如果没有被埋在那里的话，那么或许阿索德根本就没有被制作出来。"

"那又何必杀害六名少女呢？然后还要把她们身体的一部分切下来。"

"或许被切下的部分腐烂得太快，遇到了阻碍，制作人体标本的想法最终并未实现。制作人体标本，要会剥制的技术吧。"

"是啊，但只要学就学得会。如果有书的话就更简单，比如制作动物标本的书啊。稍加练习，最后才投入实战！"

"或许吧。"

"平吉的手记上并没有写明制作阿索德的方法，但如果凶手是平吉以外的人，应该会联想到以制作标本的方式来完成阿索德的。那是一件即使只存在一天，也会让人感到满意的作品吧！哪怕凶手制作的这个标本惨不忍睹，但如果能保持半年左右的完整性，我相信凶手就能获得很大的满足感了。"

"平吉的手记里不是写道，只要阿索德一旦完成，她就会获得生命。"

"我看那只是他的疯话，不过疯子艺术家脑子里是怎么理解的，外人可不知道。"

"嗯。"

"我想你所列出的那个十三的中心点的设想应该没错，但仍然找不到阿索德，就像你说的那样，这实在太费解了。我们至今讨论的几个谜团，都被推理爱好者们研究过无数遍了，但都没有一个合理的答案。这实在太不可思议了！"

"或许还有另一种可能。"

"什么？"

"就是关于这个十三的中心点，以及东经一百三十八度四十八分的说法，只是平吉一时兴起，随手写下的，所以根本用不着把它当回事。"

"绝不会是这样，我可以保证！"

"哦？说说你的理由。"

"因为这条线上的确有奇妙的地方。"

"此话怎讲？"

"或许和本案无关，但是关于这条线的记载，并非只是存在于平吉的手记里。其他知名的作家也曾经在他们的作品中提到过这条具有神秘力量的线。你知道松本清张这个作家吧，他有部短篇小说，名字叫《东经一百三十九度线》，你看过吗？"

"没有。"

"这部小说似乎是在考证梅泽平吉的预言，这点我非常感兴趣。你知道吗，日本自古就有龟甲卜和鹿骨卜两种占卜的方式。鹿骨卜，就是用火钳烧透鹿的肩胛骨，然后根据鹿骨的裂纹来进行占卜，通常预言当年农猎的收成如何。鹿骨卜的历史虽然比龟甲卜来得久远，但说到龟甲卜为什么会替代鹿骨卜，或许因为日本是个岛国，在海边很容易捡到海龟壳，所以逐渐用龟甲取代了鹿骨。流传中，占卜习俗的主要场所中就包括了越后的弥彦神社。因为那一带在海边，所以当然还是以龟甲卜为主了。

"另外，还有一个地方也流传着龟甲卜的习俗。从弥彦向南，面向太平洋的海滨地带伊豆，有一个白滨神社，就是那个地方了。至于仍然流传着鹿骨卜习俗的地方，大致有以下三处：上州群马县的贯前神社，以及武州即现在东京郊区的御岳神社与阿伎留神社。以上提到的五个神社都在东经一百三十九度线上，自南向北排成一列。而除了以上的五处，在日本无论东部还是西部，都找不到有利用龟甲和鹿骨进行占卜的神社了。"

"哦！"

"还有一个很重要的原因，按照古代的发音来读这一百三十九度线上的三个数字的话，就是hi、mi、kokonotsu。这根本就是在暗示'himiko'①。"

"你说得很有意思，但会不会只是一个巧合呢？东经一百三十九度，是近代人对地球有了新的了解后才测算出

---

①卑弥呼的日语发音为himiko。

的数据。如果硬要把它和两千多年前的卑弥呼扯在一起，不会太牵强了吗？"

"那可是作者说的。卑弥呼是拥有神力的巫女，也就是说她拥有超越科学的暗示能力。所以她用数字来启示后人，来证明自己的存在，我认为这点还是可信的。在古代的邪马台国时代，卑弥呼的工作就是利用龟甲或者鹿骨来占卜、祈福、预言凶吉。"

"那么，邪马台国也在东经一百三十九度线上吗？"

"这很难确定，可以说是，也可以说不是。据说邪马台国的后裔曾在那一带住过。这点你可以查询中国的史书《三国志·魏志·倭人传》。三世纪左右，邪马台国曾在现在日本的九州一带出现，但到了八世纪大和王朝兴起时，就消失得无影无踪了。现在日本的文献上完全没有关于邪马台国的记载。

"有种说法是邪马台国被当时的敌国狗奴国消灭了，也有人认为邪马台国是被从朝鲜来的大陆民族消灭了，平吉的看法应该是后者。至于邪马台国的结局，按照小说里的说法，邪马台国和日本的中央政府军合并了，实质上就是灭亡了。当时大和王朝建立中央政府以后，对待邪马台国的政策，就是将邪马台国的子民和卑弥呼的子孙，强制迁移到东国。

"如果留意奈良时代以后的日本中央政府政策，就可以发现朝鲜半岛动乱的时候，躲避战火而逃到日本的'归化人'都被强制性地移送到了上总、上野、武藏、甲斐等关东地区居住。不过有人推测，其实这种政策渊源已久，而第一批被强制动员迁居的人，我想就是邪马台国人。"

"嗯！"

"邪马台国可以算是日本的一个历史之谜，有人说它在九州，也有人说在别的地方，对于它所在的具体位置众说纷纭。我曾经花时间研究过这个课题，如果你有兴趣，我们以后可以讨论。还是回到东经一百三十九度这个话题吧。刚才我说到有龟甲卜和鹿骨卜习俗的五座神社。越后的弥彦神社的经度在前面已经提过了；上州贯前神社位于东经一百三十八度三十八分；武州的御岳神社是东经一百三十九度十二分；阿伎留神社是东经一百三十九度十三分；伊豆的白滨神社则是东经一百三十八度五十八分。

"这几座神社都位于平吉所说的那条东经一百三十八度四十八分的延长线上。若是将这条线向东移十二分，那就可以和松本清张的说法对应了。东经一百二十四度线通过冲绳与先岛群岛的正中央，我们大致可以将其视为日本的极西点，最东端则四舍五入为一百五十度，那么平吉所说的春牟古丹岛左侧的舍子古丹岛应该就是极东点。以此求出日本的中央，就是东经一百三十九度了。平吉或许认为，在日本的中心点进行占卜是最灵验的，所以居住在那里的巫师所拥有的灵力也是最强烈的。他在昭和十一年就预言了这条线的重要性，只要在它的上面就能获得某种力量。"

"嗯,你这个看法很有趣。"

"还没完呢,我还要提一件事。"

"请说。"

"高木彬光在他的长篇小说《黄金之键》里,也提到过这条线。"

"哦,也是有关这条线的?"

"是的,不过小说里没有提到具体的数字。主要内容是说明治维新时期,江户幕府为了东山再起而埋藏了一批珍贵的财宝。

"我只把和平吉有关的部分解说一下。江户幕府解体的时期,有一位和胜海舟齐名的政治家,他名叫小栗上野介,小栗家代代侍奉德川家,所以他也十分忠于德川幕府,和倒幕派可以说是势不两立。当时幕府决定征讨萨长东征军,在是否出战的态度上,他不同意胜海舟的恭顺派意见,而是积极主战。最后他甚至决定亲自率领幕府军,拟订了一个一举歼灭萨长东征军的计划。据说后来西乡隆盛知道了计划后,也大为赞赏。

"小栗的计划是这样的:让幕府军驻守在箱根至小田原一带,然后等待萨长东征军长驱直入已经成为空城的静冈,并在箱根和东征军交战,迫使他们逃往兴津,而此时停靠在兴津海岸的军舰就展开炮击,将东征军一网打尽!兴津这个地方,半面临山,半面临海,是个狭长的走廊形地带。倘若遇到炮击，根本无处可躲。

"可惜这个伟大的骏河湾作战计划，因为大势所趋，根本没有机会实施。具体地说是德川庆喜没有准许，所以才不为人所知。不过，如果真的实行，或许历史就会被改写，江户幕府也会更早地终结。箱根、兴津两地与东经一百三十八度四十八分这条线之间的距离几乎是相等的。也就是说这场战役，本是计划在一百三十八度四十八分线上展开的。还有，这场战役的指挥官小栗上野介的籍贯在上州权田村。这村子也在东经一百三十八度四十八分上，后来小栗因为政治上的失利，回权田村隐遁，最后被幕府处决了。他的墓所在位置，也正好是东经一百三十八度四十八分。高木彬光在《黄金之键》这本小说中认为赤城山不是埋藏黄金的地方，藏宝的地方应该是松井田与权田村之间的某处，而这两处之间的那条线应该就是东经一百三十八度四十八分。

"另外再说几句和小说无关的内容。太平洋战争末期，日军决意在本土与盟军进行决战，军部计划将大本营由东京迁至内陆的松代。松代位于长野以南，是有名的川中岛决战的战场。或许有这样一个典故，日军就想借此展开背水一战。

"等到本土彻底抵抗战线的集结完成，美军也在九十九里滨和相模湾登陆了。他们的首要目标就是占领关东平野，为此不惜付出任何代价，而最终的目的就是要包围刚才提到的松代大本营。而日军也早就做好了决战的准备。

"美军进击必定会经过中仙道，日军也预料到从安中到碓冰岭的这段中仙道会发生激烈的战斗，所以预先设置好了阵地。中仙道中央有个叫松井由的地方，这个地方正好位于东经一百三十八度四十八分。你不觉得这个计划和小栗上野介的骏河湾作战计划有相似之处吗？两者都是发生在改朝换代时期，并且同样把国家的命运赌在这场最后决战上，但结果都没有能够实行。

"好了，就讲到这里，我已经把和这条线有关的历史事件都告诉了你。"

御手洗在发呆，好像故意为了换个话题说道："我也搬到那条线上的什么地方去住吧。"

"除此之外，你知道雷线吗？在英国发现的那条。"

"雷线？英国发现的？"

"是啊，知道吗？"

"当然知道。古老的石碑、神木、古冢、教堂及圣井等排列在一条直线上。由于直线上大都是词尾有 ley、lay、lea、leigh 的地名，所以就称这条直线为'雷线'。"

"就是这样，这种线日本也有。比如北纬三十四度三十二分，此处东西线上七百公里的范围内，分布着众多神社和历史遗迹。"

"哦……"

"从皇居到鬼门的方向,正确地说是东北方的这条线上,有矢先稻荷神社、日枝神社、石滨神社、天祖神社。鹤冈八幡宫的正北方就是日光东照宫,这中间的南北线上,据说还有很多祭祀金属神的神社。"

"这样啊……"

"所以日本和英国的情况类似,在特殊的地理位置线上设置祭祀场所是自古有之的。"

"原来如此啊,所以平吉的想法算不上特殊。"

"我们还是看看饭田小姐带来的资料吧,这是我今天来的主要目的。前人知道的资料,我已经全部告诉你了,能不能解开这个谜团,就看你的了。"

说起来,我和御手洗之所以会对这个四十年前发生,至今仍然悬而未决的案子产生浓厚的兴趣,完全是饭田美沙子引起的。有一天,她突然出现在御手洗的占星教室。

我来御手洗的占星教室,本是想学习一些占星术的基础知识,但后来实在是太闲了,就常常来他的教室闲聊。偶尔会看见有女性来拜托御手洗给她们算命,御手洗算得都很准。每到这时御手洗就摆出一副大师的派头,对我呼来唤去的,久而久之,我竟然变成了他的助手。

饭田美沙子进门的时候,我并没有注意到她。不过,她的委托却和一般人有所不同。

"对不起,这个时候我不知道该怎么说。"她有些犹豫,似乎在寻找合适的措辞,"我并不是为了占卜而来的,不,或许应该说占卜的对象不是我,而是我的父亲。"

说完,她又沉默了片刻,似乎有难言之隐。御手洗则是一副世外高人的样子,好像在等着鱼儿愿者上钩,并没有催促她说下去。倒是站在一边的我,等得有些不耐烦,心想不知能说点什么鼓励鼓励她,让她容易开口。

此时的御手洗被严重的抑郁症折腾得够呛,或许他只是在思考肝癌和吸烟的因果关系,并且感叹世间竟然还有吸烟这种愚蠢的自残行为,根本没听见饭田美沙子说了什么。

"其实……"她下定了决心,终于开口说,"这件事本应该去找警察的,但是我不能那么做。唉,御手洗先生,您还记得水谷小姐吗?大概是一年前,她曾拜访过你。"

"水谷小姐?"御手洗故意歪着脑袋想了一下才说,"啊,就是接到骚扰电话的那位水谷小姐吗?"

"是的,她是我的朋友,她当时遇到了麻烦,不知道怎么办才好,后来找您商量之后,竟然很容易地就把麻烦解决了。她向我提起您,说您不仅精通占星术,而且有侦探方面的头脑,是个非常聪明的人,所以我才会冒昧地来打扰您。"

"哈哈哈,您真是过奖了。"

饭田美沙子似乎早就准备好了这番说辞,而御手洗恰恰也是个喜欢听奉承话的人。

但是她突然沉默了下来,过了一会儿,她突然问了一个奇怪的问题。

"御手洗先生,请问您的全名是什么?"

这个问题让人摸不着头脑,但我却感到御手洗有些狼狈。或许此时正需要这样的问题来打破尴尬的气氛。

"我的名字和您将要说的问题有关吗?"御手洗很谨慎地问道。

"不,和我的问题没有关系,只是水谷小姐想知道。她说她问您的时候,您不愿意说。"

"您好像是特意来问我名字似的——"御手洗的忍耐到达了顶点。

"洁,清洁的洁。"①

我连忙打断御手洗,替他回答了这个问题,因为接下去不知道御手洗嘴里要吐出什么尖酸刻薄的话了。这个时候来缓和气氛是我的强项。

饭田美沙子低着头,好像在强忍着不笑出来。御手洗的表情则是越来越可怕。

"真是奇怪的名字。"饭田美沙子抬头说,她的双颊泛红,想必是憋出来的。

"是给我取名的人奇怪。"御手洗立刻接口说。

"给您取名的人?那应该是您父亲吧?"

御手洗的表情越来越不耐烦,他说:"没错,所以他

---

①御手洗在日语里有厕所的意思。

遭报应，早就死了。"

气氛一下子变得很沉重，大家都沉默不语。过了一会儿，饭田美沙子才开口说话。

"我不能去找警察，是因为这件事情有关家父的名誉。家父已于上个月去世了。但如果这件事被警方知晓，或许会发展到不得不负刑事责任的地步，这样外子和家兄都会受到牵连，他们二人以及家父都在警界服务。刚才我虽然提到需要负刑事责任，但我认为家父绝对没有犯罪。他一直是一个守法的人，退休时还受到了上级的表扬，平日里除非万不得已，绝对不会请假或者迟到。不过他似乎为了某件事而抱着赎罪的心理，或许那是在他心中一直长存的羁绊吧。

"另外，我将告诉您的，是一件曾经轰动一时的神秘事件。此事若被外子或家兄知道，一定会被责令公布。这样一来定会影响到家父的名誉。外子和家父一样，是一个做事踏实，一丝不苟的人。而家兄则向来对工作认真负责，甚至到了对自己的亲人也冷酷无情的地步。

"唉，家父生前实在是个可怜的人啊，他常年承受着这个秘密所带来的压力，身边没有可以倾诉的人。所以我希望，能在不影响到家父名誉，也不会使他遭受不白之冤的情况下解决这件事。我想家父倘若泉下有知，也会感到欣慰的。所以我代表他，向您求助。"

她说到这里停顿了一下，似乎陷入了深深的回忆之中，也似乎要确定一下自己的决心。

"对我而言，这件事也算是家丑，家丑不可外扬，如果事情宣扬了出去，家兄和外子将颜面无存。正是因为考虑到了他们的名誉，我才没有贸然和警方联系。另外，此事和西洋占星术也有所关联，考虑到您是对此精通的占卜师，所以我认为您一定能从中看出些端倪，从而抓住关键来解决事情，因此我下定决心前来拜访。

"但是，为了不让您产生误解，我在此申明：家父绝对不是凶手，他和梅泽家的一干人等毫无瓜葛，只是被人利用而已。御手洗先生……您知道战前发生的梅泽家占星术杀人事件吗？"

当御手洗很冷淡地回答不知道的时候，她表现得很惊讶，呆呆地盯着御手洗看。或许在她看来，这么有名的事件，又是和占星术有关，御手洗不应该不知道。说实话，御手洗的回答让我也吃了一惊。

"对不起，我以为您知道的……那还是由我从头说起吧。"

接着，她就从平吉被杀开始说起，其间我忍不住从旁插嘴，说我正好有一本有关此事件的书，其后会给御手洗详细说明的。她点点头，简单交代了事件的始末。

"我本姓竹越，是婚后才随丈夫改姓饭田的，家父全名竹越文次郎，生于明治三十八年二月二十三日。刚才我提到过家父在警界供职，梅泽事件发生的昭和十一年，家父三十一岁，还在高轮警察局任职。那时我尚未出生，不过哥哥已经出生。现在我们居住在自由之丘附近，但当年的旧宅却在上野毛，所以才会被卷入那个事件。前几天，我整理家父的书架，发现了这个。这是用警察写笔录时用的专用纸写的，字迹也的确是家父的，里面的内容阐述了当时的经过。

"看完这份手稿后，我震惊不已。我不敢相信，平日里对待我们如此温和，做事从不出格的父亲竟然……想到这里我觉得父亲实在是太可怜了，所以无论如何都要为他做点什么。手稿的内容事关梅泽家事件中的一枝命案。一枝死前曾和父亲……那不是一个警察该做的事情。不过我既然已经决意让您来解决，就将这份手稿放在这里。我想您看过以后，一定可以了解父亲的心情。我也希望您能为我解决这件事，这样已故的家父也能够瞑目了。唉，父亲在弥留之际一定心有不甘啊！或许解决整个事件有些强人所难，我只希望您能解决和父亲有关的部分。"

之后我们又聊了一会儿，并没有马上看竹越文次郎的手稿。我只是往桌上瞟了一眼，就知道了它的重要性。当时我兴奋的心情不亚于一个即将拆开圣诞礼物的小孩。我真的要好好感谢御手洗，如果没有他，我根本不可能见到这样一份重要的资料。

我想御手洗也不是无动于衷，只不过他表面上装得十分平静，其实心里暗地兴奋吧！

文次郎手记

在我长达三十四年的警察生涯中，获得的少，失去的多。一张奖状和警察的头衔，显然就是我所获得的全部，但这些并不能减轻我内心的痛苦。

这份痛苦和我的职业并无关系，我想任何人都无法找到能够倾听自己诉说烦恼的对象，或许那些街头的放浪者，也都有属于自己隐藏在内心的苦痛吧！

我五十七岁选择圆满退休时，有的同事对此大感意外，因为很多警察在退休后，会觉得失去了自己的生活，一下子无法适应。但我并不是为了贪图那百分之五十的退休金，而是担心自己已经老迈，很多警察的工作已经力不从心，如果因此而出现失误，倒不如选择退休。其实这二十多年来，光荣退休的景象一直在我脑海中盘旋，如同少女憧憬婚纱一样。

我也觉得把这些手稿留在身边是一件很危险的事情。也曾下过决心，只要顺利退休后就再也不碰这些东西了。但退休后的无所事事感终究让我按捺不住，又提起笔来继续写作。或许只有在这些当年专门做笔录用的纸上奋笔疾书，才能让我回到往日那种繁忙而充实的生活中去。

在此，我将记述一些恐怖的回忆。俗话说，地位越高，责任越大。平心而论，在我年轻时，从未因工作而感到烦恼。但当儿子也选择了警察这个职业，并且一路攀升到较高的地位时，我的恐惧却日益增大，只期盼能够安安稳稳地等到退休。

既然在惶恐中度日，又为何不早早地递出辞呈呢？或许胆怯的我不敢这样做吧。理由有两点：第一，警察是我的天职，而且我并无合适的理由辞职；第二，我不知道该用怎样的表情面对同事异样的眼光，并为自己辞职一事编造出一个圆满的理由。况且，如果那件事情被曝光了，辞不辞职的结果都是一样的。总之，毫无理由的引退，恐怕会让我成为被怀疑的对象。

一直如同幽灵一样在我脑海中盘旋，令我心有余悸的那件事情，就是发生在昭和十一年的梅泽家的血案。在那个黑暗的年代，经常会发生一些集体屠杀的神秘事件。

梅泽家的事件就是其中之一。这个事件一直是由樱田门的一课负责调查的，我当时是高轮警局的侦查组长。昭和十一年的竞争制度，是根据逮捕犯人的数量来计算工资的，大家都七元、八元、九元这样一阶阶往上爬，由于我的工作能力优秀，才三十岁就担任了组长一职。

当时我在上野毛置有一处房产，长子也出生不久，可以说家庭和事业都步入了正轨。但我却永远也忘不了昭和十一年三月二十三日那天晚上发生的事。

使我卷入这起命案的，就是发生在上野毛的金本一枝被杀事件。包含着这起案件的梅泽家占星术杀人事件，是战后日本家喻户晓的奇谈。一般人或许都认为一枝命案只是偶然发生在另外两起案件之间的不幸事故，但我以下的记述，可以完全推翻这个定论。

年轻时我为了晋升，工作十分卖力，常常早出晚归。但当我升为组长后，就每天都按时六点下班了。按我的步伐，走到案发一带应该是七点左右，所以对方如果早有预谋，想要引我步入陷阱，一定对我的作息了如指掌。

那天，我走出车站，大概步行了五分钟，发现路边有个穿黑色和服的女子蹲在那里。当时路上并无其他行人，她双手捂着肚子，发出痛苦的呻吟。

我还记得她当时说："我突然腹痛难忍，只能蹲在这里休息。"又听闻她就住在附近，我决定发挥人民公仆的精神送她回家。我将她抱进屋子，让她躺下休息后，就决定告辞。但她却留我多坐一会儿，和她攀谈后才知她是独居。

老实说，我是个对妻子忠贞不贰的男人。不过，我也不认为男子在外和别的女人有染是羞耻的事。但在当时，我可以发誓绝没有对她起意，只是当她面带哀怜的表情，让敞开着的裙摆映入我的眼帘时，我就把持不住自己作为男人的欲念了。

虽然我至今都猜不透那女人的心思，但当我听说她是个未亡人的时候，便猜想这一切或许是她寂寞难耐所致。其实，当我将她拥入怀中时，她还不断在我耳边呢喃，说："我好寂寞。"事后，她还向我致谢，并让我不要开灯，赶快回家，否则会让家人担心。最后她还说："我只是一时忍耐不了寂寞，请你忘了我吧，绝对不要对他人提起此事！"

我摸黑穿好了衣服，然后偷偷摸摸地溜出了大门。我一边走一边在想这件事，感觉好像被狐狸精迷惑了一样，或许她说肚子疼也是骗人的，难道她是出卖色相的那种女骗子？我觉得很有可能。但是摸摸口袋，却一分钱也没少，看来她的确是难耐深闺寂寞，才装病博取同情的吧！所以我内心毫无罪恶感，反而觉得自己做了一件好事。她刚才一再要求我不要对外人声张，自己当然也不会多说什么，只要保持缄默就可以安然无事了。不过，就算被太太发现了，也没有什么关系。

我回到家大概是九点半，比平时晚了两个钟头左右，而这两个钟头就是我和她在一起的时间。

第二天什么事也没有发生，直到第三天早上，二十五日的早晨我才得知她的死讯。我从报纸上得知她叫金本一枝，报纸花费了不少的篇幅来报道这起命案，同时也刊登了她的照片，但我觉得照片和她本人不是太像，或许这是她年轻时候的照片吧。

我几乎像逃跑一般飞奔出家门，然后装作什么也不知道的样子来到警署。一枝家和我家之间有一段距离，但我如果没有去过现场，应该对她家中的环境觉得陌生，也正因为如此，我也不敢细读报纸上的内容。

根据报纸上的记载，一枝的尸体在二十四日的晚上八点左右被发现，那时我已经下班回到家了。最让我感到惊讶的是一枝的死亡时间推断为二十三日的晚上七点到九点之间。那应该是我和她在一起的时间才对。虽然我有粗心的毛病，或许不记得正确的时间了，但我可以肯定走出车站后，在离上野毛不远处遇到她时是七点半，或许更迟一些，但也绝对不会超过八点。既然那时一枝还活着，那所谓七点左右的推论根本不能成立。之后我就送她回家，等我从她家出来的时候，大约是八点四十五分或者八点五十分。

根据判断，凶手应该是一个小偷，这个小偷在一枝面朝梳妆台的时候杀死了她。从时间上推算，我或许和那个小偷擦肩而过。也有可能他就躲藏在屋子里，等我和一枝云雨一番离开后，趁着一枝坐在梳妆台前梳理散乱的头发的时候，杀死了她。

在对案件的调查过程中，让我最在意的就是警方判断一枝曾被强暴，还查出和她有性关系的男人的血型为O型，而我的血型就是O型。

回到家后,我不敢再看任何和这起案件有关的新闻。还好报纸对于一枝命案的报道不像对阿索德命案那样热衷,所以我也不清楚接下来的调查有什么新的发展。报纸也没有提到一枝被强暴的事,我知道这件事的途径是通过警署。

尸体的衣着和我看到时一模一样,被当作凶器的花瓶,也的确是放在那间屋子的桌子上。只是我没想到她已经三十一岁了。她看起来比实际年龄要小,或许为了诱惑男人而刻意打扮过吧。回想起当时我抱着她所感觉到的温暖,事后她隔着一扇纸门梳理头发的情景,谁能想到这样一个活生生的人,在这么短的时间内就突然被杀了呢?

我很同情这个和我有一夜之缘的女人,但即便我对凶手十分愤恨,因为辖区不同,我也没有理由参与这起命案的侦查。就这样过了几天,四月二日,我突然收到了一封挂号信,上面写着竹越文次郎亲启,邮戳上标明是四月一日寄出的,发信处是牛込局。信的开头这样写道:看完之后,请立即销毁此信。

信的内容大致如下:

> 我们是为皇国服务的秘密组织成员。三月二十三日发生于上野毛的金本一枝一案的凶手就是阁下。阁下身为治安人员却知法犯法,实在是令人惋惜,原本应将你绳之以法,但念在局势动荡,大和民族应团结

一心，不宜自相残杀。

今有一特殊任务需要交予你协助解决处理，对此我们将酌情法外施恩。阁下将来的人生道路如何，全部取决于你是否能顺利完成这个任务。

此任务的具体内容为：处理六具女尸。这些少女均为中国间谍，虽已被处刑，但不能公开。因为一旦公开，将引发中日战争，后果严重，故不得不布下疑团，让世人以为这只是一件普通的无头悬案。本组织成员无法出面完成任务，故不可使用本组织的一切车辆器械，这点望阁下能够自行解决。请在指定的时间内，按照指示到指定的地点处理这六具尸体。希望阁下明白，一旦事情败露，本组织概不承认和此事有所关联，所以望阁下三思而后行。

六具尸体已置于受害人金本一枝住宅之仓库内，行动期限为四月三日至四月十日，希望阁下在夜间行动，禁止向当地人问路，也不允许在外就餐，以免留下任何引人注意的痕迹。此事于阁下性命攸关，请牢记在心。随信附带地图一份，或许资料不甚充足，望阁下尽快完成任务。

凭我的回忆，那封信的内容大体是这样。当时我非常吃惊，并在那时才发觉，如果有人指出我就是杀人犯，我根本找不出证据来为自己辩护。

无论是否有人看到我和一枝一起进入她家，然后离开，一枝的死亡时间推定都是七点到九点之间。我在七点半送她回家，当时她的确还活着。然后我在八点四十五分或者八点五十分离开，也就是说，在死亡推定中的大部分时间，我都和她在一起，唯一我不在现场的时间只有九点前的十分钟而已。再说她的体内，还残留着我们发生过关系的证据，我看只要警察知道我曾和她在一起，十有八九就断定我是凶手了。我这样想的时候，深深地感到了绝望，或许我的警察生涯就此结束，而唯一能够挽救的方法，就是按照这封信的提示，去完成那个任务。

当时我对于秘密组织的概念，只限于《陆军中野学校》系列这种程度的了解。对于我这种下层的警察来说，他们几乎不像是现实世界里存在的人物。但我想他们的组织十分严密，应该会遵守诺言吧。再说他们可是杀了六名少女，所以也一定会极力隐瞒此事。

我继续往下读信，还未读完却已吓出了一身冷汗，原本以为只要把尸体放在一处就可以了，却没想到要把尸体运往全国各地。

这个任务的艰巨程度出乎我的意料，看来一天的时间绝对无法完成。信内除指定地点之外，连埋放的次序，以及挖坑的深度也有详细说明，幸好信件内不只写出了地点，还给出了地图，标明了要在某处矿山的附近，不然没有这些说明，我根本不可能完成任务。仔细一想，我觉得制定这个计划的人应该也没有去过那些地方，不然他应该把图画得更加详细才对。

为何要如此大费周章地来埋放尸体呢？我至今百思不得其解，或许是为了让谜团显得更加神秘吧！我猜他们将尸体切断的理由是为了运输方便。这些尸块正好可以放在凯迪拉克车的后备厢里，不然运输起来会十分麻烦。

第二天，我感到上天对我不公：我根本没有杀人，但为什么要做这么危险的事情才可以保住自己的性命！不过现在的情况对我很不利，尽管我没有杀一枝，但和她有男女关系是铁的事实。如果要为自己辩护，就不得不说出这件事情。这就足以使我背负败坏警纪的名声，遭受世人的唾弃。到那时，不但我的名字会见报，还会令家人蒙羞。

说起来有些不可思议，我的内心突然萌发出一股求生的烈焰。或许，每个人在自己的一生中都有过一次这样的经历吧！才三十岁就担任了侦查组长的职务，家中又有妻子和刚出生的幼子，所以我绝对不能眼睁睁看着这样幸福美满的生活被破坏。我终于下定了决心！

在昭和十一年，不光我没有私家车，就连收入比我高出许多的同事也没有。虽然可以使用局里的公车，但考虑到这个任务不是一两天就可以完成的，我就放弃了使用公车的打算。

我千方百计地寻找运输用的汽车，最终想起了一个曾因诈骗罪被起诉的建筑商，他是个从事不法经营的家伙，对我百般讨好。回想起来，如果我当时不认识这个人，我真不知道该到哪里去找交通工具。

至于警察局方面，我是个从来不休假的模范警察，所以不得已编了一套妻子重病，需要送到娘家附近的花卷温泉疗养的谎话，获得了一周的假期。其实我的确有前往东北的打算，并准备中途在花卷休息，购买当地的特产作为分送同事的礼物。四月四日的早晨，我对太太说要外出公干，要她做三天份的饭团。四月五日就是星期天了，时间紧迫，我不得已在四月四日的晚上就出发，先到一枝的家中运出两具尸体，然后往关西方向前进。

根据那封信上的指示，我必须按照顺序，将这些穿着衣服，被切割过的尸体，埋放在不同的地点。这些如同怪胎一般的尸块，如果不尽快处理，就会散发出恶臭，引来不必要的麻烦。那时警察再次搜索上野毛的一枝家，所有事情都会败露。我不得不立即行动，幸好当时和现在不同，即使深夜在国道上行驶，也不必担心遭到盘查。即使被盘查，只要我亮出警察证，也可以被顺利放行。

第一个指定的地点十分远，直到第二天的晚上我才赶到，那是奈良县的大和矿山。我先是在滨松附近的山林里休息了一会儿，等到夜深人静的时候才开始挖土。四月的夜晚不长，不适合长时间工作，而且我发现埋尸是一件十分费时的事情。

当时的情景实在太过于恐怖，我就不在这里描述了。

在埋尸的过程中有好几次吓得我心脏几乎停止跳动。山路不好走，又为了节省汽油，一路上颠簸难行。我虽然早已准备好了三桶汽油，但还是不太放心。当时沿途的加油站也很少，如果到时候再去购买，一定会被人记住，在尸体尚未埋好之前，我不想出现在加油站。

信中指定的埋尸地点依次为奈良县的大和、兵库县的生野、群马县的群马、秋田县的小坂、岩手县的釜石和宫城县的细仓。

我借来的凯迪拉克没办法一次运送六具尸体。之前我也曾考虑过借一辆卡车，但这样就不得不使用我警察的身份，最终还是放弃了。我只能以东京为界线，分两次进行，一次埋放三具尸体。群马是指定的第三个地点，所以埋第三具尸体与进行第二次处理的时候必须回东京一次。也就是说，需要带着一具尸体回东京补给，然后再上路。因此我决定第一次只处理两具尸体。奈良和兵库两处，我都按照指示各挖了一个一百五十厘米左右的深坑。前面挖深点，只有两具，后面挖浅点，多处理几具，这样看来也算合理。

按照指示来埋放尸体，这样做难道有什么特殊的目的？想到这里让我感到不安，或许对方在埋放的过程中会监视我，并且布下圈套。但即使这样，我也只能听从他们的命令行事。

六日半夜两点，我在大和矿山开始挖坑，一个人挖超过一百五十厘米深的大坑，其艰苦的程度令人难以想象。直到黎明我才把坑挖好，累得瘫在地上，就那么倒头睡去。

接近傍晚的时候，我感觉到周围有异样，睁开眼睛一看，一个奇怪的男人用头巾包住脸，只露出两只眼睛，正在往车里窥视。我吓得屏住了呼吸，心想，这下完了。不过我发现他是个智力有障碍的人，于是直起了身子，他就跑掉了。还好当时尸体被布盖着，也没散发出什么味道。当地十分荒凉，就算我心里很着急，但也不能鲁莽，只能等到黄昏才出发。

生野也需要挖很深的坑，十分辛苦，我自我安慰道：深的地方只有这里和另外一处了。

七日回东京的那天，我在大阪将油箱和带来的那两只桶都加满了油。

回到家的时候已经是八日下午了。处理两具尸体就用了将近四天，而我的假期最多只有十天，看来不抓紧是不行了。于是我在家中填饱了肚子，并且交代妻子如果有电话绝对不可以接，我怕同事发现妻子在家的事实。当天晚上，我又带着四具尸体踏上了埋尸之路。我估摸着在十日那天到达花卷，然后急忙和局里联系，就说太太的病情恶化，需要等病情稳定后，再打电报或者写信回去报告。幸好，接下来的十一日和十二日正好是周六和周日。

九日早晨，我终于抵达了高崎附近，这里是人迹罕至的山路，连个旅馆都没有。九日傍晚我再度出发，在半夜抵达了群马矿山附近，又要开始挖坑埋尸了，但和一米多深的坑比起来，这次的工作显然轻松了不少。我依照指示，只将尸体用薄土覆盖。然后我又在十日的凌晨出发，沿着弯弯曲曲的山路，终于到达了白河。

十日，不，正确地说，应该是十一日的凌晨三点左右我抵达了花卷。我在当地的邮局寄出一封挂号信，信上说我预计在十五日可以回到东京。按照目前的进度是不可能提早完成任务的，所以比起电报的速度，我觉得还是信件来得妥当。

十二日的早晨，我完成了在小坂矿山的作业，当时因为迷路而耽误了不少时间，但幸运的是，还是按时完工了。

十三日的早晨，我完成了釜石矿山的作业，十三日半夜，最后的宫城县细仓矿山的任务也顺利完成了，至此，我总算可以暂时睡个安稳觉了。根据信上的提示，细仓的尸体不需要掩埋，对我来说不挖坑总是件轻松的事情。不过这里离山道不远，很容易被发现，其后果不出所料，那具尸体在十五日就被发现了。

十四日的凌晨，我回到了福岛附近。这一周我几乎变成了一个不吃不喝、不眠不休的狂人，最后我甚至不记得自己在做什么了，只知道一定要按时完成任务。

十四日的深夜，我终于回到了自己的家。当天晚上，我整个人仿佛一摊烂泥一样倒在了床上，一动也不动。

十五日当我回局里去上班时，发现众人看我的眼光明显不同，我才发现自己简直和十多天前判若两人，我的眼眶凹陷，两眼布满血丝，下巴都尖了，身子也整个瘦了一圈。这样的我不但让妻子深感惊讶，连同事也以为是为了生病的妻子操劳而致。这样想来，妻子重病这个谎言的确很高明。之后的一个星期，我多次在执勤中晕倒呕吐，我想都是那些日子劳累过度所致。虽然我才三十多岁，应该是精力和体力最旺盛的年纪，但这样的罪还是经受不起啊！我想，如果埋尸地点再多一个，或许我就会累死在半路上。不管怎么说，完成了这个任务，我认为自己这一生的劫难就算到头了。

我时常想，那个组织的人一定是经过挑选才会让我来完成这个任务的，因为当时我年轻力壮，又有一定的地位和权力。如果太过年轻，则根本得不到那么多天的假期，倘若年纪太大，则体力上又不够强壮，无法完成如此繁重劳累的工作。其后直到退休，我都没有请过一天假。

不过我内心的恐慌却没有随着体力的恢复而变得平静，当那恐怖的工作在记忆中变得淡薄时，总有一个疑问仿佛不断跳跃着的火焰，点燃我对过往一切的不安感。我是否被谁愚弄了？虽然那封信上说我是凶手，但做没做过我自己当然知道。我是清白的，对方也一定知道这点，但他们却把一枝被杀害的罪责强加到我的身上，再利用我来搬运尸体，抛弃到全国各地。

不过，即使这是事实，我又能怎么样呢？当时的我没有选择。这个疑问从十五日早上，当我得知最后被我抛弃的那具尸体被人发现时就突然跃上了我的心头，迷惑和痛苦交织在一起，慢慢腐蚀我的良知，在我的心中扩散。

没多久，其余的几具尸体也被陆续发现。每当一具尸体被发现的消息传入我的耳中，我就感觉到仿佛是心房上的一根肉刺被挑起般的疼痛。在第二具尸体被发现的时候，我才知道这起被称为阿索德命案的梅泽家的事件。在此之前我只是对梅泽家占星术杀人事件有所耳闻，但因为公事繁忙，对其中的内情并不知晓，当然也没有想到一枝和案件有所联系。按照一般人的眼光来看，这个案子实在过于残忍。经过我的调查，一枝的丈夫的确是中国人，但即便她丈夫真是间谍，也不至于牵连到要杀害其余的姐妹吧！所以说，什么秘密组织，根本都是骗人的！

我对于自己被利用这件事，感到很屈辱，这大大地打击了我的自尊心，因为我在做这件事的时候，一方面是被情势所逼，而另一方面，也是受到了爱国心的影响。

釜石矿山的尸体，于五月四日被发现。七日又发现了群马矿山的尸体，然后是三具埋得较深的尸体。十月二日发现了埋在小坂矿山的尸体，十二月二十八日发现了生野矿山的尸体。至于大和矿山的尸体，则直到次年的二月十日才被发现。

每当警察局的同事谈论起这件事的时候,我总是尽量回避。而让我从深深自责的心态中得到解脱的,竟然是阿部定事件①。

逮捕阿部定的经过至今还历历在目,五月二十日的下午五点半,她用大和田直的假名,投宿于品川车站前的品川旅馆时被警方逮捕。品川车站属于高轮警察局的辖区,逮捕她的功劳被我的同事安藤获得。阿部定一案的侦查总部设在尾久署,所以庆功会时两方的组员都围着安藤向他敬酒。在场的所有人都沉浸在成功的喜悦之中,这时的我也能够吐出一口郁积在内心的怨气了。

六月,我终于读到了平吉的手记。手记被复制了很多份,在各个警局之间传阅,我这才知道了制作阿索德这个计划。不过我对于手记的内容始终抱着怀疑的态度。我是当事者,知道那些身材较小的少女被切断一部分后,能够轻易搬运。所以我始终认为,这些少女被肢解的原因是考虑到运输的因素。不过为何要将尸体四散丢弃,这我就想不通了。

我对这个事件的调查入了迷,希望能够寻找到真相。我的结论是,凶手应该是一个对平吉思想着迷的外人,他为了制作阿索德,而对无辜的六名少女下手。除了这个理

---

①一九三六年五月十八日,女佣阿部定在东京都荒川区尾久的茶室将情人绞杀并切除其生殖器的事件。阿部定被捕后竟判处服刑六年,后提前出狱,一九七一年突然失踪。

由之外，我实在是无法解释这起命案的杀人动机和具体实施步骤。而我，竟然成了这个杀人狂的帮凶。

对于埋尸，我也心怀疑问。虽然地点的选择和西洋占星术有着一定联系，但大和与生野的埋尸坑，为什么要比其他地方挖得深呢？而细仓的尸体不需要掩埋，难道这也和占星术扯得上关系吗？

我忽然想到，凶手是否想利用埋尸坑的深度来配合尸体被发现的早晚？那么，为何小坂、大和、生野三处的尸体，要较晚被发现呢？我曾在埋尸的过程中检查过，这三具尸体没有特别之处，而且也不是最早腐烂的，如果真的需要较晚被发现，也可以埋在别的矿山，或者比较隐蔽的地方，这样即使坑挖得很浅，也不容易被发现。说起来，倒是因为平吉的手记它们才会被较早发现的。但为什么凶手需要按照平吉手记的记述，将尸体埋在相关金属的产地呢？其理论上的根据到底是什么？看来只有归因于占星术，或者疯子的狂念吧！

另外我还有一个更大的疑问，我认为梅泽家除了一枝之外，其余的六个少女根本不可能是间谍，那只是凶手借地下组织之名让我为他处理尸体的借口。不过一枝的所作所为又做何解释呢？凶手是利用我和一枝之间的关系来胁迫我的，难道一枝引诱我和凶手无关？我也曾想过，是否凶手在无意中发现了我和一枝之间的关系，才想到要利用我来埋尸？但这也不合理，因为阿索德命案是早有预谋的，凶手早已准备杀害六名少女，然后考虑了很久，才找到了埋尸的最佳人选——我。因为我既有驾照，又有能够躲过盘查的身份，倘若换了一般人，很容易受到怀疑。就算是找医生或者学者之类的人，声称尸体是做研究之用，也不能担保不会出现纰漏。而且最关键的是，没有人想到警察和杀人之间有着联系。所以一枝也应该和凶手是一伙的，而她的任务就是引诱我上钩，为利用我做准备。

但这样想的话，一枝又为何会被杀害呢？这个问题本身就很矛盾，凶手一开始就打算利用一枝的死来威胁我，那么说明凶手早就有杀死一枝的打算，一枝如果明白自己所要付出的是生命，会乖乖地听从凶手来引诱我吗？或许凶手并未告诉她实情，而是编造了另外的一个理由。那这个理由又是什么？凶手早就预谋要杀人，除了威胁我为他搬运尸体外，还能有什么理由呢？或许一开始凶手只是告诉一枝，打算利用我和她之间的奸情来要挟我做些事情，所以一枝就上当了。

不过这样想也不合理。在当时用男女关系来胁迫人似乎没有太大的效果。再说不是我侵犯一枝，而是一枝引诱我的。

我只能得出一个比较极端的结论，那就是，凶手不是别人，就是一枝本人。她只要事先写好那封匿名信，然后引诱我，再制造他杀的假象，实际上是自杀。我收到那封信后，"地下组织"就没有和我联系过。我曾想和"地下组织"进行交涉，但是那封信上没有写寄信人的地址，我只得作罢。现在想起来，或许是因为寄信人早已死亡，所以才不会再来信了。

但这种假设也有多处漏洞。首先是一枝的死亡状况，她是脑后遭重击致死的。就算她可以事先在试衣镜上涂抹血迹（通过尸检我知道她身体上除此之外没有任何伤口），但也实在难以想象她是怎么自己打死自己的。凶器是室内的一个玻璃花瓶，怎么看都应该是他杀。

另外还有很重要的一点。我最后见到一枝是在三月二十日，那六个少女被证实在三月三十一日的早上仍然活着。假设一枝已经自杀，那她又怎么去行凶呢？

我真是个倒霉的男人，做了狂人杀手的帮凶，无缘无故地卷入到这种诡异、荒谬的事情里。一般的案子随着时间的流逝都会被民众遗忘，比如下山事件[①]，或者是帝银事件[②]，但这个案子却是例外。战后不久，"梅泽家占星术杀人事件"居然成了人们茶余饭后的谈资。相关资料也整理出书，许多读者在看完书后，将自己的感想和推理邮寄到侦查刑事组。每当同事从堆成小山的信件中发现了有价值的线索而惊呼时，我总感觉芒刺在背。看来只有等到我退

[①]一九四九年六月，日本国营铁路决定大量裁员，引发工人罢工。七月五日下午，国铁总裁下山定则失踪。七月六日凌晨，在一铁路桥旁发现了下山被货车轧得面目全非的尸体。究竟是自杀还是他杀，迄今无定论。
[②]一九四八年一月二十六日下午，一中年男子打着美军的旗号来到东京都丰岛区帝国银行椎名町分行，要求银行职员喝下伤寒的预防药，致使十六人中毒，仅四人幸存。此案后虽破获，但罪犯究竟是谁，仍有疑义。

休后，不，只有离开这个世界的时候才能够安心吧。

我被调到樱田门搜查一课，也可以归咎于我的厄运。现在的一课专门负责纵火案件，也帮忙维持火灾现场的秩序。所以不管我是否刻意回避，总是能听到有关事件的最新消息，每当那时，我就紧张得心脏几乎停止跳动。

当时搜查一课的组员只有四十六人，需要分担三课和四课所负责的诈骗、纵火、黑帮、强奸、入室抢劫等案件的调查。高轮署的副署长小山先生看中了我经验丰富和稳重的工作态度，所以决定将我调到尚有空缺的一课，专门负责诈骗案的调查。

昭和十八年，战争愈演愈烈。负责调查诈骗对于我来说，可以算得上是另一种不幸，因为我不得不对那个曾经借我车子的建筑商的所作所为睁一只眼闭一只眼，我内心的不安又开始扩大。

由于空袭频繁，警政单位也被疏散至各处，我们搬迁到位于浅草的第一女子高中。当时，我宁可被征去当兵，战死沙场。但是一部分警方的干部需要留守待命，尽管很多同事都上了战场，我却收到了召集延期的通知。

当时还不满一岁的儿子文彦后来也选择了警察这个职业，而且女儿美沙子也嫁给了警察，这一切都让我在暮年倍感苦恼。

由于我是从不犯错、从不请假、从不迟到的模范警察，每次的升级考试都能通过，在退休之前，我已经升至警视一职。在别人眼中，我的职业生涯可谓一帆风顺。然而我个人最期盼的，却是退休之日。虽然同僚们对我的离去都感到惋惜，不过对我来说，退休，正是走出监狱大门的日子。

昭和三十七年，我五十七岁；自从昭和三年进入警界以来，我已经度过了三十四年充满痛苦回忆的警察生活。

那一年，是涉嫌杀害梅泽平吉的昌子死在监狱里的两年后，正是社会上对占星术杀人事件最为痴迷的年代。

我熟读了和事件有关的所有书籍，就连电视以及广播中的特别报道也没有放过。但是，仍然没有得到超出我所知范围的任何信息。

在家休息了一年后，我重新振作起来，当时我还没到六十岁，而且觉得自己身为警察的办案能力还没有退化，于是下定了决心，一定要在有生之年将这个案子查个水落石出。

我去过梅泽家进行调查，也去过美第奇，见过仍然在世的几个当事人。昭和三十九年十二月，和占星术事件有关的当事人，只剩下吉男的妻子文子和富田安江两人了。当时东京正在举办奥运会，我还记得她们两人的年龄一个是七十五，一个是七十八。

梅泽文子将梅泽家的老房子改建成了公寓，在此度过她的余生。她没有后代，是一个孤独的老太太。战争时，吉男已经超过了五十岁，所以没有上战场。当我去拜访她的时候，她说吉男在不久前刚过世。

富田安江把她在银座的店铺卖掉了，把美第奇搬到了涩谷，经营则交给养子负责，自己独居在田园调布的公寓内。据说平太郎是在战场上死去的，所以后来她向亲戚领养了一个孩子。虽然那孩子时常来照顾她，但她的晚年也十分凄凉。

平吉的前妻多惠在我去拜访她之前已经去世了，不过她得到了平吉的大部分遗产，生活应该很富裕。其实这三个女人晚年都不愁吃穿，在那个年代来看，已经是很难得的了。

其他的人都死了。

要说这两个女人中有一个是凶手，那还真让人难以置信。包括吉男和平太郎，或许就像那些业余研究者推断的那样，他们真的有嫌疑，但我不认为他们是凶手。

其实当我还是个警察的时候，心里就有个死结一直没解开。这和平吉手记中提到的昌子的前夫有关。

我想无论是警方还是对这件事感兴趣的人，都忽视了昌子的前夫村上谕。我决定等我退休之后，亲自对他进行调查。战前警方办案的时候对有嫌疑者都是调查彻底，但这也只是限于一般民众而已，如果那个嫌疑人是个有头有脸的人物，警察就不会那么积极了。以村上的地位。如果昌子真的犯了罪，一定会带着女儿来投奔他，换作是我也会这样做。但事实上昌子和他一直没有联系，所以我会觉得奇怪。

当我拿着警视的名片去他位于品川的家中拜访的时候，他已经是一个隐居在豪宅中玩玩盆景的老人了。他头发已经掉光，但身板还很结实，虽然已经八十二岁，目光依然锐利，从中可以看出他年轻时候的精干。

调查的结果却令我大失所望。不但没有找出他涉案的嫌疑，反而被他教训了一顿，说我为什么现在还来找他。我此时才知道，原来他在战前已经被彻底调查过了，而且他拥有完美的不在场证明。身为原警视的我只能苦笑着对他低头认错，看来一课的调查比我想象的来得彻底。我也接受了教训，一课调查过的人，的确没有再去确认的必要了。

当时社会上的舆论，对于战前的特务机关的说法振振有词，甚至让我对信件真伪的想法产生了动摇。

另外，倘若凶手是平吉手记中的人物，那么杀害平吉、一枝和六个少女的凶手，或许各不相同，可能是多人一起作案。

大多数人都主张要先找出阿索德的所在，但我却对阿索德是否真的存在产生了疑问。就我所知的几起案件而言，尸体惨遭肢解的原因，是凶手对死者的怨恨实在太过强烈，又或者是为了方便运输尸体，我想梅泽家的案子应该是基于后面这个理由。因为阿索德命案有六名死者，尸体的搬运十分麻烦。

我虽然对阿索德的存在抱有疑问，但如果六名少女尸体上缺少的一部分真的被集中在一起，我想也不会如同谣传的那样，被制作成标本。我的看法是，这些残肢应该被放在了和平吉有关系的地方，比如平吉的墓地附近。或许凶手就是平吉思想的追随者，他是为了平吉未完成的遗愿而杀人的。

基于这个想法，我也曾到平吉的墓地去过，却发现那一带不光只有平吉的墓，而且墓地四周的小路都铺满了水泥，所以应该不是埋在那里。或许是埋在稍远的空地里，只是光凭我一个人很难找到。再说，我关于凶手的想法只是一个推论，平吉是个自我封闭的人，不善于交际，没有多少朋友，结交的人只限于在美第奇和柿木认识的几个。

他常去美第奇，至于柿木，只是一个月一次，所以不算熟客。他虽然也曾光顾过碑文谷或者自由之丘一带的酒吧，不过总是躲在角落里喝闷酒。酒吧的老板娘和其他熟客也很少搭理他。根据一课的调查，他在美第奇和柿木认识的人还不到十个。

不过，柿木的老板娘里子倒和平吉很投缘，她还为平吉介绍过几个志同道合的客人。这些人大都是柿木的熟客，其中一个就是平吉在手记里提到过的经营假人工房的绪方严三。

绪方的工房在离酒吧不远的目黑区柿木坂，他有十来个员工，在当地还算小有名气。昭和十一年，他应该是四十六岁，而里子是三十多岁的寡妇。或许是他看上了风韵犹存的里子，所以几乎每天八点左右都到柿木小酌几杯。

平吉似乎也很欣赏绪方，在和他结交后，一连四五天都到柿木去喝酒。他们一起讨论假人，平吉也到绪方的工房里去参观过。不过绪方对平吉的态度倒是一般，不管怎么说，他和为人古怪的平吉在价值观上有很大的不同。

绪方或许只是想在里子面前表现得像个事业有成的大老板，而对于带有酸腐气息的艺术家则没什么好感。总之，凭他们两人的交情，绪方是不会为平吉犯下这么大的案子的，而平吉也不会对他那种低格调的人表露自己的狂念。再说，平吉被杀的时候，绪方还在工作，他既没有动机，也拥有不在场证明。尽管一枝被杀的时候，他的不在场证明不明确，但阿索德命案发生的时候，他照常天天在作坊或者柿木出现，所以他应该不是凶手。

要说有嫌疑的人，和绪方相比，他的一个职员安川比他更值得怀疑。平吉到工房参观的时候，绪方曾介绍他们两个认识。后来绪方也曾带安川到柿木去喝过酒，那时候平吉也在场。除此之外，安川和平吉是否见过面就不清楚了，或许安川会对阿索德感兴趣吧。

不过平吉被杀的时候，安川和绪方在一起，再说他和绪方一样没有动机，至于阿索德命案，他同样拥有不在场证明。

很多人认为需要对安川进行深入调查，当年他二十八岁，后来响应战时的号召，上了战场，并且负了伤。现在他住在东京，算是少数仍然活着并且和平吉有过接触的人之一。我没有去找他，不过我有他的地址，在有生之年一定要和他见一面。

还有一个名叫石桥敏信的画家，也住在柿木坂，他当年三十岁，刚好和我同年。他家经营着一家茶叶店，他自己则是个业余画家。石桥对巴黎很憧憬，所以才会专程去柿木，听平吉谈他在巴黎的生活。另外他对里子也有意思，所以才会成为柿木的常客。

他目前还在柿木坂经营茶叶店。我去拜访他时，和他谈及战争中的一些往事，他很庆幸自己能够死里逃生。他说现在已经不画画了，不过有个女儿就读于美术大学。他刚从自己向往已久的巴黎回来，所以很兴奋地向我诉说在巴黎的种种见闻。他还说当年平吉告诉他的那家餐厅现在仍在营业，这让他十分感动。光是这个话题，他就滔滔不绝地诉说了将近一个小时。

谈到平吉，他说曾在柿木和他交谈过几次，也曾经去过他的画室。但平吉这个人对人十分冷漠，好像并不欢迎他来，所以他们之间也没什么交情。他说平吉平常是个寡言少语的男人，不过有时候也会突然唠叨个没完。或许那个年代的艺术家都是这样性情乖戾。

柿木这家酒吧已经不在了，后来里子和绪方走到了一起，不过绪方并没有和他老婆离婚，只是把工房交给儿子管理，自己和里子搬到了小金井。

我和石桥在茶叶商店楼上的接待室里聊得很投机，他是个个性开朗的人，对我问的问题知无不言，我很难把他这样一个人和残酷的命案联系在一起，再说他有充分的不在场证明，又没有动机。临走时，他还再三要求我再来玩，态度十分诚恳，后来，我也真的想再去拜访他。

平吉在柿木认识的人，只有以上三个，而其中就属在假人工房工作的安川民雄嫌疑最大。

或许应该把里子也列入嫌疑犯名单里，不过她也有不在场证明，而且她和平吉之间也没有什么瓜葛，杀人的动机不够充分。

再来说说平吉在富田安江经营的美第奇的交际情况。这里聚集了很多中年艺术家，因为安江的人缘很好，所以常有画家、雕刻家、模特儿、诗人、剧作家、小说家、电影导演等在此高谈阔论。平吉虽然也常来这里，但美第奇并不是他中意的地方。他是个不善交际的人，所以人多的时候，他就选择回避，好像那些搞电影的人也有这个毛病。在平吉看来，能够谈得来的，只有四个人。

四个人中最古怪的，是雕刻家德田基成，他的确是个天才，但仰仗着自己的才华，对别人的评论常常不屑一顾。他的工作室在三鹰，当年他四十多岁，已经在艺术界声名远播了。平吉对他甚为欣赏，或许他制作阿索德的念头，就是受到了德田的影响。

德田也曾接受过调查组的询问，当时我也在场。他有一头银丝般的乱发，身材如同枯枝，如果说阿索德的制作者是他，我会毫不犹豫地相信的。

不过，最后也没有找到他和命案有关的证据，只能将他释放了。其中最大的理由就是他没有驾照，不过只有我知道凶手是不需要驾照的。

德田的创作精力一直持续到他死前。原本位于三鹰的工作室，现在已经改建成德田纪念馆，里面的展品都是他生前的作品。

昭和四十年正月，就在我准备去拜访他的前夕，却突然听闻他的死讯，所以没能和他见上一面。不过阿索德命案姑且不论，他是没有杀平吉和一枝的理由的，因为他没有去过平吉的画室，也没有见过一枝。更何况据他太太说，在阿索德命案发生时，他有不在场证明。

平吉在美第奇认识的朋友中，还有个叫安部豪三的画家。他是平吉的晚辈，个性十分豪爽。昭和十一年，安部的作品带有明显的反战思想，所以他被当时的特务盯上了，同行都对他敬而远之。这或许是个性古怪的平吉会对他另眼相看的原因吧。

他当时才二十出头，和平吉在年龄上相差很大，两人除了在美第奇碰面之外，应该没有其他来往。他也没有去过平吉的画室，当时他住在吉祥寺附近，离平吉住的目黑相当远。

另外，安部和出生于津轻的作家太宰治是同乡，当时太宰治也住在吉祥寺附近，据说他们两个还是好友，不过太宰治没有去过美第奇，自然也不会见过平吉。

安部不但没有杀人的动机，甚至连平吉住在哪里都不知道。虽然他的不在场证明不是很充分，但一课也没有再追查他。

而且他当时已经有了妻子，后来入伍到大陆作战，由于被冠上思想犯的帽子，一直只是个二等兵，受尽了上司的虐待。战后，他和妻子离婚，又娶了一个年轻女人，一起到南美流浪。昭和三十年他死在故乡。虽然在艺术界小有名气，但他没有留下什么优秀的作品。

安部的未亡人现在在西荻洼开了一家叫"格列尔"的画廊。我去那里参观过，里面挂满了安部的画作，还有太宰治写给安部的信。不过她是在战后才认识安部的，应该不知道梅泽事件。

平吉在美第奇认识的画家还有一个，叫山田靖，他和平吉并不是很熟，而且两人不是因为都是画家的关系才认识的。他个性随和，在美第奇的客人中，除了刚才提到的那两人，山田和平吉偶尔也会聊几句。当时他已经四十多岁了，住在大森。出乎意料的是，平吉还曾到他家去过两次。不过,平吉去拜访的原因或许不是山田,而是山田当作家的妻子绢江。

绢江曾做过模特儿,后来成了著名的女诗人,当时也是四十来岁。平吉向来对爱伦·坡、波德莱尔和萨德的书抱有兴趣。虽然画室内几乎没有放什么书,但在主屋里放了很多。或许他是在认识绢江之后才对这些感兴趣的吧,因为绢江对平吉在手记中提到的那个让他感受到极大震撼的安德烈·米诺也十分熟悉。

山田夫妇也不存在杀人的动机,没有不在场证明。大概在昭和三十年,他们两人相继去世了。

在美第奇的客人中,和平吉有过来往的,就是以上四个人;再加上柿木的三人,总共七人。要在这七人中间寻找凶手,我看没有太大的可能性。即使这七人中有一个是凶手,恐怕也只是涉及了之后的阿索德命案。杀害平吉和一枝,他们实在是缺乏动机,有的人甚至都没有见过一枝。其中最有嫌疑涉及阿索德命案的,就是安川民雄,但也只是推断,没有任何实际的证据证明他有嫌疑。

在直接关系人中找不到嫌疑人,所以警方最终将嫌疑人的范围扩大到这七个人的身上,他们就是所谓的补助性当事人。也就是说,如果在直接关系人中找得到凶手的话,他们根本不会受到怀疑。

平吉本身就不善交际,除了以上提到的几个,再没有关系比较要好的朋友了。或许他还有些比较亲密的老友,但是警察对此的调查是一无所获。

我想这个案子麻烦的地方就是分成了三个部分，而每个部分即使有一个嫌疑比较大的人，如今也不是死了就是被杀了。

平吉一案，可以说全家人都有杀人动机，但可能行凶的六名少女在阿索德命案中被杀害了。那么杀害那些少女的，就是另外的人了。

至于一枝被杀，因为大家都没有杀人动机，所以暂时被当作因入室盗窃而产生的命案。

而最后的阿索德命案，也就是那六名少女被杀一案，就太过于古怪了，唯一有杀人动机的平吉早已死亡。

这样看来，我想三个案子应该有三个凶手，不过如果硬要把这些线索拼合起来的话，只能归结出一种可能性。

那就是，某个深爱着平吉的人，得知平吉是被那六名少女杀死的，为了替平吉报仇，决定杀死她们。而正好平吉写了那份手记，人们很自然地就把平吉当作最具嫌疑的人。这样凶手就可以逃脱罪责，制造出一种似乎是平吉的鬼魂回来索命的假象，因此警方的搜查工作也受到了很大的影响。而一枝必须死的理由，或许是凶手选中了她的房子作为藏尸的地点。

一枝并没有参与杀害平吉的计划，却被凶手杀死了，显得很无辜。现在也没有证据可以证明一枝和凶手是共犯的关系。倘若昌子是计划杀死平吉的主谋，那么没有把计划告诉一枝似乎有些不合情理。或许对凶手而言，杀死一枝也算是复仇的一部分。这样既杀死了一枝，占用她的房子来藏尸体，最后又利用她找到了搬运尸体的人，这真是一个一石二鸟的妙计。

我不得已成了凶手的共犯，负责埋尸的工作，所以凶手自己根本不需要驾照。或许凭这点就可以断定凶手是个女人。回想起埋尸的那段经历，我仍然心有余悸。不过凶手使用秘密组织的名义来胁迫我埋藏尸体，难道不怕我在埋尸途中遇到什么麻烦吗？

如果我因为客观原因没有按照他的指示将尸体埋藏到指定的位置，比如将应该埋在秋田的尸体丢在了福岛，我想凶手应该不会亲自去确认吧？万一我被逮捕了，唯一的证据只有那封信件。一想到当时的辛苦，我就绝对不能饶恕凶手。

总之，我知道一些别人不知道的事实，也比别人更进一步了解真相，所以才能得到以上的推论。

不过这个推论也有一个让我担忧的地方，那就是一枝也有可能参与了杀害平吉的计划。根据之前的推论，阿索德命案的动机是为平吉复仇，但一枝为何要引诱我，让我也卷入这个案子呢？我只能认为她是故意陷害我。

陷害我的理由，当然是要我埋藏尸体，但这么一想，一枝不也加入了复仇的计划吗？

这是个极大的矛盾！但这个极大的矛盾里还有一个更

大的矛盾！如果一枝没有死，那凶手就没有可以胁迫我的理由，这样的话，一枝应该早就知道自己会被凶手杀死。她会为谁做出如此之大的牺牲呢？

凶手到底是谁？这是一个最关键的问题。有人说杀死平吉的是六名少女，那么谁又会为了平吉而进行如此复杂的复仇计划？如果只是一个同情平吉的人，会做出如此残酷冷血的事吗？是多惠？吉男？还是文子？如果是他们，不会连自己的亲生女儿都不放过吧？那难道是安江或者平太郎？

能决定这些人是否具有嫌疑的关键是三月三十一日的深夜。因为不知道具体的时间，所以我将时间延长到下午三点到午夜十二点。但是在这段时间里，这些人都有不在场证明。

这五个人可以分为两组男女和一个女人。画廊十点才关门，这之前安江和平太郎都在画廊里，所以一定有很多证人，而关门后直到十二点还有熟客没有马上离开，他们都能证明富田安江母子没有离开超过半个小时以上。

然后是吉男和文子，那天正好有个姓户田的编辑来梅泽家和吉男洽谈公事。三十一日那天是星期二，所以即使谈得很晚，户田也没有留宿的打算。他六点多到吉男家，十一点左右才离开，而吉男从中午起就和户田在一起，当然他们夫妇两人就没有嫌疑了。

至于平吉的前妻多惠，她一直坐在小店里。晚上七点半左右她把店门关上一半，但窗户却开着，仍然可以做生意。十点钟的时候还有两三个客人上门买烟，邻居可以证实她说的不是谎话。十点过后她才睡觉。说到阿索德命案和多惠的关系，虽然不能确定那些少女遇害的地点，但是一位四十八岁的妇人，步行到保谷车站，然后搭电车到上野毛，至少要花两个小时。所以她的不在场证明也很充分。

最后要加以补充的是昌子的不在场证明。她在四月一日上午的八点四十七分，坐上由会津若松开出的火车回到东京，至于她前一天的行踪，她的家人都说她的确是待在娘家。

关于那七个间接关系者，若仅以阿索德命案而言，柿木的里子、绪方、石桥都有不在场证明。安川没有不在场证明，美第奇的德田和安部都是由他们的妻子做证，山田夫妇和另外几位艺术家在美第奇待到了十一点左右。从银座到上野毛需要一个小时，所以七人中最有嫌疑的就是安川了。他和平吉在柿木见过两次，在工房里见过一次。

绪方和平吉交往了大概一年，他知道安川什么时候和平吉见过面。第一次在工房是昭和十年九月，其后两次都是在十二月，这之间他们就没见过面了。关于这点，绪方和里子都可以证实，另外，昭和十一年正月开始，平吉就再也没去过柿木了。

如果安川是凶手，那么将十二月也包括在内，他和平吉便有三个月的时间可以秘密筹备这个计划。不过这似乎也不太可能，因为安川住在离工房只有十分钟路程的宿舍里。据宿舍管理员和他的同事说，安川除了去工房上班和回宿舍睡觉，平时最多也只是到外面喝两杯，而且大多是和同事一起去的。从十二月到三月，包括星期日在内，其间只有四次外出，同事不清楚他的行踪。其中一次是三月三十一日，不过当天晚上十一点就回来了，而且据他说是去看电影。也就是说，只有剩下的三次外出可能和平吉在一起，没有人知道他和平吉之间的交情有多深。

安川从事的是制造模特儿假人的工作，或许他会对制作阿索德感兴趣。但就算为此杀了六名少女，他也需要为制作阿索德而寻找一个地点。但事实上，他在命案发生后就一直待在宿舍里，就算他有时间制作阿索德，恐怕也找不到那个能供他制作的地方吧。

还有一个否定安川是凶手的原因，就是他并不认识那些少女。目前关于那六名少女的死因推论是，她们在一起时，喝下了掺有毒药的果汁。和少女们只是初次见面的安川是怎样让她们喝下毒药的呢？先不说喝果汁这点，安川能利用怎样的借口去结识那些少女也让人难以想象。或许他还有一个同谋，不过安川是个很孤僻的人，没有什么工作场合以外的朋友。

至此，关于梅泽家的占星术杀人事件，我彻底宣布投降，凶手显然并不存在。另外还有一些和昌子以及六名少女相识的人，但根据调查，他们都是清白的。

退休后的十几年，我反复思索这个案件的种种细节。近日，我的体力已经不如以往了，但我相信我的思考能力没有像身体那样慢慢退化，只是这个命案的调查丝毫没有进展，仍然在几个基本问题上反复打转，找不到一个突破口。

长期的操劳，使我患上了严重的胃病。我自知时日无多，就怕在死前，这个案子仍然不能被破解。

回顾我的一生，似乎没有什么大起大落，所以也没有经过拼搏而获得的成就感。我只是个普通人，原本也只希望度过普通人的一生。但没料到的是，一朝失足，却遗留下多年的悔恨。至今我仍对做下的错事感到后悔，难得安宁。

我希望有人能为我解开这个谜。不，这个案子一定要解决！我本希望这个愿望能让我的儿子来替我实现，但我没有勇气告诉他。

这本手稿是否该烧掉呢？还是保存下来？这或许是我人生最后的选择了吧。要是我死后，这本手稿并没有被销毁，看到这里的人，或许会笑我优柔寡断吧。

※ 文中有多处使用旧式的日语假名，我（石冈）已将其修改为现在的习惯用语，以便阅读。

II 继续推理

一

"最后竹越文次郎先生去京都见安川民雄了吗?"御手洗轻声问道。

"好像没去。"

"看了竹越先生这份手稿,我得知了很多真相。我现在知道尸体被埋藏在全国,到底是用了什么方法。同时,也得知真凶并不一定需要拥有驾照。我想全国除了我们和饭田美沙子,就再也没有人知道这个秘密了。"

"你说得一点不错,看来认识你还能有这么个好处。"

"梵·高的那些朋友,虽然不懂得梵·高的心思,但还是能和他畅谈啊。对了,在你的那本书上,提到过安川这个人吗?"

"有是有,不过竹越先生的手稿里写得比较详细。"

"写这份手稿的目的,似乎就是打算让人看到的。在读平吉的手记的时候,我也有相同的感觉。"

"是啊!"

"竹越先生没有销毁手稿,而是留了下来,这是他最后做出的决定。"御手洗站起来说道,"这份手稿的字里行间充满着悔恨和痛苦,我想无论是谁看了,都会受到感染吧。我这个住在东京郊外的小小占卜师，偶尔也会听到像这样充满痛苦的求救声，那个时候我就觉得，这座像是用肮脏瓦砾堆砌而成的城市，是一个充满了各种痛苦求救声的巢穴。不过该听的都已经听够了，那个时代未完结的事，就在今天让我亲手结束它吧。"

御手洗坐了下来，继续说道："他既然留下了这份手稿，就是希望有人能够为他解开谜团，挽回他的名誉，而我今天看到了这份手稿，应当义不容辞地担负起这个责任！"

"你说得很有道理。"

"目前能够找到的线索，我已经全部知道了吧。接下来，只有靠我们的分析了。这个凶手似乎对杀人很不在行，但是精于计划。

"不过，在我心里一直有个疑问。之前听你讲解的时候，我对这点很不明白，现在看过这份手稿后，我又想起了这点。"

"是不是你曾经提过的那个矛盾之处？究竟是什么？"

"竹越先生和其他人一样，认为平吉是被七个女人合谋杀死的。这样问题又回到了最初的密室，这也是让我感到矛盾的地方。如果凶手是昌子和那些少女总共七人……不，当时时子应该在保谷探望她的母亲，那么只有六人，所以七人的说法是错误的。不过不管是七人还是六人，反正凶手就是在平吉命案发生的时候，在家中除平吉以外的所有人。也就是说，案发当晚，在梅泽家中只有杀人者和被杀者两种人，没有第三种——也就是杀人者必须回避或者隐瞒的人。既然不存在对自己造成妨碍或者威胁的人，那么杀人者何必要费这么大的劲，把床吊起来，然后故意把现场布置成一间密室呢？只要大家事先说好，套好口供，那么要制造一场完美的谋杀也不是没有可能的。"

"你说得很有道理，但是雪地上的脚印又作何解释呢？如果她们说的是谎话，那么警方经过调查，也可以揭穿她们的假口供吧！"

"如果光是脚印，伪造多少都不是问题。比如这样做，二十五日的深夜，雪还在下，无论谁都可以，只需要三个女孩……不，人太多了，恐怕会打草惊蛇，何况当时平吉或许还未吃下安眠药，或者那个模特儿还没有回家。她们没办法明目张胆地走进画室，于是就让一个女孩偷偷地躲在画室里，等到十二点左右，模特儿走了，那个潜伏着的女孩再动手杀了平吉。然后利用事先准备好的男鞋，或者直接穿上平吉的鞋，手里拿着自己的鞋走出门外。这样就做成了那些脚印。

"她是从后门出来的，然后绕了一圈回到大门，进入主屋。那时候画室的门不能上锁，等到第二天早上十点多的时候，大家再一起去画室。她们可以事先让一个人在窗口下面的雪地上留下脚印，再让另一个人进入画室内，把门锁上，然后对外面的人说'好了'，于是留在外面的人合力把大门撞开,这样现场不就制作完成了吗?非常完美,何必花大力气把床吊到屋顶去呢?"

"……"

"我觉得这个吊床的方法,也很矛盾啊。因为要实行这个方案,梯子是必不可少的,没有梯子,就算她们芭蕾舞跳得再好,也跳不上二楼的屋顶吧。但画室外却没有搬运梯子的痕迹,除非她们在下大雪的时候搬。对!如果在二十五日那天,在十一点之前就把梯子搬过去,的确可以让大雪把搬梯子的痕迹掩埋掉。但画室外面却有模特儿离开的脚印,所以她们搬梯子的时候,模特儿应该还在画室里。七个人的动静应该不小,难道不会被画室里的人发现吗?不过,搬梯子用不了七个人;或者她们早已爬上去了。

"平吉没有听收音机的习惯,工作时也不会发出很大的噪声,他耳朵也没有问题,应该会听到搬梯子时磕磕碰碰的声音。再说,模特儿在离开的时候,如果发现了画室外的梯子,也会觉得很奇怪吧。"

"嗯,但当时的窗帘不是放下来的吗?而且,平吉已经五十岁了,或许他有些耳背。"

"五十岁的人听到了你这话,一定很生气。"

"或许她们是冒着被发现的危险行动的,当时火炉噼噼啪啪地响个不停,可能正好就掩盖了她们发出的响动。至于那个模特儿,或许就是平吉的女儿,比如时子,她可以用聊天来分散平吉的注意力。"

"你这样假设就不对了,如果模特儿是时子,那让时子直接杀了平吉不行吗?"

"嗯,你说得也对,但一定有一个模特儿存在。或许不是所有的少女都参与了杀害平吉的行动,只有四个人是凶手,也就是昌子和她的亲生女儿知子、秋子、雪子,或许还包括一枝,那么其他的人就是第三种人——杀人者必须回避或者隐瞒的人。"

"你还真会找台阶下,算了。不过这样说的话,雪子的立场就非常微妙了。在昌子的女儿中,只有雪子是平吉的亲生女儿,她会杀害自己的父亲吗?包括一枝在内的七名少女,和平吉有血缘关系的只有雪子和时子,她们虽然是同父异母的姐妹,但却是同年生的,或许就因为如此她们的感情才特别好!昌子一直都和她们生活在一起,她应该知道是否该让雪子参加。先不说平吉命案了,你认为竹越文次郎的推论怎么样?他的想法是,阿索德命案其实是对杀害平吉的凶手的复仇,你同意他的观点吗?"

"嗯,我想的确有那种可能。"

"但杀死平吉的是昌子和她的女儿,那个凶手不应该把六名少女都杀死,难道是凶手判断错误,以为平吉的死和她们都有关?"

"大概吧……我想凶手是要让别人误以为杀死六名少女的目的是为了制作阿索德,这是平吉的鬼魂作祟,或者是平吉思想的继承者所为。或许真有这么个人，他看了平吉的手记，走火入魔，想亲自制作一个阿索德。"

"哈哈，我们还是再来说吊床的事吧。虽然我了解你的意思，但我不太认同你的看法，因为这只是种设想，和现实还是有差距的。凶手如果是梅泽家的那些女人，在大雪天里，一般人早就冻得两手冰冷，何况她们还都是女孩，怎么能有力气把平吉连人带床吊得那么高呢？在吊起来的时候，平吉随时都有可能醒过来。所以我对你的观点抱有疑问。"

"你这么一说，把我们好不容易确定下来的全都给否定了。我看这样讲下去，越讲越头疼。对了，警方找到的证据难道不可以证明吊床的说法是正确的吗？还有毒药又该怎么说？你该不会说这都是凶手刻意设下的诡计，用来蒙骗警察的吧！"

"我正有此意啊。"

"那你倒说说看，凶手究竟是谁？根据我的判断，能够潜入梅泽家，放下绳子和毒药的，绝不会是我们不知道的外人。就像竹越文次郎在手稿中写的那样，平吉在美第奇和柿木认识的间接关系者只有七个，而那七个人却不认识那些少女，至于富田安江和平太郎则不太可能。那么吉男、文子和多惠这三个人中，谁把东西放在梅泽家，谁就一定是凶手喽！"

"谁说一定只有熟人才会进入梅泽家啊？再说昌子被

捕后，屋子不是一直空着吗？"

"嗯？你什么意思？"

"算了，我们还是来讨论凶手是谁吧。"

"御手洗君，要在这点上挑刺实在是太简单了。警方既然逮捕了昌子，应该掌握了比我们所知更详细的证据。首先，我们没有到过现场，而警方是在对现场仔细搜查后才逮捕昌子的。你不会大言不惭地说警察抓错人了吧！

"另外，吉男、文子和多惠三人，也是警方经过反复的查证之后，才排除嫌疑的。先说多惠吧，她早就和梅泽家脱离了关系；而吉男和文子夫妇虽然可以自由出入梅泽家，但在前面就说过了，如果他们这样做，岂不是连自己的女儿也害了，世上哪有这种会陷害自己子女的父母！如果只是陷害昌子，那还说得过去。所以这三个人和本案无关。至于阿索德事件，就更加不可能啦！理由同上，他们是不会杀害自己的亲生女儿的。所以说，设下这个陷阱的人，根本不存在！"

"这的确是个难题，但我认为一定能找到答案。"

"我想只有两个办法，其中一个是我们想不到的。"

"使用魔法吗？"

"别开玩笑，凶手本来就是个让人猜不透的家伙，他或许和梅泽家完全没有关系，甚至并非单独作案。也就是说，竹越收到的那封信是真的，这个秘密的地下组织在暗中监视梅泽家的一举一动，然后神不知鬼不觉地将他们统统杀掉！"

"你这个说法让人毛骨悚然，也难以让人信服啊。"

"嗯，我还有一个想法，也是最吸引我的部分，那就是平吉还活着的假设。虽然不知道他使用了什么方法，不过他的确巧妙地避开了调查的视线，在世人面前消失了。如果这个假设成立，那么一切可疑的地方都可以得到合理的解释。

"首先，画室外那个男人的脚印，就是平吉自己留下的，而尸体当然也不是他本人，或许是他找到了一个和自己很像的人来当替死鬼。尸体上没有胡子的原因，则是这个替死鬼还来不及长出山羊胡。人被杀后，脸形会稍稍有所改变，再说，这也是他的家人第一次看见他没有胡子的样子，所以在尸体辨认上产生了误差。这样想的话，就不难理解为何平吉要独居在这间画室里了。如果每天都和家人住在一起，就会给家人留下深刻的印象，这样替死鬼的身份马上就会被识破。所以当他下定决心要制作阿索德的时候，所做的第一步，就是和家人分开居住，好让自己的形象在家人脑海中变得淡薄。

"让自己从世界上消失的最好方法就是把自己变成鬼魂。如果大家都认为他已经死了，那么即使发现了什么能和他扯得上关系的线索，也不会怀疑到他的头上了。在没有法律约束的情形下，他可以从容不迫地在暗中监视那六名少女，等待适当的时机杀了她们。杀害她们之后，还可以专心地制作阿索德，而不用担心被人发现。

"在执行了第一步和家人分居的计划后，平吉需要做的就是找到和自己面貌相像的替身。找到之后，就在二月二十六日那天，把他带到画室里，然后制造假象，让别人怀疑那些女孩是凶手！但他却对昌子有所顾虑，怕她在画室发现什么对自己的计划不利的线索，毕竟两人是二十多年的夫妻了。所以只有让她被捕，他才能够安心。对，一定是这样，这样一来，所有的问题不都能够得到合理的解释了吗？"

"啊，你倒真会自圆其说。反正怎么也找不到凶手，但只要平吉还活着，阿索德命案就不存在什么难以理解的地方了。

"但这个推论还是有很多细节上的问题。通常情况下，使用替身而不被发觉都让人有些难以置信。就算平吉真的还没有死，仍然有很多疑点存在。"

"哦……是哪些疑点？"

"嗯，我认为平吉如果还活着的话，应该会完成他的最后一幅作品。毕竟那十二幅作品，是他一生的代表作啊。"

"这个……我看画作完成了反而不好，因为第十二幅画画了一半，才更能让人感觉他是被谋杀的。"

"嗯，这样说也有道理。"

"而且，或许阿索德才是第十二幅画的主题。"

"那么,他杀害一枝的理由又是什么呢?"

"大概是为了获得制作阿索德的场所吧。"

"嗯,怎么说呢,如果简单地看,一枝家的确是制作阿索德的理想场所,但我觉得平吉应该可以在弥彦附近找到更适合的场所。另外手记里不是也提到过,一枝死后,警察经常到那里进行调查,这样不是会妨碍制作阿索德的进度吗?这些你以前都提到过,难道你忘记了?另外,还有很重要的一点就是一枝引诱竹越文次郎的事。她为什么要这么做?如果是平吉命令她的,她又是基于什么理由服从平吉呢?如果单单为了搬运尸体,平吉自己也有驾照啊。"

"大概尸体分布的地点太过于分散,还是找一个比自己年轻力壮而且又是警察的人来干比较好。"

"那么平吉是怎么说服一枝的?他只不过是一枝的继父,一枝凭什么要搭上自己的命来帮助他?"

"这点我也想不出来,或许是平吉编了一套谎话,在甜言蜜语的攻势下,一枝就听信了他。"

"但关键性的疑点还有三处。第一点和那本手记有关。我觉得那本手记无论如何也不应该留在现场。如果平吉真的没死,又准备杀害六名少女,那对他来说,那本手记是绝对不能被外人发现的。如果那本手记流传出去,不光少女们会产生戒心,他也无法顺利地埋藏尸体,因为尸体很快就会被发现。所以说那本手记的存在,对平吉装死的计划来说一点好处也没有。你看,被埋了一米多深的尸体也因为那本手记被发现了。为什么要将手记留在现场,而不带走呢?"

"任何精妙的计划都会有漏洞存在吧。比如那个三亿元劫案,案犯是骑着假冒的警用摩托车去追运钞车的,但他却犯下了一个很低级的错误,那辆摩托车后面居然还挂着先前的牌照。"

"你认为那真的是他刻意留下的'疏忽'吗?这样的话,他为什么不把替身的计划也写在手记上,这应该也算是阿索德计划的一个重要步骤啊。还有一个问题,如果说平吉是最后一个离开画室的人,他又是如何将门从里面反锁的呢?"

"我一定会竭尽全力来思考这个问题的。我想只要能够找到这个问题的答案,就可以证明梅泽平吉并没有死。但是你应该知道,真相只有一个,那就是凶手只有一人。如果平吉不是这个凶手,那一系列的事件就并非同一人所为。在看过竹越文次郎的手稿后,我更坚定了凶手是一个人的看法。经过多方面的思考,还是觉得凶手是平吉的可能性最大,很难再找出第二个具有作案嫌疑的人了。一个家庭,连续发生了三起杀人事件,这是很不自然的事,除非凶手是同一个人,并且预谋已久。还有就是所谓假死的障眼法了,这可以看作是所有事件的根源,我一定要证明给你看。"

御手洗说:"那我就期待着吧。"

二

那天回家后，我反复思索着这个问题，甚至躺在床上也睡不着。不管御手洗怎么说，平吉一定还活着，除此之外绝对没有方法可以解释这个事件。

虽然竹越先生的见解独到，但我还是想从和他相反的方向来思考。他认为阿索德命案的动机是有人为平吉报仇，而我却从平吉没死这个前提开始考虑整个案子的经过。

平吉找到了一个和自己相貌酷似的人，然后把他带回画室，并且准备杀了他。

但这样又会碰到密室反锁的瓶颈。对了！或许是他找好了替身，然后让那些少女杀了他。至于方法嘛，还是用把床吊起来的诡计。我深信除此之外，别无他法。

想到这里，我兴奋得几乎要叫出来。平吉一定是用昌子她们杀人的秘密来威胁一枝的。倘若是这样，那一枝服从平吉的理由就有了。

他先让想将老屋改建成公寓的昌子和少女们杀死自己带来的替身，然后就以昌子杀人为由，威胁一枝去引诱竹越，如若不然就向警察告发昌子杀人的事。

对！一定是这样！只要找到一个警察来当帮凶，要完成阿索德，就更加容易了。

竹越认为阿索德命案是凶手为了替平吉报仇而采取的

复仇行动，但不能解释一枝自相矛盾的行为。如果按照我的这个说法，就说得通了。可是凶手为什么要杀一枝呢？似乎没有这个必要。

算了，反正平吉是个怪人，或许他认为一枝的姐妹都死了，不如把她也杀了，让她们在下面团聚；或者是为了不让自己的秘密暴露而杀人灭口。嗯……这个理由比较说得通。

那些业余侦探中也有人赞成平吉没有死，但他们却一致认为平吉伪装成了吉男。我认为那不可能，因为平吉伪装成吉男的话，反而会给自己带来不必要的麻烦。为了制作阿索德而隐藏真实的身份，还是单独行动比较方便。

如今要想找到平吉还活着的证据，或许不太容易。但推理进行到这里，我仿佛已经能看见案情大白时胜利的曙光了；而且明天还有御手洗来担任华生的角色，想到这里，我终于对睡魔做出了妥协。

虽然我不敢夸口说御手洗是个名侦探，但从饭田美沙子会把这重要的资料交给他这点来看，他从前应该有什么事迹，让人觉得他具有侦探天赋。或许在某些人的心中，他还是个举足轻重的人物呢。不过我认识他还不到一年，对于他过去的事，我完全不清楚。

去年我曾遇到些麻烦，是他为我解的围，所以在我心中的确对他有一份期待。不过从现在的状况来看，我不奢望他能够解开这个谜团。不管怎么说，四十年来有多少具有天分的人曾挑战过这个案子，但是个个都败下阵来，而如今希望御手洗能以快刀斩乱麻的势头一口气使案件真相大白，似乎有些不现实。不过案子如果真的能破，也算是一个奇迹了。

再加上他最近似乎老毛病又犯了，心里好像藏着块乌云，成天愁眉苦脸的，就算为了吃饭而外出，他都极不情愿。另外，案件距今已经有四十多年，给调查带来了很大的障碍。

第二天，我问御手洗有何进展，他仍然是懒洋洋地回答道："运气不好！"也就是说完全没进展。我想，他心情不好，导致思维也迟钝了吧。不过他和别人不一样，所以我一直在期待着他，或许会有一些很小的突破。对于我们这些无名小卒来说，有这样的突破已经是很了不起的成就了。

最后，我终于按捺不住自己兴奋的心情，告诉他我的发现。

听我说完后，他说："你还认为吊床这个诡计成立吗？"他的口气似乎有些不耐烦，"就算平吉真的找到了替身，但他怎么知道那些女人会用什么方法来杀死替身呢？而且，她们随时都有可能去画室，那样替身的计划不就暴露了吗？除非平吉事先让替身长出胡子，还教他基础的素描。"

"素描？为什么？"

"因为平吉是个画家啊，如果他整天待在画室里，却不画画，那不会令人起疑吗？"

御手洗的态度让我有点恼火。

"那么你说，一枝的案子是怎么回事？你有更合理的解释吗？竹越先生的推论不也是卡在这里吗？总之，在你说出更合理的推论之前，我这个假设的可信度是最高的！"

我用略带嘲讽的口气说出这段话，御手洗却没有反驳。看来这位福尔摩斯也被谜团给困住了，如坠云海。于是我乘胜追击道："还真是有差别的啊，如果是福尔摩斯，应该可以很快就解决问题，然后让华生来说明下一个事件。就算案情陷入了胶着状态，也会积极想对策，出外寻找线索。不像你，只知道整天坐在沙发上发呆。"

"福尔摩斯？"

御手洗一脸莫名其妙的表情，但他接下来所说的却让我目瞪口呆。

"就是那个爱吹牛，没常识，喜欢嗑药而搞不清虚幻和现实，却广受世人喜爱的英国人吗？"

听到他说出这样的话，我惊讶得半天没说出话来。我真的生气了！

"他可是个伟大的人啊！你真是狂妄自大，竟敢那么说一个传说中的名人！他哪里吹牛了？哪里没常识了？他可是个在大街上走着的活图书馆，拥有丰富探案经验的名侦探!"

"看来日本人的缺点你都不缺,人云亦云,完全不靠自我判断,我看你真是错到骨子里去了。"

"你说够了没有?总之,你一定要说清楚福尔摩斯哪里吹牛,哪里没常识了?"

"这样的例子太多了,举不胜举,都不知道该从哪里说起了。嗯……对了,你喜欢哪个案子?"

"所有的案子我都喜欢。"

"最喜欢哪一个?"

"我全都喜欢。"

"你这么回答,我就不知道该怎么说了。"

"虽然我没办法说出哪个案子是我最喜欢的,但作者自认为的NO.1,也是最受读者欢迎的,应该是《斑点带子案》。"

"《斑点带子案》?那的确可以称得上是作者的杰作之一,内容和蛇有关吧?但恐怕一般人也明白,在密不透风的保险柜里,蛇是会窒息而死的。就算那条蛇不用呼吸好了,但是用牛奶来喂蛇,这个想法也太可笑了吧。母亲会分泌乳汁,幼子才会吃奶,所以只有哺乳动物才会吃奶。蛇是爬虫类,又不是异形,怎么会喝牛奶呢?这就好比给小孩喂青蛙和蜻蜓一样没常识。

"还有,用口哨来召唤蛇也太可笑了。蛇又没有外耳,它根本听不到口哨的声音。这些都是常识,一般人在初中的生物课上就能学到。你只要认真思考一下，就能明白那个故事根本就是胡说八道，所以我才会说那位大师没常识。

"我想那种天马行空的故事情节，根本都是杜撰出来的。在小说里虽然有华生和他一起办案，但其实都是福尔摩斯的独断专行，再加上一些所谓冒险的段子，假借推理之名，让华生写成书来出版。对可卡因上瘾的人，经常会幻想一些和蛇有关的事，所以我说他喜欢嗑药，而且乱吹牛。"

"不管怎么说，福尔摩斯能够一眼看穿一个人的性格和职业，然后一针见血地破解谜团，对此，你有什么话说？你有他那样的本事吗？"

"一眼看穿？他那根本就是瞎猜。举个例子，对了，你还记得《黄面人》那个案子吧？他是怎么形容那个忘了把烟斗带走的人的？

"他说，修补烟斗的价钱已经足够再买一支新的烟斗了，可见烟斗的主人一定十分珍爱这支烟斗。从烟斗右侧被烧焦的情况来看，烟斗的主人一定是个惯用左手的人，而且他不用火柴点烟，而是有在油灯和煤气喷灯上点烟斗的习惯。最后他还特别说明，因为惯用左手拿烟斗，并且在油灯上点烟，所以烟斗的右侧就被烧焦了。

"就算烟斗的主人会粗心到把珍爱的烟斗给烧焦，但左撇子在抽烟的时候用的也是左手吗？像我们是惯用右手的人，在拿烟斗的时候，会使用哪只手呢？应该是用左手吧！因为右手要写字或者干别的事情，用左手拿烟斗才能一边抽烟，一边做事。所以我们点烟的时候，通常也是用左手吧。不是这样吗？

"福尔摩斯那样胡乱臆测，随口生风，华生对此竟然没有反驳过。或许他正是看中了华生好欺负，才会经常说大话来捉弄天真的华生，以此为乐打发时间。这样的事例不胜枚举，对了，我还想到福尔摩斯有个特技是变装。他会戴上假发，撑着阳伞，装成一个老太太上街。但你知道福尔摩斯有多高吗？至少六英尺！设想一个身高一米八五的老太太在街上漫步，难道不会引人侧目吗？是个人都应该猜得到那老太太是个男人装的，华生怎么就没想到？

"所以我认为福尔摩斯的推理都是从胡乱臆测开始的，再说他有个嗑药的毛病，毒瘾一旦发作，就变得像疯子一样可怕。华生不是说过吗，如果福尔摩斯发作的时候去打拳击，大概没有人可以抵挡得住他的拳头。说不定华生就在他发作的时候被打过好几回，但就算这样，他也不敢和福尔摩斯断交，因为福尔摩斯是他创作作品的灵感来源，他可是靠写福尔摩斯破案经过来谋生的人啊！

"可怜的华生只能忍受着福尔摩斯的吹牛和幻想，继续和福尔摩斯生活在一起。或许他早就知道那个老太太是福尔摩斯装扮的，但也要装傻当作不知道的样子，等着福尔摩斯说：'哈哈哈，是我啊！'然后再做出很夸张的表情,表示自己的惊讶。这一切都是为了生计啊!咦?石冈君,你怎么了?"

"你、你、你……竟然说出这种大逆不道的话!我实在不敢相信,你会被雷劈的。"

"嗯,我等着老天爷惩罚我。还有,你不是说我不如福尔摩斯,不像他能够一眼看出一个人的性格和职业吗?那你就错了,你应该知道我观察一个人是从他的星座开始的。

"要了解一个人的行为模式,就得依靠精神病理学。而面对一个从未见过的人,要推测他的性格,恐怕得先知道他的星座,这是最有效的方法,所以就需要一些天文学的知识。

"如果我想知道一个人的性格,就会先问他的出生月日,然后找出相应星座,再从星座的属性推测出他的个性。你见过我和客人之间的谈话吧,我可以从客人的生日开始,一问一答地推测出他的喜好。

"福尔摩斯生于英国,却没有研究过占星术,真是可惜。想要了解一个人,没有比使用占星术更好的方法了。我经常遇到一些有困难需要我来帮助他们解决的人。我常想,如果我不懂占星术的话,真不知道该怎么帮助他们了。"

"我知道你对精神病理学有所研究,但你还懂天文学吗?"

"那当然，我可是个占星术士啊！

"虽然我也有天文望远镜，不过我不光靠'看'来了解天文学，我非常关心最新的天文学知识。比如，你知道太阳系里，除了土星之外，还有哪个行星有光环吗？"

"不是只有土星有光环吗？"

"我就知道你会这么说，你所掌握的信息都过时啦。二战刚结束时，在简陋的办公室里编写的课本大概是这么写的，把你们这帮孩子当傻瓜一样耍，说不定你上学时的教科书里还说月亮上住着兔子在捣米呢。"

"……"

"嗯？我说了什么伤害你的话了吗？石冈君，知识是日新月异的，可不能跟不上科技发展的脚步啊！否则你我很快就会被淘汰。现在连小学生的课本里都提到了宇宙中充满着电磁波；重力可以造成空间扭曲；时间一旦停止，所有的物质就会受到空间的影响开始运动，等等。再这样下去，我们这些老家伙，只能在养老院里和古人争论天动说了。算了，别管这些了，让我们回到刚才的问题吧，其实除了土星外，天王星也有光环，木星的外层也包围着一圈薄薄的环，这是我最近才知道的。"

我总觉得御手洗像是在吹牛。

"我知道你很了解福尔摩斯，对天文学也很在行。那么，你最喜欢的侦探是谁？布朗神父？"

"是谁啊，我对宗教人物可不熟。"

"菲洛·万斯？"

"嗯？谁的粉丝？"

"马普尔小姐？"

"好像很好吃啊。"

"麦格雷探长？"

"他是目黑区的警察吗[①]？"

"赫尔克里·波洛？"

"好像是个醉鬼的名字。"

"多佛探长？"

"第一次听说这个名字。"

"搞了半天你就知道福尔摩斯啊！不过你把他说得那么没水准，我气得都说不出话来了。难道福尔摩斯就没有一点让你感动的地方吗？"

"难道你觉得没有缺点也没有感情的电脑会让我感动吗？福尔摩斯让我感动的地方，正是他拥有和常人一样的缺点。所以我很喜欢他，他是我最喜欢的侦探。"

御手洗这么说让我很意外，也让我有一点感动。他这个人平时不太会夸奖别人，我是第一次听到他对谁大加赞赏。

不过他又立即接着说："但他在晚年做的一件事让我很反感，那时正值一战爆发，他坚信帮政府逮捕德国间谍

[①] 目黑的日语发音是 meguro，和麦格雷（Maigret）相似。

是正义之举,并且参与了这项工作。

"说起间谍,英国人在全世界都布有他们的耳目。你看过《阿拉伯的劳伦斯》这部电影吧,英国人对付阿拉伯人,采取的是狡猾阴险的外交政策。而英国就是一个阴险的国家。先不说他们怎么对待阿拉伯,就说他们对待中国吧,鸦片战争是怎么爆发的?那根本就是赤裸裸的侵略!

"所以说为这种国家工作怎么能算得上是正义呢?福尔摩斯不该和政治牵扯在一起,他在处事上应该显得更为超脱才是。就因为这点,我对他的好感打了折扣。或许你会说,那只是爱国的表现,因为华生曾说过福尔摩斯是个对政治一无所知的人。但犯罪和政治是无关的,真正的正义超越了国家,超越了种族,所以我认为晚年的福尔摩斯彻底堕落了。不过,或许那只是假的福尔摩斯,真的福尔摩斯已经在《最后一案》中和莫里亚蒂一起坠入深谷死了,又或许是英国借用了福尔摩斯的名声来将自己的行为合理化。到底怎样,又有谁知道呢,唉!"

正说到这里,屋外传来了急促并具有威胁性的敲门声,还没等我们回答,房门就被用力推开了。进来的是一个穿着藏青色西装,四十开外的男人。

"你就是御手洗?"那男人很不客气地向我问道。

"不是!"

于是他面朝御手洗,并且很神气地从西装口袋里抽出一本黑色的证件,在我们面前晃了一下,说:"我叫竹越。"

"真是稀客啊,原来是警察先生大驾光临,这个……我们违章停车了吗?"御手洗故意靠近他说,"我还是第一次看见真的警察证,能否赏脸让我再仔细看看?"

"年轻人很懂礼貌嘛,最近的家伙可是越来越没规矩了,到处给我们添麻烦……"说着说着,竹越开始打起官腔。

"是啊,不过我们的规矩是,进门前要先敲门,等里面的人答应了才可以进去。你有话快说!"御手洗似乎有些不甘示弱的样子。

"你小子对谁说话都用这种口气吗?"

"不,只是对待你这种大人物我才这么说。别说废话了,如果要算命,告诉我你的生日。"

叫竹越的警察显然没想到会碰到御手洗这类活宝。他有些恼怒,但感觉还不是发作的时候。

"我妹妹来过吧?她叫美沙子。"听他的口气,似乎对妹妹来过这里感到气愤。

"啊!"御手洗也提高了嗓门,"原来她是令妹啊!不过生活在一起的人,差距怎么这么大呢?看来环境对人的影响真的不小。你说是吧,石冈君?"

"美沙子一定是犯糊涂了,才会把爸爸的手稿交给你,你别在那里装傻!"

"我又没说我不知道。"

"今天妹夫才告诉我手稿的事,那东西对于警察来说是很重要的证物,快还给我!"

"我已经看过了,还给你也无所谓,不过令妹是否会不高兴呢?"

"我是她哥哥,我说一她不敢说二,我说还给我,你就快拿出来!"

"看来你还没和她商量过,这就让我为难了,我怎么知道她是否同意把手稿交给你?难道你不考虑一下文次郎先生的遗愿吗?再说,像你这么不客气地来问人要东西,我还是第一次看到啊。"

"我已经够客气了。你如果再不知好歹,不要怪我没提醒过你!"

"你想怎么样?我倒要见识见识。原来你也会用脑子想的啊,真是让人佩服!快说啊,你想怎么样?石冈君,你看他是不是要给我们戴上手铐,逮捕我们啊?"

"真是个不要命的家伙!现在的年轻人都像你这样不懂礼貌!"

御手洗故意打了一个哈欠,说:"我没有你想象的那么年轻吧。"

"没空和你开玩笑。如果爸爸知道自己的手稿落在你们这种玩侦探游戏的家伙手里,肯定会死不瞑目。调查案件可没有你们想的那么简单,必须到现场搜集证据,每天要四处奔波,俗话说'现场百回',得要有踏破铁鞋的觉悟。"

"你说的案件是指梅泽家的占星术杀人事件吧?"

"占星术杀人事件?那是什么?怎么像是漫画的名字?你们这些外行人,以为就靠一张嘴,坐在那里胡扯,就可以破案了吗?竟然还私自为案件命名。刚才我说过了,破案靠的是流血流汗,要有磨破鞋底的觉悟。总之,那份手稿对我们办案十分重要,你应该明白怎么做了吧?"

"照你的说法,当警察的人家里最好开鞋店。不过我看你还漏了一件事没说,要破案,除了要流血流汗,还要动脑子,不是吗?从你刚才的表现来看,不像是个有脑子的人啊。既然你认为这份手稿这么重要,那么就还给你,不过,我敢和你打赌,就算给你了,你也破不了案!我劝你还是省点力气吧。别说是手稿,连我都可以和你走,我倒是要看看你如何为这四十年来都未解决的悬案磨破鞋底。这个案子可不同一般,别以为拿到手稿就可以轻松结案了,到时候破不了案可别觉得丢人。"

"你胡说些什么!作为一个刑警,受过严格的训练,而且在工作中积累了调查经验,别小看平日里的调查取证,那可没你们这些外行想的那么简单。"

"你一直在强调调查取证的重要性,但我说过那个不重要了吗?"

我很想帮腔说没有,但我可没御手洗那么大的胆子。刚才那个人亮出警察证时的气势还是挺吓人的,我还是少插嘴为妙。

"比起现场取证,用脑子分析案情更重要,我看你才是小看了推理的作用。"御手洗继续说。

"要比动脑子的话,我可不会输给你!"竹越也很不服气地吼道,"像你这种社会的垃圾我还是第一次碰到。只是个算命的,又没什么社会地位,和那个鲁邦三世①没什么两样。先张嘴在那里指手画脚的,竟然还自命不凡地认为自己是什么名侦探,真是让我大开眼界啊。

"警察和你可不一样,我们有责任让大众知道案情的真相,不是只靠想象在那里猜,最后蒙对了就算将案子解决了。说起来,我倒要问问你,难道你已经想到破案的方法了吗?"

这话让御手洗一时语塞。

我很了解御手洗刚才的气势并不是装出来的,不过他被人戳中了要害,心里一定很懊恼。

"不,还没有。"

竹越不禁露出了胜利的笑容,说道:"哈哈哈哈哈!所以我说你们这些外行,只不过是抱着玩玩的心态在查案。警方对你们是不会有什么期待的。你还差得远呢!"

"你别高兴得太早,凭你这种家伙的资质,恐怕就是让你把手稿拿回去看,也毫无用处!就像给黑猩猩一台电脑,它也不会用。我看你是不会从手稿里发现什么的,然

---

① 日本漫画作品《鲁邦三世》中的人物。该作品诞生于一九六七年,描写侠盗鲁邦的冒险故事。

后只有拿给你的那帮同事看，征求他们的意见吧？如果你的同事能帮你解决案子，那倒还好；就怕他们和你一样，脑子里都是糨糊，这样一来，不但案子无法解决，而且竹越文次郎——也就是你的父亲，他一辈子的清誉，都要葬送在自己儿子的手里喽。这样的结果你想过吗？令妹就是考虑到这一点，才不敢将手稿交给你。如果事情真的向不可收拾的地步发展，那么当初文次郎先生做出不销毁手稿的决定就是错误的了。但如果能够利用手稿中的线索，将悬案解决，那即使不将手稿交予警方，也不算什么大错吧。你不会今天拿回去，明天就向同事公开手稿吧？这可关系到你父亲的名声，希望你好好考虑一下。这样吧，我想你应该识字，手稿就给你拿回去看几天，但你必须向我保证不公开手稿的内容。那么，你打算借几天呢？"

"嗯，那就三天。"

"手稿很长，三天大概只能看一遍。"

"那就一周吧。时间太长不行，除了我妹夫之外，局里有些同事也听说了这份手稿的存在，所以我无法隐瞒太久。"

"一周吗？我知道了。"

"等等、等等……御手洗君，难道你……"我急忙说。

"我会用一周的时间解决这个案子，至少在手稿被公开之前。请拭目以待吧！"

"谅你也找不到凶手。"

"我可没说要找到凶手啊,我只说要'解决'案子而已。如今要想把凶手带到你的面前,似乎有些不太可能。今天是五号,星期四,那你等到下个星期四,十二号吧。"

"那么,如果十三号还没解决,我就在警局里把手稿公开。"

"好!时间紧迫,出去的门就是你刚才进来的门,如果没什么事,你可以先请了。对了,你是十一月生的吧?"

"是的,是我妹妹告诉你的吗?"

"不,我自己猜的。另外,你应该是晚上八点到九点之间出生的。好了,请你拿好这份手稿,别弄丢了。下周四我一定要让这份手稿变成灰。"

竹越急匆匆地走了,等他的脚步声消失后,我才略带不安地问御手洗:"你下的保证没问题吗?"

"什么?"

"你不是说要在下周四前找出凶手吗?"

御手洗脸上露出了神秘的笑容,什么也没说。但他这样更加引起了我的不安。

"虽然我认为你比那个警察聪明,但……你是不是已经有头绪了?"

"我第一次听你说明这个事件的时候,心里就有一个疑点,只是我一直不明白那个疑点到底是什么。我经常会产生类似好像发生过的事情在眼前回放的感觉,凡是有这样的感觉产生,我都会记得很清楚。但究竟代表着什么,并不像一加一等于二那么明确。唉……我也不知道该怎么说……或许我的想法是错误的。如果是那样的话,那就太糟糕了。算了,反正还有一周的时间,可以让我去实地调查一下。对了,你带钱包了吗?"

"带了,你问这个干吗?"

"里面有没有钱啊?"

"当然有!"

"有多少?够你一个人用四五天的吧?如果够的话,我现在要去京都,你要一起去吗?"

"京都?现在?我一点准备都没有,工作上总要事先打好招呼才行吧。这样说走就走,实在是太突然了。"

"那么我们就分开四五天吧,我不勉强你。"

御手洗说完转过身,从桌子底下拖出一个旅行包。这让我不得不大声喊道:"我去!我也去!"

三

看来御手洗总算认真起来了,所谓不鸣则已,一鸣惊人,指的大概就是他这种人吧。我们两人带着地图和那本《梅泽家占星术杀人》,搭乘新干线前往目的地。

"那个叫竹越的刑警怎么会来找你?"我问。

"我想饭田美沙子虽然瞒着自己的丈夫把那份手稿带给我看，但之后她感到对丈夫有些过意不去，还是把手稿的事情告诉了他。而她丈夫饭田刑警又是个老实巴交的人，感到事态严重，觉得有必要跟大舅子商量。"

"你怎么知道美沙子女士的丈夫是个老实人？"

"那么就是竹越那只大猩猩勒住他的脖子，逼着他说的。"

"那个竹越还真让人讨厌，一副目中无人的样子。"

"那种人都这样，以为把警察证拿出来晃两晃，人家就得俯首帖耳。我看他们是武侠电视剧看多了，以为水户黄门那套在现实中也行得通。真怀疑他们知不知道现在已经是二十世纪了。"

"我想手稿大致写了些什么，竹越早就知道。所以家丑被一个外人，而且还是类似鲁邦三世的人看到，他不气得跳脚就怪了。"

"他说话的口气真是过分，看来还是难以摆脱战前警察那种权威至上的观念，这真是有辱民主时代人民公仆的美名。"

"唉，我看归根结底还是日本人下意识地认为警察就应该那样威风凛凛。希望外国人不会看到当今的日本竟然还有这样的警察。"

"其实像竹越那样的警察在日本并不罕见，只不过竹越实在是太嚣张了。日本应该把他当作国宝级人物，好让人记住战前日本人的丑陋嘴脸。"

"难怪文次郎先生和美沙子女士都不愿把书稿给他看，他们的心情我能够了解。"

御手洗突然看着我说："我很想知道美沙子的想法。"

"嗯？"

"她在读过那本手稿后，不知道是怎么打算的。"

"那还用说吗？如果把手稿交给那样的哥哥，父亲的秘密就会曝光。她之所以找你来商量，就是希望能够暗中将事件解决，洗刷父亲的冤屈。"

御手洗轻声叹了一口气。

"你真的是这么想的吗？那她为什么要让自己的丈夫知道呢？她不告诉当刑警的哥哥，却告诉当刑警的丈夫，她应该很清楚丈夫的为人。饭田刑警是一个不但胆小，而且不会把秘密藏在心底的人，他应该没能力单独解决这个案子，所以饭田美沙子才会找上我们。她从朋友那里听说了我有这方面的爱好，性格古怪，没有什么交际，所以不会把她父亲的隐私到处宣扬。如果能够解开谜团最好，即使失败了也没什么损失。总之，父亲的秘密不会曝光，我当然也不会到处乱说。而案件一旦解决了，她就还可以把功劳说成是自己丈夫的；破了这么大个案子，她那没什么出息的丈夫或许会因此当上警视总监。我猜她心里就是这么想的。"

"喂，你想得太多了吧。她可不像——"

"你想说坏人吧？我可没说她是坏人，我这么说并没有恶意。女人，尤其是结了婚的女人，应该都像她那样。"

"你把女人看成什么了呀，这样评论女性实在太失礼了。"

"那些恶趣味的男人将女人想象成极端顺从、贤淑的娃娃，比如女仆什么的，岂不是更失礼！"

"……"

"这个话题就像讨论德川家康和空调一样无聊。"

"总之你觉得女人都像她那样有心机？"

"那倒也不是，大概一千个人中会有一个比较特殊吧。"

"一千个？"我吓坏了，"一千个也太夸张了！你不觉得应该提高到十分之一吗？"

御手洗哈哈大笑起来，毫不犹豫地说："我不觉得。"

之后我们两个沉默了一会儿，不知道接下来该说些什么，倒是御手洗先开了口。

"关于这个案子，我们真的有把握吗？有没有遗漏的地方？"

"应该还可以找到一些突破口吧。"

"对了，我们已经知道平吉的第二任妻子昌子的老家在会津若松，案发时父母都还健在，那还有必要再调查她和兄弟,以及亲戚之间的关系吗?我觉得不必了吧。倒是平吉的第一任妻子多惠,她出身和家庭情况,你知道多少?"

"据我所知,多惠本姓藤枝,她老家在京都嵯峨野的落柿舍一带。"

"那真巧,这趟顺便也去那里逛一下,还有呢?"

"她没有兄弟姐妹,是家中的独女。长大后,举家搬迁至上京区的今出川。家中经营着一间西阵织的布料店,或许是因为时运不佳,又或者是父母经营不善,店铺的生意一直很冷清。到后来,她母亲病倒了,唯一的亲人伯父又在当时的满洲。不久,母亲病逝,生意也难以维持下去。最后,父亲被逼得上了吊,留下遗言要多惠到满洲投靠伯父伯母。但可怜的多惠不知为何没有去满洲,二十岁的她从此流浪在东京街头。

"二十二或者是二十三岁那年,多惠在都立大学,就是当时的府立高等学校附近的一家和服店工作,老板供吃供住。应该算缘分吧,那家店的老板认识吉男,便托吉男给多惠介绍个对象。

"老板一方面可能是出于同情;另一方面,多惠也的确是个勤快、懂事的孩子。嗯……这是我想象的。总之,老板想为多惠找户好人家,一开始只是说笑,但后来却认真起来。而吉男觉得多惠和平吉挺合适的,就介绍他们两个认识。"

"照理说,接下来的生活应该是幸福美满的,可两人为什么会离婚呢?"

"只能说缘分至此吧。离婚以后多惠也想通了,她决定在保谷的香烟店里度过自己的下半辈子。她的星座位置也不好。"

"按照星座位置来看,人的命运本来就是不平等的。除了这些,你还知道什么?"

"还有一些,不过可能和案子无关。多惠自小就很喜欢信玄袋——就是那种布制的,底部是半圆形的手提袋,袋口可以用绳子束紧,一般用来搭配和服。上了年纪后,她更是收集了不少这类袋子。其实当她家还在西阵织开布料店的时候,她就有自己制作信玄袋出售的想法,并且希望在故乡嵯峨野的落柿舍一带开一家小店。她在保谷的邻居也曾听多惠这么说过。"

"战后平吉画作的税金一定让多惠得到不少遗产吧?还有出版商给她的版税。"

"对她来说没什么用。多惠身体虚弱,每天的生活差不多就是吃饭和休息。有了钱虽然可以找人帮忙照顾起居,也可以买些礼品来送给邻居,但她精神上还是挺寂寞的。她还表示过,如果阿索德真的存在,她要付赏金给找到的人。"

"既然有钱了,不是应该回到嵯峨野,去实现她开店的梦想吗?"

"话是这么说,但一方面她身体不好,另一方面是已经和保谷的老邻居有感情了,大家住在一起可以互相照顾。如果回到嵯峨野,一个人生活实在太冷清。再说年纪都这么大了,心有余而力不足。最后决定还是不走了,待在保谷直到去世。"

"那多惠留下的遗产呢?"

"有一大笔钱吧。多惠一死,就不知道从哪里冒出来一堆自称是她侄子,她伯父的媳妇、孙子的人……生前没有照顾过人家,人一死,就死皮赖脸地要来分遗产。

"不过多惠好像写了遗书,一部分遗产留给了她的老邻居。她去世的时候,那些邻居都哭得很伤心。"

"说了半天,好像都没什么可疑的。多惠的身世我了解了,那美第奇的富田安江呢?你对她了解多少?"

"不是太清楚。"

"那梅泽吉男的妻子文子呢?"

"文子原姓吉冈,家里只有兄妹两人,生于镰仓。她和吉男是通过吉男写作时的恩师介绍认识的。她的家似乎是间神社,家中有人担任神主之职。其余的亲属需要介绍吗?"

"算了。她就没有什么值得一提的经历吗?"

"没有,她是个很平凡的女人。"

御手洗似乎有些郁闷,沉默了好久不再开口。他托着腮,注视着窗外的景色,一副若有所思的样子。车厢内的光线充足，黯淡的玻璃窗上交错倒映出车厢内的情景和窗外不断向后飞逝而显得有些朦胧的夜色。从我的座位上看到的御手洗，因为背光，面孔上只有一个模糊的黑影。

"月亮升起来了。"

御手洗突然说了这么一句话。

"星星也出来了。你看在月亮旁边闪着光的就是木星。你们这些不知道星座在哪儿的人啊，想找水星、金星、火星、木星、土星、天王星、海王星或冥王星，最好是以月亮为基准，因为月亮是最明显的标志。

"今天是四月五日，月亮的位置在巨蟹座，但不久它就会移向狮子座。现在木星在巨蟹座二十九度角的位置，目前这两颗星都很接近巨蟹座。我和你说过月亮和其他的行星都会通过同一条线吗？我每天就像这样观察着它们运动的轨迹。在我们居住的这个星球上，在我们之间，有多少人的一生只是一场梦！

"尤其是那些无休止的纷争，这是我最不感兴趣的。宇宙在不停地转动，就好像是一个大钟的内部。我们居住的星球，只不过是大钟内部的一个微小齿轮的轮齿罢了，而我们只是轮齿上的细菌。但这些细菌总是为了一些无聊的事情或喜或悲，朝生暮死却要惊天动地。由于自己的渺小而看不到整个钟的存在，便自以为不受时间的控制，这实在是太可笑了。每次想到这点，我就不禁失笑。一粒芥子，贪财何用呢？生不带来，死不带去，为什么还要如此执着于那些愚蠢的事情呢?"

御手洗说到这里,不禁笑了起来。

"我也是一个执着于蠢事的细菌,只不过为了对付竹越那个大细菌,就忙着搭乘新干线,大老远从东京跑到京都。"

"哈哈哈哈!"我也被他的话逗乐了。

"多行不义必自毙。"御手洗说。

"对了,我们到京都来干吗?"我惊讶于自己现在才想起来问这个问题。

"去见安川民雄啊,你不是很想见他吗?"

"是的,的确很想见见他。"

"时光飞逝啊!他还健在的话,也该七十多岁了吧?"

"的确,今时不同往日了。不过我们来京都的目的仅限于此吗?"

"别着急,反正来都来了,就顺便去看看老朋友,我给你介绍介绍,他可是个好人啊。刚才我打过电话了,一会儿他就来接我们。他在南禅寺附近一家名叫顺正的料理店当厨师。今晚我们就住在他那里。"

"你常来京都吗?"

"嗯,有空就来转转,京都能触发我一些神奇的灵感。"

Ⅲ　追寻阿索德

一

"喂，江本！"

一踏上月台，御手洗就突然叫了一声，吓了我一跳。

一个靠着柱子的高个子男人听到叫声，慢慢起身走向我们。

"好久不见了。"江本握住御手洗的手寒暄道。

"近来好吗？"御手洗笑着问。

"的确好久没见面了。不过也没什么好的。"

江本是昭和二十八年出生的，今年二十五岁，身高一米八。因为是日本料理店的厨师，所以留着短短的五分头，看起来很清爽。

"要不要帮忙拿行李？咦，这么少。"

"因为想到就跑来了。"

听我这么说，江本露出果然如此的表情，并问："来看樱花吗？"

"樱花？"听到江本的话，御手洗表现得很诧异，"我没想到还有樱花可看。不过，或许石冈兄会想看看樱花。"

江本住在西京极，若是以平安时期的京城来说，公寓位于棋盘式街道的西南边；从地图来看，则位于左下角。

一路上江本负责驾驶，我盯着窗外，希望看到京都古老街道的风貌。然而从窗外消逝的景物基本上和东京差不多，尽是耀眼的霓虹灯和高楼大厦。这是我第一次来京都。

江本公寓的格局是两室一厅，其中的一间卧室给我跟御手洗睡。这种经历对我来说，还是头一次。

临睡前御手洗告诉我明天会很忙，要早一点睡。江本隔着纸门告诉我们，如果有必要的话，可以用他的车。但是御手洗回答说"不用了"。

第二天早上，我们搭阪急电车向四条河原町出发。根据御手洗的说法，竹越文次郎在手稿里说安川民雄住的地方在四条河原町车站附近。

"你会看京都的地址吗？譬如安川民雄的地址是'中京区富小路的六角街'，按照字面就能找到它的所在吗？"

"不会，京都跟东京不一样吧。"

"当然不一样。京都的马路是棋盘式，一般来说是可以从街道名称找出地址所表示的位置的，就像坐标一样。

"比如富小路，一开始这个街名的意思，就表示房子都是南北向，而六角街是指最靠近它的东西方向的街道。"

"哦……"

"我们马上就可以试试看。"

车子抵达终点站,我们走出月台。

"这一带叫四条河原,是京都最热闹的地方,相当于东京的银座和八重洲。可是一般的京都人都不怎么喜欢这里。"

"为什么?"

"因为这里不像京都。"

果然,走出车站却看不到木结构的房子,一眼望去尽是水泥建筑,感觉仿佛是涩谷,完全没有古都应有的味道。

御手洗快步走在我前面。走过十字路口,看到一条清澈见底的浅溪,溪底白色的石头间杂着水藻。沿着溪水往前走的感觉十分美好,我想这就是京都与东京的不同之处。银座或涩谷不太可能有这么美的小溪,上午的阳光照射着水面,反射出一片亮光,非常好看。

"这是高濑川。"御手洗对我说。

据他说,这条小河原本是商人为运输货物而开凿的。可能是淤塞的缘故,如今河道变浅,已无法行船。

"到了!"御手洗提高声音叫道。

"什么?这是哪里?"

"是中华料理呀,先把肚子填饱再说。"

我一边吃饭,一边想着要和安川民雄见面的事。安川现在已经七十岁了,还愿意接受打扰吗?他的脾气虽然古怪,却没犯过什么罪,一定想安静地度过晚年。我不停地想象着,脑海里浮现出一个日日唯有酒瓶陪伴的流浪汉的影子……

说不定我们是第一批根据《梅泽家占星术杀人》这本书的介绍来找他的人。他会把我们当成一般客人吗?我们又能从他嘴里套出多少有关梅泽平吉的线索呢?御手洗准备问他什么问题呢?

我们要寻找的地址,就在店的附近。

"这条是富小路,那边就是六角街,很快便到了。"御手洗站在大马路上指指点点,"走,再过三条街就是啦。"说着,御手洗立刻往前走去。

"不会错,一定就是这里。这一带看起来像是公寓,就是这里了。"

御手洗一边说,一边踏上金属台阶。公寓的底楼是家叫"蝶"的酒吧,这个时候还没开张。白色的木板门映着正午刺眼的阳光,酒吧旁边是家小酒店。

公寓的楼梯窄得可怜,只能勉强够一个人通过。楼梯尽头是阳台,摆着一排信箱,我跟御手洗迫不及待地寻找"安川"这个名字,结果却令人失望。

御手洗露出"可能找错地方了"的表情,但这表情一闪即逝。他是一个自信心极强的人,随即敲了身边一户人家的门。

没有回答。里面的人或许在午睡吧？御手洗又敲了一下，仍旧没有人应门。

"不是这间吧！"御手洗说，"我们这样沿路敲门，里面的人一定以为我们是推销员，所以才不出来应门。我们去另一头试试。"

御手洗不死心地走到走廊的另一头。

果然有了反应，他敲门的那一家，打开一道细小的门缝，出来应门的是一个微胖的女人。

"对不起，我们不是要推销报纸。请问这公寓里有一位安川先生吗？"御手洗问道。

"哦，安川先生，他早就搬家了呀。"那位女士非常有耐心地告诉我们。御手洗露出"果然如此"的表情，回过头看了我一眼，又接着问："这样呀！那么，您知道他搬去哪里了吗？"

"咱不知道呢，已经搬走很久了。你去那边问问看，房东或许会知道。啊！不过房东现在可能不在呢，大概在北白川的店那边。"

"北白川？店名叫什么？"

"白蝶。应该在那里吧，反正不是在那里，就是在这里。"

道谢之后，御手洗就去敲房东的门，房东果然不在。

"看来，我们得跑一趟北白川了。房东的名字是……"御手洗看了看门旁的名牌，说，"原来姓大川，好，石冈兄，我们走吧！"

一路上公共汽车摇摇晃晃，窗外一幢幢房子的屋顶有如寺院建筑，泥墙连绵不断向后延伸。

车子终于来到北白川，我们很快便找到了那家店。这次运气不错，一个四十多岁的男人来开门。

"你是大川先生吗？"

男人听御手洗这样问，眼神立刻有所警觉，迅速打量我们。

于是御手洗简单地说明来意，询问大川是否知道安川搬到哪里去了。

听到御手洗那么说之后，大川说："咱也不是很清楚，但是有人说他好像搬回河原町了。你们是警察吗？"

除了女人之外，全日本大概就属我们两个人最不像警察了。大川这样问，让人觉得他话中有刺。

"我们像吗？"御手洗泰然自若地笑着说。

"可以给张名片吗？"男人说。

我一听，心想完了。御手洗跟我一样，也愣了一下。

"其实……"御手洗降低了声调，十分冷静地说，"恐怕不方便给你名片。下次有机会的话……你听过内阁公安调查室吗？"

男人脸色大变，说："我只是想知道一下两位的大名……"

"哦，没关系……"御手洗顿了顿，才又接着说，"算了，今天就这样吧！但是，你什么时候可以打听到安川民雄的新住处呢？"

男人一副诚惶诚恐的样子，说："今天晚上……这样，五点，下午五点好了。我现在有急事必须去高槻，但我会尽快赶回来告诉你们。你们可以打电话给我吗？"

大川留下电话号码后我们就走了。现在才中午，还有五个钟头。要立刻得到线索，本来就是不大可能的事。

沿着鸭川散步时我故意挖苦御手洗说："你还真是扮什么像什么啊。"

"我最在行的就是当骗子。"御手洗哈哈大笑，一点也没有反省的意思。

"那种征信社调查相亲对象底细的家伙，才会到处一张张地递名片呢。"

我一边往鸭川下游走去，一边思索和安川民雄见面时可能会发生的情形。今天六号，星期五，像这样进行调查的话，一个星期很快就会过去。

"你觉得调查会顺利吗？"我不安地征求御手洗的意见。

"别急。"御手洗回答。

两个人默不作声地走了很久，看到前面有一座桥，桥上车水马龙非常热闹，附近的建筑物似乎在哪里见过。回忆了半天，原来跟早上在四条河原町看到的景色很像。两个人走得口干舌燥，腿也酸了，便随便找了间茶室喝点冷饮解渴。这时御手洗说："到底忽略了什么？那一定是大家都没有注意到的非常微小的事情。"

御手洗低下头，眉毛挤在了一起。

"这个案件好像一件由许许多多奇形怪状的铁屑组合而成的前卫作品，只是其中有一小块铁屑掉了，所以怎么样也组合不出该有的形状。

"只要能找到遗漏的那一块，那一小块，一切就迎刃而解，案情的真相就可以大白。但是那个被遗漏、忽略的一小块，到底在哪里呢？从一开始就必须认真过滤。问题出在后半段吗？一定还有没发现的关键，否则这起不可能的犯罪就无法成立。四十年来，日本无数的名侦探在这个问题上苦思冥想，如今我也成为他们中的一员……"

二

我们在四条河原町的日式茶室里喝了果汁，接近五点时，御手洗才去打电话。没打太长时间，就听见他说"了解了"，便挂了电话。他回到座位上对我说："快！我们出发吧！"

穿过马路，这时已经是下班的高峰时间，交通繁忙，街道拥堵，御手洗好不容易穿过拥挤的人流。他没有搭乘早上坐过的阪急电车,而是过桥向京阪电车的车站走去。

"去哪儿?"我连忙问道。

"大阪府寝屋川市木屋町四之十六,石原庄。从那里的京阪四条站搭京阪电车,在香里园下车。"御手洗一边走过鸭川,一边指着前面的车站说道。

"站名就叫香里园吗?"

"是的。"

"站名很美啊。"

京阪四条车站就在鸭川河边。在我们等电车时,脚下的鸭川已经被染上暮色。

抵达香里园时,暮色低垂,四周的环境并不如站名"香里园"那么引人遐想。目光所及,只有灯火分明的小食店。此刻正是灯光最耀眼的时候,踏着醉步的男人四处游走,街道的两旁逐渐出现被称为"夜莺"的女子,她们鼓足了工作的干劲追赶着那些醉汉。

总算找到了石原庄,天色已经暗淡。敲了敲管理员室的房门,却没有人应答。爬上二楼,就近敲响一户人家的房门,一个中年女人探出脑袋。我们说明来意,她却回答这里没有一个叫安川的人,这让我们十分意外。

但我们没有放弃,继续询问了其他几户人家,得到的答案是:"安川?好像搬家了,搬到哪里去了我也不知道,问问管理员吧,他或许知道。"

御手洗开始露出失望的神色,费了这么大的劲,仍是没有什么发现。

下楼询问管理员,这次运气还好,他在。问他安川民雄是否住在这里,他说安川早已搬走了,再问他搬到哪里去了的时候,他回答说:"咱哪儿知道呀!再说那个大叔早就死了啊。"

"死了?!"我和御手洗不约而同地叫出声来。

"你确定那人是安川民雄吗?"

"民雄?是呀是呀,的确是叫这个名儿呢。"

听闻安川的死讯,我几乎晕倒。我无法想象安川离开东京,离开柿木后过的是怎样的生活。这样一座破落的旧公寓竟然会是他人生的终点。

但管理员接下来的话却让我感到意外。他说安川并非独居,有一个三十多岁的女儿,那姑娘嫁给了木匠,生了两个孩子,一个在读小学,另一个才一两岁,安川老了之后便和女儿一家住在一起。

管理员室内的荧光灯似乎已经非常老旧,不安分地眨着眼。管理员好像被灯光刺激得有些心烦,时不时抬头看看天花板。

走出石原庄,我又回头看了一眼这幢公寓,心中五味杂陈,感觉十分苦涩。我猛然感到追寻某人一生的足迹,探究他的生活,是对那个人的亵渎。

离开之前,御手洗又向管理员询问安川女儿的地址,但管理员说:"咱没问过他们准备搬去哪儿,但搬家公司的人或许会知道吧。他们是上个月才搬走的，搬家公司就是寝屋川车站前面的那家。"

"现在几点？"御手洗看看我手腕上的手表。

"八点十分。"

"还早呢，我们走过去吧。到搬家公司去。"

回到香里园站，我们搭乘电车向寝屋川出发。下车后，很快就找到了搬家公司。不过这么晚了应该不会有收获。

御手洗站在公司门前抄写电话号码。他发现里面有微弱的灯光，还有人说话的声音，便上前敲门。

但就像我们预料的那样，搬家公司的社长没有给我们想要的答案，但他让我们明天再来问问工人，或许他们还会记得那家人搬到哪里去了，年轻人记性比较好。

我们道谢后搭上了回西京极的电车。坐在车上我暗想，这两天四处奔波太累了，而且根本没找出什么线索，时间都白白浪费了。或许御手洗现在的感触也和我一样，觉得很无奈吧！

三

第二天一早，御手洗打电话的声音把我吵醒了。习惯早起的江本已经出门。我飞快地钻出被窝，进厨房泡了一杯速溶咖啡。

回到房间时，御手洗刚刚放下电话，我把手里的咖啡递过去。他撕下一张便笺纸说:"有收获了!虽然具体的地址不清楚,但大概的位置是大阪的东淀川区,就在丰里町站牌附近。丰里町站好像是个终点站,公共汽车会在那里绕一圈后原路返回。那里有家兼卖一些零食的叫'大道屋'的小店,走进店旁的一条小巷,就可以看见一间公寓。

"另外他们家现在已经改姓'加藤'了。新家好像很靠近淀川的堤防,前往丰里町的公共汽车好像是从梅田出发的,所以我们或许可以在阪急电车的上新庄站换车。你要一起来吗?"

我们先从西京极坐电车到上新庄,然后换乘公共汽车,在终点站丰里町下车。淀川上孤单地架着一座铁桥。

这一带很偏僻,空地上长满杂草,到处都是废旧的轮胎。我们刚才搭乘的公共汽车,再开下去就会爬上堤防的坡道,往铁桥方向行驶。

路面看起来很新,路边的水泥砖看上去也像是刚铺上去的。四周有一些盖了一半就荒废了的烂尾楼,而大道屋就在其中。

这些房子就和那些破轮胎一样旧,从店旁的小路进去,我回头一看,发现那店的背面竟然是铁皮拼贴起来的。眼前是几栋格局相同的公寓,公寓墙上有一排信箱,其中一只信箱上写着"加藤"这个姓氏。

爬上老旧的木楼梯，二楼的走道上挂满了晾晒的衣服。加藤家的房门上有一扇小玻璃窗。窗门开着，里面传出了洗衣服咔嚓咔嚓的揉搓声和小孩的哭声。

御手洗敲了一下门，虽然里面有回应，却没人立即来开门。可以想象出屋内杂乱的陈设，以及主人慌忙收拾的情景。

门开了，是一个头发散乱、没有化妆的女人。门开后的一刹那，她就露出了后悔的神情。御手洗抢先一步堵在了门口，问她可不可以谈谈有关她父亲安川民雄的事。

"没什么好谈的！"女人表情很坚定，"我和父亲毫无瓜葛，你们为什么要再三打扰我的生活，请回吧！"

说完，她就砰的一声把门关上了。留在屋外的是她背后小孩的哭声。

就这样被拒绝了。御手洗虽然不甘心，也只能无奈地对我说："走吧。"

那女人的一口东京腔给我留下了深刻的印象。来到此地后，在我耳边充斥的都是关西腔的日语，好像周围的人都在讲相声，没想到会在这里听到熟悉的乡音。

"看来没什么好期待的了。"御手洗很是失望，"我看安川这条线索我们还是放弃吧，即便他还活着，或许也不会多说什么，更何况是他的女儿。我们这样走一趟，就算是替竹越文次郎完成拜访安川民雄的心愿了。"

"那接下来我们干吗？"

"让我想想。"

不知道御手洗还有什么新的打算，总之，我们再次搭上了阪急电车。

"你好像提到过，只是参加学校旅行时来过一次京都，是吗？"在电车上，御手洗这样问道，"你在桂站下车吧，然后换车到岚山，岚山和嵯峨野是京都的观光胜地，现在正好樱花盛开。我看我们就在这里分手，你去看看风景，我想一个人单独行动。对了，你知道回西京极公寓的路吗？"

于是我就在岚山站下了车，随着赏花的人流前行，四周到处都是美丽的樱花。我来到当地有名的桂川。

桂川的河面相当开阔，所以架设在河上的木桥也显得很长。我过桥的时候和一位艺伎擦身而过，她和一个脖子上挂着照相机的金发青年走在一起。艺伎脚上穿着像是漆木屐一样的鞋子，走路时会发出磕磕嗒嗒的声音。其他过桥的人，都不会发出这样的声音。

过了桥，我看了桥头看板上的介绍，才知道这就是有名的"渡月桥"。想象一下圆月当空，月光倒映在水中的美景，这桥的名字取得果然很恰当。

桥的尽头有座像是地藏庵的小木屋。走进去一看，原来是电话亭，我倒是很想在这里打几个电话，但不知道能打给谁，因为我在京都没有朋友。

离落柿舍还有些距离，所以我就在岚山简单地吃了顿便饭，之后去搭京福电车。这种路面电车在现如今的东京已经很少见了。

我想起自己很喜欢的一部推理小说。名字我忘了，但我曾打算按照小说的情节把所有线路都坐一遍。当年东京的路面电车停运的时候，我还伤感地认为优秀的推理小说恐怕也要绝迹了。

因为不知道这趟车会通向何处，我就一直坐到了像是终点站的地方才下车。站名叫做四条大宫。一出站口，就是一条热闹的马路。我漫无目的地闲逛，却发现街景开始变得熟悉起来，原来这就是观光客必来的景点之一——四条河原町。

我还去了趟清水寺，顺着三年坂的石阶一路下行。这里京都古都的气息最为浓厚，路边有很多土产店。我随意走进一家茶室，点了一杯甜酒。

穿着和服、送来甜酒的姑娘站在门前向外洒水，她非常小心地不让水花溅到对面的土产店里。

离开了清水寺后，我又回到四条河原町，直到没什么地方可以逛了才筋疲力尽地回西京极。

四

空荡荡的公寓里只有江本一个人。

"京都怎么样?"

"太棒了!"

"从哪儿回来的?"

"岚山,清水寺。"

"御手洗呢?"

"他在电车上就和我分开啦。"

听我这么说,江本满怀同情地看着我。

我和江本正准备做天妇罗当晚餐,御手洗像个梦游症患者一样飘回来了。我们三个人围着小饭桌开始谈天。

"喂,你怎么穿着江本的衣服,天那么热,快脱掉吧。我看着都觉得热。"

但御手洗好像完全没听见我说话,傻呆呆地盯着墙壁。

"御手洗,快把衣服脱了。"

我又说了一次,并且加重了语调。御手洗慢吞吞地站起来,去换回了自己的衣服。

天妇罗很好吃,江本不愧是个厨师,可惜御手洗一直在沉思,根本没心情品尝这美味。

江本问御手洗:"明天是星期天,我休息,可以带石冈君去洛北玩,你要去吗?"

听江本这么说,我十分高兴。

江本接着说:"咱已经从石冈君那里听说了你们此行的目的呢,都是要耗费脑细胞的事,既然你没有别的计划,不如坐车和我们去兜兜风呗。一样可以思考问题,怎么样?"

御手洗很感激地点点头说:"如果可以让我坐在后座不用讲话的话,那就拜托了。"

江本驾驶着车子向大原三千院驰去。一路上御手洗果然什么也没说,他像面壁思过似的,一脸严肃。

我们在大原吃怀石料理,江本很热情地介绍,但御手洗仍然保持沉默。

江本个性随和,和我聊得很投机。他带我们从同志社大学逛到京都大学、二条城、平安神宫、京都御苑、太秦电影村等地。只用了一天的工夫,我们就几乎把京都的名胜都走遍了。最后他打算带我们去河原町,但我昨天去过,所以谢绝了。我们还吃了寿司,到高濑川的古典茶室喝茶。

愉快的一天就在咖啡时光中结束了。今天是八号,星期天,眼看着这一天又过去了。

第二天一起床,我就发现御手洗和江本都已经出门了。我只能一个人饿着肚子到西京极的街上找东西吃。路过车站前的小书店,就顺便进去逛逛。西京极有座运动公园,公园里有球场,我听见了大声叫喊的声音,看来有人正在比赛。

看了一会儿,我离开公园,开始思考整个事件。我个人的推理加上御手洗的单独行动,似乎完全没有进展。焦躁的情绪挥之不去,我无法好好享受外出的时光。

很明显,这个案子有它独特的魔力。在我看过的那本《梅泽家占星术杀人》中曾写道,一个富翁因为沉迷于调查这个事件,最后竟然倾家荡产。更可怕的是,他受到了阿索德幻影的魅惑,最后跳海结束了自己的生命。传说中的阿索德……我相信她的确有如此巨大的魔力,让人沉浸其中无法自拔。

想到这里,我又走进车站,西京极的街道已经逛遍了,不如再去四条河原町逛逛。昨天去过的那家古典茶室似乎还不错,那里还有家丸善书店,可以去翻翻有没有美国插图年鉴之类的书。

我坐在西京极月台的椅子上,等待开往河原町的列车。现在已经过了上班高峰时间,所以月台上几乎没什么人,只有一位老婆婆坐在采光位置绝佳的椅子上。列车进站的铃声响起,她抬起头,视野中飞驰而来的是用红漆写在列车车身上的"急行"二字。

列车像风一样驶去,丢弃在月台上的报纸杂志在阳光下随着气流摇摆,我突然想起了丰里町的那个公共汽车站。

淀川堤防附近有很多空地，被丢弃在空地上的那些废旧轮胎等物，让我想起了一个有标准东京腔的女人——安川民雄的女儿。

御手洗真的打算放弃安川民雄的女儿这条线索吗？他现在又在干什么呢？忽然一股无名火涌上心头，迫使我向月台的另一侧飞奔过去。我决定换乘往梅田的电车，立刻就去上新庄。

抵达上新庄，月台上的钟显示快四点了。我犹豫着到底要不要坐公共汽车，但转念一想，或许在这个陌生的地方逛逛也不错。

上新庄这个地方只有车站附近还算热闹，其余的地方就显得惨淡多了。四周有很多卖章鱼烧、大阪烧的小店，让人感觉仿佛置身于大阪。因为不久前刚来过一次，所以眼前的景色都很熟悉，淀川上的铁桥就在远处。我赶到了车站，而大道屋就在眼前。

就这么孤身一人去找安川的女儿，我并没有自信能得到她的理解，但她应该在意和自己父亲有关的梅泽事件吧？或许把竹越文次郎手稿的内容告诉她，能够引起她的兴趣。

我准备对她撒谎，就说自己不是警察，是竹越文次郎的女儿美沙子的朋友，所以看过那本手稿。

如果对她提起竹越，大概不会引起她的反感。她说过父亲的事给自己的生活带来了麻烦，所以我认为她有权利知道竹越手稿的一些内容。退一步说，我还是比较在意她所知道的和平吉有关的线索。我还想了解的是案件发生后安川民雄过的是怎样的生活，他和平吉是否秘密接触过。

我站在门口，十分慎重地敲了一下门，这次没有听见洗衣服的声音。

门慢慢地被打开，四周的空气仿佛快凝固了，而探出脸来的女人的表情也像蒙上了一层阴影。

"这个……我……"我突然变得手足无措，好不容易鼓足了勇气，一口气把想要说的话说了出来，"今天我单独前来拜访，是为了战前的那个事件，我得到了一些外人不知道的资料，是特意来告诉你其中的内容的。"

或许是我的表情太过认真了，她忍不住笑了出来。最后，她好像下定了决心，走出门外对我说："孩子跑出去玩了，我要去把他找回来，你可以和我一起去吗？"

她说着一口标准的东京话，背后还背着一个孩子。

她边走边告诉我，小孩都喜欢跑到这附近来玩。说着，我们已经登上了淀川的河堤，四周的视野顿时变得开阔起来；仔细向远处望去，除了宽广的河流之外，并没有看到小孩的踪影。

她走得很慢，我将整理好的一番话一口气说了出来。还好，她似乎很感兴趣的样子。听我说完后，她总算开口了。

"我在东京长大，住在蒲田附近的莲沼。从蒲田到莲沼只有一站路，为了省钱，母亲都是由蒲田走路回家的。"说到这里，她的脸上露出一丝苦涩的微笑。

"有关我父亲的事，那时我还没出生，所以知道得并不多，不知道是否能帮上忙……

"那个案子发生后，父亲参了军，他的右手就是当兵时受伤的。战后，他回家和母亲住在一起。起初还是个温柔体贴的男人，但后来就渐渐变了。原来生活稳定的家庭，因为他玩赛马玩赛船被败光了，母亲不得不出来工作赚钱补贴家用。时间一长，母亲开始对这种毫无希望的生活感到厌烦。一家人蜷缩在六张榻榻米大小的屋子里，只要父亲一喝醉，我们甚至不敢大声说话。后来父亲的精神似乎也出了问题，经常会自言自语地说什么，明明已经死了的人，为什么会回来找他。"

听到这里，我不禁吞了口口水。

"是谁？那个来找他的人！是谁来找他？是梅泽平吉吗？"

"或许就是他吧，因为的确听到过这个名字。但父亲提到梅泽的时候，意识已经模糊了。我想他是打了麻药，总让人感觉他看到的是幻觉，说的是胡话。"

"如果梅泽平吉没死，那么你父亲看到的很有可能就是他。因为在梅泽家的事件中，只有在梅泽平吉没死的前提下，很多不可思议的事情才能够解释得通。"

我的兴头上来了，就像上紧发条的玩具，滔滔不绝地把我的想法告诉她。这个事件我已经和御手洗讨论很多次，所以叙述起来非常流畅。

我的结论是：在第一具尸体上没有胡子，而平吉原本是有胡子的；一枝的死，是为了让竹越文次郎按照凶手的指示埋尸。我还提到了制作阿索德的动机等，尽管我讲得口沫横飞，她却不太感兴趣，只是不时拍拍背后的孩子，似听非听地听我发表见解。河面上吹来的风，吹乱了她额头和面颊上的头发。

"民雄先生提过阿索德的事吗？或者是看过……"

"嗯，好像听他说过，但那时候我还小，所以……不过，虽然梅泽平吉这个名字在我小的时候就听到过，但我根本不关心这个人是谁，也不关心这件事到底是怎么回事。对这个名字，我甚至有种厌恶感，因为它让我回忆起了一些不好的事情。

"在那事件最轰动的时候，父亲几乎每天都要应付那些陌生人。有一段时间，每当我从学校回来，总是发现屋子里已经坐满了等父亲的人。家里空间这么小，搞得乌烟瘴气，实在很讨厌。所以我们才会搬到京都来。"

"是吗……看来你家的生活被打乱了。哎，那样的事情我都没想到，那今天我的来访岂不是打扰你了？"

"呀，我不是那个意思，你别在意啊。"

"你母亲已经过世了吗？"

"母亲在世的时候就和父亲离婚了，她受不了父亲的性格。虽然母亲再三要求我和她住在一起，但父亲舍不得我，我也觉得父亲很可怜，所以就陪在他身边。

"其实父亲是个很温柔的人，从来不打我，但因为找不到好的工作，所以成天闷闷不乐的。我们过得很凄惨啊，唉！这个家……"

"民雄先生有没有比较亲近的人？"

"没有。就算有，也只是一些酒肉朋友。不过有个叫吉田秀彩的人倒和父亲很要好，或者应该说，我父亲很崇拜他。"

"他是怎样的一个人？"

"好像是专门用四柱推命法来帮人算命的、靠占卜为生的人。他比父亲大十岁，以前住在东京，听说是在酒馆里认识的。"

"住在东京？"

"是的。"

"民雄先生也很喜欢算命吗？"

"嗯……怎么说呢，好像也不是特别喜欢。他之所以对吉田先生很感兴趣，是因为吉田先生很喜欢做人偶。"

"做人偶？"

"是啊，所以他们才很谈得来。后来吉田先生不知道怎么就到京都来了，父亲大概是为了追随他，所以也搬到京都来的吧。"

吉田秀彩……看来又出现了一个重要人物。

"你和警察说过这些事吗?"

"警察?我不和他们谈论父亲的事。"

"那警察一定不知道吉田这个人吧?那些业余侦探呢?你告诉过他们吗?"

"从来没有,今天还是我第一次对别人提起他。"

我们并肩走在河堤上,夕阳西斜,她的表情让人捉摸不透,我想我还是单刀直入地提问比较合适。

"你怎么看?你认为梅泽平吉真的死了吗?阿索德真的存在吗?你父亲对于这点有什么看法?"

"我对这件事情不了解,应该说根本不想了解。至于父亲,他已经是个重度的酒精中毒者了,经常意识不清,还能有什么想法?不过他的确经常提到梅泽平吉这个人,如果你相信他喝醉时说的胡话。或许你只有看到他喝醉时的样子才能理解我说的。总之,我是绝对不会把他喝醉时说的话当真的。不过,他倒是对吉田先生说了很多。"

"吉田的名字怎么写?"

"优秀的'秀',色彩的'彩'。"

"他住在哪里?"

"具体的地址和电话我都不知道。我们只见过一次面,如果我父亲说得没错,他大概住在京都北区的乌丸车库附近。京都没有人不知道乌丸车库的,就在乌丸路的尽头,他家靠近车库的围墙。"

向她道谢后,我们就在河堤上分手。走了一段距离,我回头看她,见她只顾照顾背后的孩子,头也不回,整个人融入夕阳的余晖中。

我走下河堤,想踏入河边的芦苇丛中看看,但走近之后才发觉那些芦苇有一人多高,大约有两米吧。一条小路将芦苇分成两边,我毫不犹豫地走了进去。一时间,我仿佛置身于迷宫中,而眼前蜿蜒的小路则变成了一条隧道。地面开始变得泥泞,四周充满了树叶枯萎的气味。

不知不觉地,我已经来到了河边。河水在黑而坚硬的泥土上流过,向右边望去,还可以在夕阳的光辉中看到铁桥的影子,还有铁桥上来往车辆的灯光。

我开始思考整件事情的来龙去脉,我想我掌握了一条御手洗和警察都不知道的重要线索。

这个吉田秀彩到底和安川民雄说过什么?能从他们的谈话中找到平吉还活着的证据吗?很难否定这种可能性。

虽然她刚才一再强调父亲说的是醉话,但不管怎么说,安川一定认为平吉还活着!而且我也不相信那是酒后胡言。

我看看手表,已经是七点零五分了。今天是九号,星期一,一天已经结束了。离约定的星期四还有三天,事情不能再拖下去了,否则就不能在星期五之前,阻止竹越刑警将自己父亲的耻辱向天下人公布。我胡乱踏进芦苇丛里,沿着来时的路返回。

我决定去一趟乌丸车库,所以没有在西京极下车,而是直接坐到了终点站四条河原町,最后换乘公共汽车到达乌丸车库时已经快十点了。

路上几乎没有行人,想问路也没办法。这怎么办?我只好沿着站牌旁的围墙开始步行,希望吉田就住在围墙的后面。但绕了一圈后,仍然没有发现"吉田"的门牌。最后,我只有向警察局走去。

站在吉田家门口时,四周已经一片漆黑。屋里的人都睡了,我又没有他家的电话,只能明天再来。

其实我并不想今晚就和吉田秀彩见面,只是怕明天一早起来什么期待都没有难免有些空虚,所以还是今天找到住址,明天再来拜访。

我搭上了公共汽车和电车,回到西京极的公寓,御手洗和江本已经睡了。我不想打扰他们,悄悄地钻进了被窝。

五

第二天起床的时候,御手洗和江本又不见了人影。这下麻烦了,我还没来得及告诉御手洗自己找到的线索,这都是一晚上兴奋得睡不着害的。

不过也没关系,又没说一定要御手洗本人解决事件才可以,要是御手洗的同伴也行。

洗漱完毕,我马上赶到了西京极车站,搭乘开往四条乌丸的班车。昨天晚上已经问清了地址，所以到达吉田秀彩家时才十点多。

玄关的玻璃门被打开，一个穿着和服的婆婆走了出来。我连忙打招呼。

"您好，请问这里是秀彩先生的家吗？是安川民雄的女儿告诉我他住这儿的。"

那个婆婆很客气地回答了我的问题，她说她先生昨天就出门了，我听了非常失望。

"请问去哪里了？"

"去名古屋，说了中午就回来，不过也可能傍晚才到家。"

我向她要了电话号码，并且说再来之前会先打电话。

看来事情没有想象的那么顺利，在等待吉田回来的这段时间里，我一边沿着贺茂川往下游走去，一边想着案子。

这条河叫作贺茂川，河的下游和从东边流过来的高野川呈Y字形汇流后，就成了鸭川。两河交汇的地方称为今出川。梅泽平吉的前任妻子多惠的父母，就是在此地经营布料店失败的。

御手洗胸有成竹地向竹越保证，说一周之内就可以解决这个案子。但到底怎样才算解决呢？首先要弄明白凶手犯案的经过，然后搞清楚凶手到底是谁。但照目前的情况来看，光是第一点能否完成都是个未知数，更何况那个竹越的要求不止如此。

要确定某人就是凶手，这就更加困难。而且如果这个人还没死，那还得找出他现在的住所，并且确保他就在那里，倘若不是这样，就不能算真正找到了凶手。

今天是十号，星期二，如果连今天也算进去，那我们只有三天时间了。如果在今天晚上还不能找到凶手，那就基本没希望了。凶手在日本国内吗？不，或许他不一定在日本。他到底在哪里我们都不知道。即便他真的在国内，也可能在稚内或者冲绳。要在之后的两天内找出他的行踪，时间太紧迫了，有可能要花上超过两天的时间。更何况四十年过去了，人海茫茫，简直是大海捞针。

假设我们真的能够在未来的两天中把案子解决，那么赶在星期四回到东京，立即向竹越和饭田说明整个案子的来龙去脉，这样就可以将竹越文次郎的手稿销毁了。明天是星期三，最好能够搭乘晚班车回到东京，如果今天还没有任何收获的话，那么在承诺的期限前解决案子就没什么希望了。

现在要做的就是从吉田秀彩那里得到平吉还活着的证据，而且证明平吉就是凶手。至于找到他的藏身之处可不好办，但至少也要问出平吉最后现身的场所，然后明天就去那个地方做进一步的调查。

时间似乎慢了下来，好不容易挨到两点，我给吉田家打了一个电话。秀彩的妻子很有礼貌地告诉我，她先生还没有回家。我决定继续等到五点。

为了打发时间，我就在公园旁的一家茶室里休息。时间一分一秒地过去，五点十分，我满怀希望地拨通了电话。感谢上帝！秀彩的妻子说她先生刚刚到家。我马上说，请让他等我一下，我马上来。

话一讲完，我就扔下话筒，飞也似的跑出了茶室。

吉田秀彩在大门口等待我的到来，民雄的女儿说他是个六十岁左右的老人，但他长着一头白发，怎么看也应该有七十岁了。

等不到进入客厅坐下，我就在门口表明了来意。他把我让到沙发上坐下后，我便缓缓地进行了详细的说明。大致的意思是朋友的父亲去世了，在整理书房的时候发现了一本手稿，上面写着竹越文次郎的名字。手稿的内容我只是大致提了一下。

我表明了自己的态度：关于这件事，我纯粹只是想帮朋友的忙，而且我相信梅泽平吉还活着，不然案子就无法解释。我把以上这些话一口气告诉了吉田。

"我见过安川民雄的女儿，安川先生似乎认为梅泽平吉没有死。他或许告诉过您他的想法，所以我才来打扰您，希望听听您对此事的看法。还有，您认为制作阿索德的想法可信吗？"

吉田秀彩整个身子都陷入暗色的沙发中，听我讲完后他才开口说："你说的事很有趣。"我开始重新审视面前的这位老人，一头银发，鼻子细长高挺，面颊消瘦，目光时而锐利时而温和，有一张充满魅力的脸。他身材瘦长，不熟悉他的人或许会觉得他为人孤傲，其实这种说法未必准确。

"我也曾对此事进行过占卜，而关于平吉的生死，得出的结果是一半一半。但现在我却认为死四生六。

"另外，说到阿索德，我是个对制作人偶感兴趣的人，制作过程中涉及的哲理言之不尽，哪怕为了制作阿索德甚至需要犯下杀生的罪孽，或许我也想尝试着完成她的。我这么说好像有些矛盾。"

这时，吉田太太端着茶水和点心来到了客厅。我觉得很不好意思，因为急匆匆地前来拜访，什么见面礼都没有带。

"真是失礼了，太急的缘故，空手而来。"

秀彩笑笑，说不必客气。

这时，我才开始环顾吉田家的客厅。刚进门的时候，我就像斗牛场上的牛，根本没时间静下心来注意这些。客厅里有很多占卜方面的书籍，还有各种尺寸、各种材质的人偶，其中有木质的、合成树脂的，作品风格都相当写实。

由于我的不自觉赞叹，话题自然而然地转向了人偶。

"这是塑料做成的吗?"

"那个是 FRP①。"

"哦……"

我十分惊讶,老人英文随口而出。

"您怎么会想到要制作人偶呢?"

"嗯,这就说来话长了。我对人体本身感兴趣,沉浸在制作人偶的乐趣之中,这其中的道理,外行人是难以理解的。"

"刚刚您也说过,如果有可能会去制作阿索德,难道制作人偶真的有如此之大的吸引力吗?"

"说成是魔力也无妨。人偶就像是人的化身。当我全神贯注制作人偶的时候,手指触碰作品时,仿佛连魂魄也被吸了进去。而且制作人偶的过程就像是在制造尸体,有点恐怖。这种体验仅仅使用'吸引力'这种温和的词语来描述是远远不够的。

"其实追溯历史就可以发现,日本是一个不会制作人偶的民族。虽然日本也有过土俑或者陶俑之类的东西,但那都是象征性的作品,其意义只是代替真正的人。这和雕塑或者制作人偶的概念完全不同。

"日本的艺术史中,很少有肖像画之类的东西存在,更不用说雕像了。在西方的古希腊或者古罗马,每个时代

---

① FRP(Fiber Reinforced Plastics),纤维增强复合塑料。

的执政者或者英雄都留下了肖像画、雕塑、浮雕等作品,这样做的目的是供后人瞻仰。而日本却只有神佛的塑像,从来没有执政者的雕像。这倒不是说日本技术方面不如西方人,而是害怕魂魄会被雕像摄走。所以即便是肖像画,也很少见。

"在日本,制作人偶变成了一件很私密的事情,通常要躲着别人偷偷摸摸进行,制作者均秉持着一种神圣、严肃、专注的心境来完成作品。这样的制作过程,如同在和生命进行抗争。我从昭和时代起,就迷恋上这种创作的魔力了。"

"那么,您认为创作阿索德是……"

"创作阿索德的想法无疑是邪恶的。制作人偶一定要使用人体以外的材料,那样做出来的作品才可以称为人偶。绝对不可以使用人的肉体来当素材。刚才我说过,从历史上来看,制作人偶这件事,掺杂着悲惨、阴暗的感情,所以我也能够理解他为何会产生如此可怕的狂念。毕竟都是日本人嘛!

"不,或许应该说,在我们的那个年代,只要是曾耽于人偶制作的人,就能够理解那种想法。只不过自己是否会真的那样做,则又是另外一回事了。这不是道德的问题,他制作人偶的出发点和态度和我有本质上的不同。"

"我了解您的意思。不过您刚才说自己也有可能制作出阿索德,而且平吉也许已经死了,那又是什么意思?"

"嗯，事情是这样的。认识平吉的安川和我很熟，而我也对案件中提到的那个人偶有很大兴趣，但我对案子本身却没兴趣，所以直到现在我都没考虑过谁是凶手之类的问题。你问我对案子是怎么看的，我得再好好考虑一下。我不善于向别人解释，尤其是向你这样的年轻人解释。

"至于平吉的生死，我看他就算还活着，也不可能和人有来往。一个人独居在深山老林并不像说说那么容易，首先吃就是个大问题，除非可以像神仙那样辟谷。倘若他还活在这个世界上，身边却没有一个照顾自己起居的人，会很不方便吧。为了避人耳目，他不可能过平常人一样的生活，而且他太太的娘家也会来找他吧。日本这么小，这些实际问题都不能解决，所以我说他多半是死了。

"但如果说他完成阿索德之后就自杀了，那应该会留下尸体，这样就会被人发现。当然，如果他死之前就想好办法让自己的尸体消失，那也不是不行。但如果这样，恐怕一个人完成不了，一定得有个人帮他处理尸体。不是烧了就是埋了。或许他的遗骸就放在阿索德的旁边。这就是我的想法。"

"原来如此……那安川民雄也和您谈起过这件事？"

"是的。"

"他是怎么说的？"

"他的话我半句都不信，他是平吉的疯狂信徒，对平吉还活着这件事深信不疑。"

"那么阿索德……"

"按他的话来说,阿索德已经制作好了,就藏在日本的某处。"

"安川有没有说藏在哪里?"

"嗯,说过的。"

"哪里?"

"明治村,你去过吗?"

"只是听过名字。"

"那是名古屋铁路局在名古屋北面犬山附近建造的村子,碰巧我刚从那里回来。"

"啊,原来是这样。那么具体藏在明治村的哪里?是埋在某个地方吗?"

"并没有埋起来。在明治村里有个宇治山田邮局,内部其实是博物馆,里面展出邮票和邮政事业的发展史,还有江户时代信差的假人,明治时代的邮筒模型和大正时代的邮差人偶。不知为何角落里还安放着一个女性人偶,安川认为那就是阿索德。"

"哦!那些展览品中,为什么会有这样一个女性人偶呢?应该知道是谁把它放进去的吧?"

"这就一直是个谜了。老实说,那些人偶中有我的作品,负责这些展览人偶制作的除了我还有尾张人偶社。我常在名古屋和京都之间来回跑,而名古屋的同好也经常到我在京都的工作室来做客。大家一起切磋制作人偶的技术，制造了那些展览用的人偶，完成后又全都运到了明治村。但在开幕那天，我们突然发现多了一个人偶。问尾张人偶社的人，他们也说不知道。大家都不记得曾制作过那个女性人偶，况且邮政历史展览馆里也不需要这样的人偶呀。

"我们想或许是明治村负责展览的人觉得展品的内容太单调了，所以就放了一个女性人偶进去。其实那个人偶做得很出色，但和展览的内容不协调。因为这个人偶的'身份'不明，感觉也十分诡异，所以安川断定它就是阿索德。"

"原来如此，那么您这次去明治村，就是为了调查人偶而去的吗？"

"不，我有个老朋友在明治村，他和我有相同的爱好，我们是制作人偶的同好。另外我也喜欢明治村那种朴素的氛围。我小时候曾在东京住过，非常怀念那时东京车站前的警察局，新桥的铁工厂，还有隅田川上的桥和帝国大饭店。只要不是节假日，那里就没什么人，散散步，看看风景，非常惬意。但我已经这把年纪了，不适合住在快节奏的东京，最好还是住在京都这种地方，尤其是明治村，还保存着昔日的气氛。"

"明治村真的那么有趣吗？"

"或许老人家会特别钟爱吧，年轻人就不清楚了。"

"恕我再回到刚才的问题,您和安川对梅泽的想法怎么看?"

"至少我不是很在意,觉得那只是狂人的妄想。"

"您搬到京都后,安川还来找过您吗?"

吉田秀彩面露苦笑。

"嗯……来过吧。"

"你们来往密切吗?"

"他倒是常常来,这里也算是我的工作室。我不想说死人的坏话,只是他在死前的那段日子里,整个人都变了。他是个被梅泽家占星术杀人事件附身的人,是个牺牲者。

"在日本,像这样的人并不少见。他们相信自己担负着上天赋予的使命,一定要解决那个案子,甚至到了病态的地步。安川的口袋里经常放着一小瓶威士忌。我曾说过他很多次,都这把年纪了,不要喝得那么猛。还好他不吸烟,每当我和几个朋友看见他一口一口地喝着瓶子里的酒的时候,都劝他别再喝了。到后来,其他的朋友只要看见安川一来,就说要回家。

"有段时间,因为我没给他好脸色看,他就很少来了;即便是来,也都是为了诉说自己前天晚上做了一个稀奇古怪的梦。总之,他已经分不清楚梦境和现实,整天处于恍惚的状态。后来,不知道他是不是得到了什么启示,竟然说我的一个朋友就是梅泽平吉。那个人每次来时,他都下跪行礼，而且还说好久不见之类的话。他还说我的那个朋友眉间有火烧留下的疤痕，那就是身为梅泽平吉最好的证据。"

"他为什么说火烧留下的疤痕就是梅泽平吉还活着的证据？"

"我也不知道，这大概只有安川自己才明白。"

"安川认定的那个人和您还有联系吗？"

"有啊，他是我的老朋友，刚才我也提到了，就是我去明治村找的老友。"

"可以问问他的名字吗？"

"梅田八郎。"

"梅田？"

"是的，安川也说他和梅泽平吉的名字里都有一个'梅'字。但这也太荒唐了，大阪车站附近一带就叫梅田，这在关西也不是什么稀奇事啊。"

我突然灵光乍现，因为我在意的不是"梅田"这个姓，而是"八郎"两个字。在梅泽家占星术杀人事件中死亡的人，总数不正好是八吗？

"梅田君没有在东京住过，而且还小我几岁，如果他真的是平吉的话，也太年轻了。"秀彩又接着说道。

"他在明治村做什么工作呢？"

"明治村有个京都七条警察局，是明治时代的遗物。梅田留着英国式的胡子，挂着佩刀，在那里扮演明治时代的警察。"

一个想法油然而生,看来我应该跑一趟明治村。

吉田秀彩似乎看穿了我的心事。

"你去趟明治村也行,但梅田绝对不是平吉。首先年龄不符,我猜在安川的幻想中,把自己年轻时看到过的平吉想成了梅田,他已经忘记了时间的存在。而且平吉性格内向、阴郁,梅田则是笑口常开,充满朝气的一个人。梅泽平吉是左撇子,梅田正好相反。"

告别时,我深鞠一躬向吉田秀彩表示谢意,他太太也出门送行。

吉田秀彩送我到外面的大路上。他告诉我,现在是夏令时,明治村的营业时间是从早上十点到下午五点,只需要两个小时就可以参观完。

这次拜访大有收获。太阳已经下山,路上的汽车亮起了橘黄色的车灯。十号已经落幕,还有最后两天。

回到西京极的公寓时,江本已经回来了,他一个人闲得无聊,正在听唱片,我坐下和他随便聊了起来。

"御手洗君呢?知道他去哪儿了吗?"我问道。

"我刚才在门口看到他。"江本说。

"他怎么样?"

"那家伙,还是老样子,一股要拼命的劲头,说一定要找到线索，就跑出去了。"

我的心情一下子变得低落起来，看来我也得加把劲才行。于是我把这几天调查的情况向江本做了一个大概的说明，还请他明天务必把车借给我。江本爽快地答应了。他还告诉我只要走名神高速公路，然后在小牧交流道北上，就可以到达明治村，这样就不会太费时间。

我决定明天早上六点出发，今天一天累坏了，看来得早点休息。京都我不是太清楚，但在东京，早上七点就开始塞车，京都大概也一样，反正一早就要出门。御手洗忙着进行自己的调查，我看是没什么机会能和他谈谈了。而且，明天也等不到他起床，只有回来再说。

我铺好自己和御手洗的被褥，然后早早地钻进了被窝。

六

大概因为精神紧张吧，天一亮，我就睁开了眼睛。

昨晚应该是做梦了，但我却不记得梦的内容，只知道的确是做梦了。

至于那个梦是好是坏，我也说不上来，但没有给人不好的感觉，只有一丝哀愁，却也不是那么刻骨铭心。总之，我只记得做过一个梦。

御手洗还在一边呼呼大睡，我起身时大概惊扰了他，他轻声发出不知所谓的梦呓。

走出公寓,将身体投入到清爽的空气中,从嘴中呼出的气息好似一阵白烟,飘然而上。尽管身体和头脑仿佛还置于梦境之中,但这样的感觉却很舒服。昨晚睡了八个小时,这样的休息时间已经足够了。

汽车在名神高速公路上行驶着。走了约两个小时,我看见公路右边田地里竖立着一块广告牌。那是一个冰箱的广告,画面上是一个面露微笑的少女,一头秀发随风飘扬。

刹那间,我记起了梦境的内容。

在漆黑的海底,一个全身赤裸的长发女孩随海流摆动着身体。她披散的长发好似无数须根在水中荡漾,皮肤白皙如凝脂,胸部以下直到腹部、膝盖的部位都被绳索紧紧地束缚。

她张开双眼,出神地望着我,但一瞬间脸上又没有了表情。她没有开口,却像是在招手,身体缓缓地跌入海底深渊。现在回想起来仍历历在目,整个场景充斥着诡异凄美的感觉。

这难道是凶兆?想到这里,我忍不住打了一个冷战,想到安川民雄晚年的癫狂,还有那些跳海自杀的狂人。难道我也要成为他们中的一分子了吗?我不由得惊起了一身鸡皮疙瘩。

抵达明治村的停车场已经是上午十一点了。从京都出发，加上途中塞车，总共花费了五个小时。

将车停好，我才知道此处并非明治村的入口。想要去明治村还得搭乘开往村子的游览汽车。

汽车沿着陡坡爬行，路很窄，道路两旁的树杈不时从车身上擦过，发出沙沙的声音。眺望窗外，可以看见一个水潭，潭水碧绿清澈。但严格地说，那只能算是个大水池。漫步在明治村中，不管人在何处，好像都可以看见这个"入鹿池"。

整个明治村就像是一座没有屋顶的博物馆。因为时间尚早，我决定四处逛逛。

日本百年前的街道，很像美国的西部小镇，让人有种不可思议的感觉。如今欧洲人建造房屋，仍然是以百年前的风格样式为基础，但日本人房屋的风貌，已与百年之前有一百八十度的不同。今天住在贝克街的英国人，应该还住在和福尔摩斯那个年代一样的房间里，使用着同样的家具。但日本人却不同，日本建筑的风格自明治时代以来，已经发生了翻天覆地的转变，古老传统的延续受到了阻碍。

日本人的选择到底是对还是错？从目前充满现代气息的日本建筑来看，日本人似乎打算将自己的生活封锁在水泥墙中。

这或许应该归咎于明治时代人们对于西欧的直接模

仿。在气温高、湿度大的日本，是不应该建造欧洲那种重视隐私而完全封闭的楼房的。但随着空调的普及，日本的建筑似乎又逐渐回到了当初的风格。

我觉得日本人在房屋建造，以及城镇规划的理念上绕了一个弯。在这里散步感觉非常舒适，要说为什么和普通的街巷有如此巨大的差别，我看主要是因为四周都没有围墙。现在日本的经济抬头了，如果某天每户人家都能安装上空调，而房屋的格局又回到明治时代，那么所有的围墙是否都应该被摒弃呢？漫步在明治村时，我这样思索着。

我走过大井牛肉店和圣约翰教堂，站在日本文豪森鸥外和夏目漱石的故居前发呆。房子门牌上的题词出自夏目漱石的名作《我是猫》。

在我前面的四五个人大概是结伴而来的，看他们一路有说有笑、兴高采烈的样子，我不禁感到有些惋惜。如果和御手洗一起来的话，一定十分尽兴。

但我现在所想的并非和他谈笑的事情，而是夏目漱石在《草枕》中的一段话："发挥才智，则锋芒毕露；凭借感情，则流于世俗；坚持己见，则多方掣肘。总之，人世难居。"

御手洗便是那种露才在外的典型吧，全世界没有人比他更适合这句话的了。

而与此相反，凭借着自己的感情行动，流于世俗的人，不正是我吗？我们两人平日里时常囊中羞涩，所以可以肯定地说,像我们这样的两种人,的确人世难居。

竹越文次郎也一定和我一样是个感性的人,因为我无法漠视他的手稿。换作是我,大概也会和他一样,在人生的岔路上选择同样的拐点。对他而言,人生不是简单的一句"人世难居"所能言尽的。

走过漱石的故居,石梯下面真的有一只白色的猫躺在那里,看来那门牌上的题词并非玩笑。这种没有汽车打扰的宁静之地,也正是猫儿喜爱的安逸场所。原来如此,这就是明治村。

石梯的尽头就是广场,可以看到具有时代特征的区间电车来回穿梭。听到一群小女生欢呼雀跃的声音,我便转眼向角落望去。原来是一个中年大叔,穿着镶有金边的黑色西裤,嘴上还用胶水粘着英国式的胡子,看起来神气十足。女生们争着要和大叔拍照,他的腰间还别着一把长刀呢。

我还没意识到他的扮相应该是明治村的警察。这么说或许有些失礼,但他实在很像是街边招揽顾客的活广告。拿着相机来拍照的人又更换了两三批。不知怎的,人潮中发出了一阵女生特有的娇笑,穿金边黑西裤的大叔仍然忍耐着。

他可能就是梅田八郎,凭他的装扮在一公里外就可以认得清清楚楚。反正找他拍照的人还有很多,我不如再去四周逛逛,首先要看的就是宇治山田邮局。

明治村虽然是观光胜地,但知道这里的人并不多,所以这里没有夏季时的轻井泽那么热闹。在这里工作的也大多是老人,他们不但态度和蔼,而且神采奕奕。

刚才我所搭乘的旧式京都市立电车的司机就是位老先生。他在替我检票的时候,特意将明治村的印戳重重地盖了上去,还让我拿回家当纪念品。对此我很惊讶,因为在东京,电车司机和乘务员给我的印象总是十分冷漠。听说在电车满员的时候,为了能让车门关闭,甚至有乘务员用脚踹乘客的后背。

现在我乘坐的这辆电车上的司机也是位老人,他精神饱满地向乘客介绍四周的景物,充满沧桑感的嗓音回荡在车厢中:"看!右边是品川灯塔,左边是著名作家幸田露伴的故居……"老人对自己的嗓门很有自信,可能他从前是位教师吧!

但很遗憾,一群不懂礼貌的中年妇女拥上了电车,破坏了和谐的氛围。她们根据老人的讲解,像一群水牛似的在车厢里乱撞。这辆珍贵的老爷电车被折腾得像一个快要垮掉的火柴盒。

那位老司机最让我出乎意料的倒不是他的嗓门,而是当电车到折返站时,原本老态龙钟的他,突然嗖的一声跳下了电车,半点没有老年人的僵硬感。我充满好奇地把头伸出窗外,看他到底要做什么。

在电车集电器那里垂着一根绳索,只见身材瘦小的老司机跳起来抓住了那根绳索，用尽全身之力往下拉扯。集电器被老司机身体的重量硬拉了下来。然后他拉着支架沿电车一侧画了一个完美的弧度，最后再松手将集电器重新固定。原来他是在通过改变集电器的方向让电车转向。完成这一系列动作后他又跳上了电车。电车在他的控制下，再度以和老司机的卖力行为不相配的龟速缓缓前进。

老人并不是那种在东京周边行驶，线路过密且繁忙的电车的司机（此处根本无线路可言啊），所以即使他动作慢一些也没人会抱怨，但他展现出的那种认真尽责的工作态度，却根本不像一个上了年纪的人。我由衷地对他感到钦佩。

但我还是为他担忧，想必他的家人看到了也会和我有相同的感受吧。像他这样的工作方式，或许的确可以抵御一些老年病，夜夜安眠。但说不定哪天就在工作中倒下了，那怎么办？他其实可以不用那么卖力啊！

可换一个角度考虑，那样或许也不是一件坏事。工作着就是美丽的，比起那些孤老终生，死后还要麻烦后代的老人，像他那样拼上老命，奋力抓住集电器，即使在工作中死去了也是有价值的。我突然明白了，吉田秀彩说他很羡慕这种人生态度的意思，我终于领悟了。

在参观完铁道寮新桥工场和品川玻璃制造所后，我看到了一个立在路边的黑色箱子。就是那个邮筒！我在心里叫了出来，找到了！宇治山田邮局，太好了！跑上小小的台阶,踏上黑褐色、沾满污迹的地板,我的心怦怦直跳。

奇怪,怎么一个人也没有?!午后的阳光直射在地板上,光束中的灰尘清晰可见。

随着视线的移动,首先是江户时代的信差人偶映入眼帘,紧接着是明治时代的邮筒——一个红色的圆柱体,站在邮筒旁边的就是明治时代的邮差。然后是大正到昭和时代的陈列品,但仍然没有出现我想看到的阿索德。

终于,我在阳光照射不到的角落里发现了一具女性人偶。她身穿和服,留着长长的刘海,静静地站在那里。"她"就是阿索德吗?

我就像个害怕黑暗的孩子,小心翼翼地走向那具人偶。

她身穿红色的和服,两臂垂落,长发及肩,姿势有些呆板,可以看到她身上罩着一层薄薄的灰尘。或许是因为这具人偶已经有四十年的历史了,总让人感觉有些阴森。刘海下圆睁着的玻璃眼珠空洞地盯着我,和我在梦境中看到的少女完全不一样。

记得小时候看过有关海洋的电影,在幽暗的深海中突然出现的鲨鱼的眼睛会吓我一跳。而现在,我在大白天一个人站在明治村的邮局博物馆里,傻乎乎地面对着一具破旧的人偶,脑海中却浮现出那样一串联想。我有种预感,预感这永恒的宁静即将变成一股巨大的恐惧。

我鼓足勇气把脸凑近,而那人偶好像要等我靠近后就咬我一口似的。隔着栏杆，我和她之间的距离大约等于我的身高。奇怪？是光线的关系吗？为什么我会在她眼睛的周围发现皱纹？但她那双大而无神的眼睛明明就是玻璃珠子做的啊！她的手一看就知道是假的，虽然周围的光线不是太充分，但那的确不像是真人的手。只是她的脸……太不可思议了，为什么会有皱纹呢？

我想有必要看仔细些，向四周张望了一下确认没有人后，我决定跨过栏杆。正抬脚准备跨过去的时候，突然听到了砰的一声，我的心脏紧缩了一下。原来是保洁员拿着长柄的扫帚和铁簸箕在清扫地面时发出的声音。

他开始清扫地板，将烟头、小石子之类的垃圾堆成一堆，胡乱地扫进簸箕。我见状只能先退出去，等没人的时候再来看看。

我突然觉得肚子饿了。在邮局博物馆的右边是家小卖部，明治村里没有餐馆或者茶室，正门外倒有一家，但出去就不能进来了。所以我只能买了面包和牛奶果腹，然后就像吉田秀彩说的那样，坐在隅田川新大桥旁的长椅上吃着面包，看着帝国大饭店的正门。

这里是明治村的尽头，参观的人走到这里，必然会往回走。我吃着东西，欣赏着面前的水池。池子上有座桥，叫"天童眼镜桥"，池面上天鹅在优雅地畅游，池水源源不断地流向下游的入鹿池。空旷的广场上空无一人，树丛顶上冒着白烟，应该是有蒸汽火车经过那里吧！果然，在远方高处搭建的铁桥上,出现了三列火车。

我觉得那具人偶应该不是阿索德。毕竟是四十多年前的人偶了,要想摆放在这里展览,应该经过很多人的检查,如果是用少女肉体制作的人偶,怎么可能逃过这么多人的眼睛而成为展品呢?这点就很不合常理了。

但那具人偶又是从哪里来的?是谁做的?怎么搬来的?如果这些问题都没有什么可疑的地方,那么这条线索只能放弃,看来把焦点放在这具人偶上是浪费时间。

等我再次回到邮局博物馆的时候,保洁员已经走了,但还有几个游客正在参观,我只能干瞪着人偶。在苦等的这段时间里,我发觉人偶的目光穿越了游客的肩膀,死死地盯着我看。之后一直有游客在场,我只能放弃跨过栏杆去仔细看的念头,恋恋不舍地离开了邮局博物馆。

我走到七条警察局的时候,看见梅田正拿着扫帚在石板上扫地。一群路过的女孩向他鞠躬道别,他做了一个敬礼的姿势向她们回礼,那模样就像是一个警察(其实我没有见过真的警察敬礼的样子)。

待我走近,才发现他是个面容慈祥的人,好像很容易说话,于是我就轻松地上前搭讪。

"您是梅田八郎先生吗?"

"是的。"

我直呼他的姓名,他却并未感到惊讶,想必他是村里的名人,早已习惯了。

"是吉田秀彩先生介绍我来的,敝姓石冈,家住东京。"

听到吉田秀彩的名字,梅田八郎感到有些诧异。此时我已经习惯了自报家门,就像上门推销的业务员似的,我很快地将安川的女儿加藤和吉田秀彩的话,全向他解释了一遍。

梅田八郎双手握着扫帚,一点儿都没有架子,在听我说的时候还时不时提出些问题。等我说完后,他请我进警察局坐坐。

他把椅子让给我,自己则推了一把装有滚轮的办公椅坐下。然后对我说:"是啊,是有这么个人,安川可是个大酒桶,我还记得他。不过那人已经死喽。如果他也到这里来工作,说不定还能长命百岁呀。真是可惜……你看这里空气好,日子过得很舒服,伙食也不错,有空还能喝上两杯,真和神仙一样。

"你看这身打扮挺不错的吧?还配着把刀,我小的时候可喜欢了,尽管被人当成杂耍的小丑,但我还是很喜欢这份工作。我也做过开电车的司机和乘务员,不过还是觉得扮演警察最舒服。"

听他这么说,我很是失望,因为这和我想象中的梅田八郎差距实在是太大了。他十分诚恳,完全不像有所隐瞒。如此纯真、善良的人怎么会是那几起血案的幕后黑手呢?再说,他看起来不过六十出头,或许此地的生活条件太好了，才让他看起来比实际年龄显得年轻。我试着开始问他有关梅泽平吉的事。

"梅泽平吉？呵呵……那老酒鬼喝醉了才会把俺和那人联想到一起，别听他胡说。或许真的比较像吧！不过那个人太坏了，长得像他也没什么可高兴的，如果说俺长得像乃木大将或者明治天皇，那俺倒挺乐意。哈哈哈……"

"那么昭和十一年，大约是四十年前，那时您住在哪儿？"

"你问我这个，那叫什么来着，不在……不在……"

"什么？"

"那个叫不在场证明呢，还是不在证明？"

"哦，您是说不在场证明啊。我没那个意思，只是随便问问。"

"四十年前俺二十岁。战前，俺应该还在四国的高松，在一家卖酒的小店当学徒。"

"啊，是吗……"

为了寻找线索，我居然像警察询问疑犯似的问起了不在场证明，恐怕再问下去就太失礼了。

"您是高松人？"

"是的。"

"但听您说话有大阪口音。"

"因为俺在大阪待过很长一段时间。俺退伍后就留在大阪，在很多酒馆里做过，后来又换了很多工作，甚至摆过面摊,也做过制作橱窗模特儿的工人。"

"您和吉田先生就是在大阪认识的?"

"不是,俺是后来才和他认识的。大概是在十……二十年前吧,俺在难波的一栋大楼里当保安。那栋大楼里有一间从事人偶雕刻的艺术工作室,经常会有些艺术家出入。俺曾在制作橱窗模特儿的地方工作过,挺怀念制作人偶的感觉,自己也想试着做,所以我就托京都业内的朋友帮俺写了一封介绍信,去那个工作室试试看,而当时工作室的负责人就是秀彩先生。

"俺就是从那个时候开始和秀彩先生熟识的。当时他刚从东京搬过来,俺常到他那里去帮忙。俺和他关系特别好是因为俺们在一起筹备过万博会。那时几乎天天熬夜工作,持续近一年。

"后来俺就转职到京都的大楼当保安,同时兼任秀彩先生的助手。虽然秀彩先生总是说自己制作人偶只是出于兴趣,并非专业的人偶师,但其实他制作人偶的技艺十分高超。不光俺这么想,当时有名的大师都给他很高的评价。尤其是他做的西洋人偶的面容,全日本无人能及呀。"

而安川民雄也正是在这个时候,因为仰慕吉田秀彩,和梅田八郎一样搬到了京都居住。昨天我和吉田秀彩谈过话,他的确是个极富魅力的人。

梅田八郎有没有妻子儿女呢?他的生活看起来倒也挺逍遥的。

"老婆啊……俺以前有过，不过那是很久以前的事啦。说起来好像很遥远，也很伤感。她在战争中死于空袭。当时俺正在南方，虽然后来是活着回来了，却再也看不到她啦。从此俺就开始了独居的生活，现在已经习惯了一个人无拘无束的日子。如果俺不是单身，或许也不会到明治村来工作，可能早就在四国当祖父逗孙子孙女玩啦。"

梅田八郎的人生哲学是否正确，不是我们这一辈人可以评判的。

"吉田秀彩先生昨天来过吗？"

"是啊！他挺喜欢这里的，所以每个月都会来一次。如果俺一个月没看到他，也会觉得怪怪的。"

吉田秀彩的个人魅力究竟从何而来呢？虽然他从事算命占卜的职业，但同时也是个艺术家。而他制作人偶的技术，又是师从何人？从和梅田八郎的谈话来看，他们应该不是很早就认识的朋友。

"俺倒不是很清楚秀彩先生的事，其他人应该也不知道。只听说他是有钱人家的少爷，在年轻的时候就拥有自己的工作室，而且他的确是东京人。其实家底啥的都不算什么，秀彩先生最让人佩服的，还是他的大师风范。他的确是个了不起的人，每次遇见他的时候，总给人一种踏实感，这一点其他的会员也很认同。总之他无所不知，对占卜很有经验。很多尚未发生的事情，吉田先生都能预测到，并且十有九中。可以说他是真正的未卜先知。"

未卜先知！一个想法突然冲上了脑门。我真是傻，事情已经这么明显了，我居然还没有发觉，居然还有闲心怀疑梅田八郎。拥有像神一样的魅力，又见多识广、知识丰富，做事十分果断，精通制作人偶和占卜……

这个吉田秀彩究竟是何方神圣？

我越想越觉得可能，虽然是六十左右的人，但为何看起来如此老态，像是八十左右呢？而且秀彩也说过："梅泽平吉是左撇子，梅田正好相反。"

在我熟读的那本《梅泽家占星术杀人》上，可没有写过平吉是个左撇子，那么吉田秀彩是怎么知道的？

他预测平吉已经死了，但又表示平吉可能还安稳地活着，这是不是在说他自己呢？

在和他的谈话中，他还谈到了人偶制作和日本历史的一些联系。这些话难道不像是平吉那本手记的后续之言吗？

另外，安川民雄为什么要大老远地从东京搬到京都来追随秀彩？难道除了秀彩的个人魅力之外，还有什么不可告人的秘密？

想到这里，我已经兴奋起来，胃部蠕动，心跳加快，连喉部的肌肉都绷紧了。

梅田八郎还没发现我已经起了变化，他只是不住地称赞秀彩的出色，而我现在也能够断定梅田八郎绝对不是凶手。但我还是想搞明白宇治山田邮局里的那具人偶是怎么回事。等梅田的话讲完，我就立刻插嘴询问那具人偶的事。

"宇治山田邮局的人偶？那些都是秀彩先生和尾张人偶社的人……嗯？你都知道了啊？什么？你说其中有一个不知道从哪里来的人偶？这俺就不清楚喽。俺还是第一次听说这事，秀彩先生也不知道那个人偶的来历吗？

"你不如到入口处的办事处问问，馆长就在那里办公，他姓室冈，问他应该最清楚。"

我向梅田八郎郑重道谢，他比我想象的还要善良、淳朴。在向他道别的时候，我竟然产生了不舍的感觉。或许我们再也不会见面了。看他的样子，将来仍然会在明治村当一个警察，无怨无悔地安度晚年。

来到办事处，我说要见馆长，于是就有人进去通报。我想馆长一定觉得很奇怪，来客既没有递上名片，也不是来访问的，只是说对博物馆里的人偶有兴趣，究竟找自己有什么事？

我把从秀彩那里听来的有关那具人偶的事情告诉了馆长，并说自己觉得那具人偶十分神秘。

谁知道馆长听后却哈哈大笑，他说："你就是为这个来的？"然后他解释道，"其实当初因为展品很单调，于是陪我巡视的一个人就说，他们那里有百货公司多余的人偶，如果需要的话，可以在这里放一个。我便接受了他的好意。"

我问他那人的名字,在哪里可以找到他,馆长说在名古屋车站附近可以找到,不过今天大概是碰不上了。等我离开明治村时,正好一天的营业结束了。

我开着车往名神高速公路的方向飞驰,途中我一直在考虑是否能够见到室冈馆长所说的那个叫杉下的人。明天是最后一天了,也就是十二号星期四,如果还碰不到御手洗,和他交换一下信息,那可就麻烦了。

其实从四月七日星期五开始,也就是在阪急电车上分开行动后,御手洗明明就睡在我的身边,但我们总是没有机会互相报告一下调查情况,甚至连一句话都没说过。我看今晚必须和他好好谈谈。明天是最重要的一天,如果我一个人去名古屋的话,估计找不到什么重要的线索。

能看见小牧交流道了,我又开始犹豫不决,或许应该放弃去找杉下,我想他也提供不了什么有用的线索了,他和室冈馆长一样,只是局外人。倒是吉田秀彩值得再去拜访,他是个不简单的人啊!有种说不出的神秘气质。

车缓缓地上了高速公路,我陷入沉思中,无心超车,跟在一辆卡车的后面。

从刚才开始我一直在思考的,就是该用什么办法让秀彩说漏嘴,说出只有凶手才知道的事。这个计划必须十分完美,不光要让他承认自己就是凶手,还要让他难以抵赖。但到底该用什么方法呢?

平吉被杀这起命案,可以看作是一场自我消失的魔术表演。倘若秀彩就是平吉的话,那他这个表演者的诡计可以说是天衣无缝。御手洗那边如果还没什么进展的话,我就让他来给我出出主意,怎样才能让秀彩中计。御手洗可算得上是表演的天才,说不定他能想出什么更好的方法来对付秀彩。

但万一御手洗不同意我的看法怎么办呢?那我只能一个人干了。假如明天就能确定吉田秀彩是凶手,那么调查宇治山田邮局人偶来历的事就可以缓一缓了。

这样说来,这趟明治村之行完全没有意义。如果我昨晚就能想到这一点,那么今天一定会去找秀彩,那样就可以省下一天的时间了。不过事情往往和预料的相反,当初将希望都寄托在安川民雄身上,结果还不是铩羽而归。

不过正是因为去找安川民雄,才会知道有吉田秀彩这个人。然后从秀彩那里,知道安川说阿索德在明治村,继而开始怀疑梅田八郎,以为他就是平吉。见过梅田后,在和他的谈话中才清楚地认识到吉田秀彩是个不简单的人物。所以说这趟明治村之行也并非毫无意义,总比没去后悔的好。

梅田八郎的话,让我开始怀疑秀彩就是平吉。秀彩的出身没人知道,如果有人能够证明案发当时秀彩拥有不在场证明的话,那么我的猜想就不成立。一开始我并不清楚吉田秀彩的身世,以及他在昭和十一年左右的情况,所以根本没有想过要怀疑他。这样看来,我今天从梅田八郎口中得到了有用的情报，也算不枉此行。

高速公路上挤满了下班回家的汽车，周三的太阳已经落下。为了躲过高峰时间，我选择到路边的餐厅吃晚餐。

坐在餐桌边我仍不忘思索。要从吉田秀彩嘴里套出话来，绝不是件容易的事。他似乎是个很有心计的人，和他谈话的方式，可不能像今天和梅田八郎那样，一定要谨慎才行。如果我要当面指摘他，说他说的话只有凶手才知道，那我就得先去核实哪些内容除了凶手以外没人能知道。

但秀彩和平吉都认识安川民雄，这给筛选细节又增加了一层难度。必须找出一些连安川也不知道的事，不然到时候秀彩可以说是安川告诉他的。看来安川民雄这个男人的确是他最好的挡箭牌。

回到西京极的公寓时已经过了十点。御手洗还没回来，只有江本一个人在看电视。我拿出在明治村买的土产送给他，当作借车的谢礼。

和江川聊了一会儿明治村的见闻，我就被睡魔缠身了。铺好两人份床铺后，我便一头栽倒在被窝里，呼呼睡着了。

七

接连几天都是六点起床，今天也是六点一到我就睁开了双眼，脑子里想着的还是昨天做出的决定：一定要再去拜访吉田秀彩。

我想等御手洗醒来后和他讨论下彼此的进展，但当我转头往身边看时，突如其来的疑惑让我完全清醒了。御手洗的被窝空空如也。

难道他一早就跑出去了吗？我正要感叹他的干劲，却发现棉被的样子和昨天晚上我给他铺好时的一样，这么说他一晚上都没回来？难道追踪凶犯的时候遇到了不测？还是被人关起来了？真不敢相信自己会碰到类似电影或者小说里发生的情节。

很可能是离截止的日期不远了，他加快了调查的速度。如果没有什么收获，他一定会回来的，今天已经是最后一天了，他必须分秒必争。或许他已经离开京都，暂时回不来。真是这样我倒是松了一口气。但另一方面我又希望能尽快向他报告我所发现的情况，堆积在心头的话，恨不得都灌进他的耳朵里。

昨天的明治村之行不能算白跑一趟，就算他和我调查的内容不同，两者之间也应该有所联系。如果他至今为止还没有什么发现的话，可能和我调查到的内容对比一下，答案就会出现在眼前。

不管怎样，那小子应该打个电话回来才对，我看还是等等他吧。于是我躺在床上，一动也不动，但也没睡着，脑子里反反复复地思考着以后会发生的事。不行！还是外出走走吧。

江本睡得正香，还有一个钟头他才会起床。为了不吵醒他，我小心翼翼地起身，然后轻手轻脚地走出大门。我觉得好笑，自己这样子就像个满载而归的小偷。万一这个时候御手洗来电话叫支援的话，江本应该能够应付。

我对西京极的地形已经很熟悉了，一个人走到了运动公园。我算准了时间，心想江本大概起床了，这才慢悠悠地回到了公寓。进门的时候，江本正在刷牙。看来御手洗并没有打电话来。

快八点了，江本准备去上班，他问我："要一起出门吗？"

"不了，我想等御手洗的电话，他应该会打过来。"

"那好吧，我先走了。"

我听到锁门的声音，江本下楼的脚步声刚消失，电话铃就响了起来。我突然有种不安的预感，于是赶忙拿起了听筒。

"石冈……"

不像御手洗平时的声音，换作是平时的他，应该会说个冷笑话当开场白。他的声音很轻，听上去有些嘶哑，又好像很沉重，几乎听不清他在讲什么。到底发生了什么事？我非常紧张。

"喂！怎么了？你在哪里？有危险吗？发生了什么事？你没事吧？"

电话里的声音突然高了起来。

"啊……好痛苦……我要死了,快……快来……"

情况相当严重,御手洗一定是处于困境之中。"你在哪里?到底怎么了?"不过这么问也无济于事。他的声音逐渐变得微弱,到后来几乎听不见了,反而是背后汽车的声音和小孩的嬉闹声听得一清二楚。这个电话或许是在有孩子上学的路上打的。

"我目前的情况……不方便详细说明……"

"我知道!我知道!你快告诉我你在哪里,我马上就去!"

"在哲学小径的入口,不是银阁寺那一边的,是另一头的……入口……"

哲学小径在哪里?听都没听说过,难道是他头昏眼花,说错了地方?

"哲学小径?有这条路吗?你确定?出租车司机应该知道吧?"

"知道,你来的时候,给我带……面包和牛奶。"

"面包?牛奶?没关系吗?你要这些干吗?"

"面包和牛奶……当然是要吃啦!不然还要你来干吗?"

御手洗就是这副德行,这种时候还有闲心反问我。

"你受伤了吗?"

"没有……"

"好好好,我马上就来,你在那里等我。"

我放下听筒，飞奔出公寓，赶到车站。御手洗到底发生了什么事？难道他真的到了生死攸关的境地？我无论如何都要救他，我是他唯一的朋友。现在他还能说出些气人的话，说明情况还不是很危急。不过御手洗这个人，就算是火烧屁股了也优哉游哉的。

我在四条河原町买了牛奶和面包，上了出租车后，告诉司机目的地。不久，出租车就到了一块刻有"哲学小径"字迹的大石头前。我下了车，向四周张望，发现附近有一座小公园，但公园里却没有任何人。

穿过公园，小河的沿岸才算是真正的哲学小径。走了一会儿，发现前面的长凳上躺着一个流浪汉，旁边有条黑狗对他不停地摇着尾巴。应该不是御手洗，所以我就径直走了过去。

可我刚要经过，那流浪汉却摇摇晃晃地坐了起来，他叫了一声"石冈"。居然真是御手洗！他看起来极度疲劳，我连忙上前将他扶正。

我坐在长凳上仔细看御手洗的脸，被他现在的样子给吓坏了。才四五天没见面，怎么像变了一个人似的。只见他胡子好几天没剃，双颊浮肿，一头乱蓬蓬的头发，两只眼睛都累得发红了，脸色也很苍白，就好像一个患了重病的流浪汉，倒地不起的鲁邦。

"面包呢？"

他大概饿得发慌，第一句就是要吃的。

"唉……当人真累,可以不用吃饭那该有多好。其实吃饭、睡觉不都是浪费时间吗?如果把这些时间都节省下来,那人类一定可以有更多伟大的成就。"

他虽然这么说,但手已经打开了纸袋,拿出面包开始狼吞虎咽。

御手洗现在的样子,像是被逼上了绝路。顺利处理一件事时他总是表现得从容不迫。一个不祥的预感在我心头萦绕,我好不容易才将它驱散,不会的!他一定是太拼命了,才会忘记吃饭。

看着他就像逃难儿童似的猛啃面包,我突然觉得他很可怜。

"你这几天都没吃东西吗?"

"嗯,我忘了,从前天开始,不是,应该是大前天开始。总之,我忘了人还有进食这种需要。"

看来他真的只是饿昏了头,对于之前的担心我总算是可以松一口气了。像他这种没有生活常识的家伙,身边如果不跟一个随时提醒他吃饭睡觉的人,恐怕活不了太久。

本来我想马上告诉他我的发现,不过看他现在这样子,还是有必要先听听他的。但要提问,也得等他吃完了。我表现得十分有耐心,尽量不刺激他。他一个人自言自语说着什么,突然大声喊道:"那个叫朝的小子……昨天,那个人渣!"御手洗突然怒火中烧,目露凶光,变得非常可怕。

他继续吼道:"骗子!我虽然像只生病的蝗虫一样跑遍了东海道,几天几夜没睡觉,但为什么大家睡觉转个身的工夫就把昨天的事情忘得一干二净了呢?即使几天不睡也没关系,虽然我体质虚弱,但该看的都看到了,那是一大片菜花田啊!啊!那条路就像是用书铺成的,还有刹车的声音。对,到处都有!你听到了没有?为什么,为什么你受得了这个?

"不对,那不是菜花田,是波斯菊田。还有那个拿木刀去破坏植物的浑蛋!我把他的刀给抢了,现在应该没有危险。没有刺,没有爪子也没有牙齿。那把木刀我扔在哪儿啦?啊!苔藓!苔藓粘在了我身上。嗯?那不是霉菌吗?总之……风景不错,可惜没有拍一张照片当纪念。鼹鼠……鼹鼠!赶快抓住它!快!你来帮忙!不把洞给埋住,就要让它跑了。"

完了!这是我一瞬间产生的直观感受。我慌忙站起来阻止他再说下去,不停地安慰他道:"你太累了,你太累了。"他的确是筋疲力尽了。我只能让他躺在又冷又硬的长凳上。

绝望了!绝望了!悲观的情绪从脚底蹿至心间,眼前是一片漆黑,我对事态的发展已经完全绝望了。这样想不光是因为听到了御手洗的"疯话",严峻的事实就摆在面前。毫无疑问,他的调查肯定陷入了绝境。

如果御手洗的忧郁症再次发作那就麻烦了。他实在不应该意气用事和竹越打赌（事实上，这是场不公平的竞赛，只有御手洗单方面许诺要找出真相）。从目前的情况来看，御手洗是输定了。

其实一开始，这就是一场处于劣势的比赛，因为对手什么都不用做，而御手洗必须东奔西走，挑战四十年悬而未决的杀人谜案。就算最后御手洗能够破解谜底，得知凶手的真实身份，也不可能在短短几天内就将凶手送到竹越的面前。凶手可能在日本的任何地方，或者根本不在国内。

御手洗啊，你输了。

目前唯一的希望就是我的调查结果。如果我能够证明吉田秀彩就是梅泽平吉的话，这场较量或许会有转机。只不过，我对自己的调查还没有信心，但可以肯定吉田秀彩一定藏着秘密。我担心自己的时间不够用。就目前的情况来看，就算要把御手洗扔在这里，也必须马上去拜访吉田秀彩。还有，如果我把自己的调查结果告诉御手洗，或许会刺激到他，加重他的"病情"。看来昨天一夜，他就是睡在这张又冷又硬的长凳上的吧。真是的，即使自责，也用不着这样折磨自己啊！如果被雨淋了，着凉了怎么办？

我看看手表，已经九点多了，不能再耽搁了。我只能一个人去找吉田秀彩，打电话让江本来接御手洗。正当我这么打算的时候，御手洗却开口了。这次讲的还算是人话。

"以前我批评福尔摩斯的时候,你说我一定会遭报应,看来的确被你说中了。我真是个自不量力的人。那个谜,我原本以为很快就能解决的,却总是差那么一点点。明明觉得自己就要触及核心了,却总是摸空。可恶啊!对所有问题都刨根问底,到头来什么都没有解开,总觉得有个细节被我们忽视了,我想来想去,就是想不出到底是什么。啊!好疼啊!你看,又被你说中了,我的嘴肿起来了,一说话就疼,果真是报应哦……唉,我受不了了。对了,你的进展怎样?"

此时御手洗说话不像平常那样拐弯抹角,看来人还是需要遇到些挫折,受些教训才行。但我认为他这次受教训所付出的代价实在是太大了,竟然得向竹越刑警那样的人低头认输。还好有我在,他可以不用出面,就让我去和那个刑警交涉吧。

于是我就把再访安川民雄的女儿加藤,然后找到吉田秀彩,以及拜访梅田八郎的经过和我心中的想法,都告诉了御手洗。他把头枕在右臂上,目光飘忽不定,显然没在听我说话,看来还在想自己的事。看到御手洗对我的话完全没有兴趣的样子,我从心底感到失望。

御手洗的情绪总算变得稳定,让他独处应该没关系了。我决定还是一个人去找吉田秀彩,不管结果如何,去了再说。今天是最后一天了,不去不行。

"若王子应该开门了吧……"御手洗突然从长凳上坐

起来,就像没睡醒的精神病患者。

"若王子是什么?寺庙吗?"

"是神社……唉,不是那个啊,是那个!"

顺着御手洗手指的方向,我看见一栋有小钟塔的西洋馆,塔尖从周围的树顶中间冒了出来。

我们现在所处的哲学小径,其实是河边堤岸上的小路。而御手洗所指的房子,位于小路往下四五米的地方。这栋建筑独门独户,有一扇面朝小径的大门,门口有一段石阶连接西洋馆。

"是茶室吗?"

"是啊,我想喝点热的东西。"

御手洗身子虚弱,想要喝点热的东西,我自然不会反对。走进大门,下了几级台阶,才算走进茶室里面。

茶室的老板是个电视剧演员(栗冢旭),他把自家庭院的一部分腾出来,开了这间茶室。乍一看,茶室的布置像一间暖房,阳光透过玻璃洒落在我们的桌子上。庭院里摆放着维纳斯的复制品,还有一口西班牙风格的古井。除了我和御手洗,四周没有其他的客人。

"这里环境不错啊。"我的心情也随之好了起来。

"嗯。"御手洗还是精神恍惚的样子。

"待会儿我想去拜访刚才提到的那个吉田秀彩,你怎么样,要一起去吗?"

御手洗沉默着思考了很久才说:"好的,不过……"

"已经没时间了,无论如何,今天一定要查个水落石出。"

我一口气喝完杯子里的咖啡,抓起账单迫不及待地要站起来。就在我起身的时候,原本透过大玻璃窗射进来的阳光,却被乌云遮住了,看来要下雨了。

御手洗也跟着站起来,晃晃悠悠地走出门口。我拿出钱包准备付钱,但是零钱用完了,只得拿出一张一万元的大钞。因为开门没多久,所以店里没有足够的零钱找我,店员只能拿着大钞去其他地方兑换。御手洗就站在门外一直等着。

我手里握着找回的九千元,按照平常的习惯,我会将钞票的正面朝上叠在一起。我一边整理着手里的钞票,一边和御手洗走上通往哲学小径的石阶。九张纸币中有一张一千元的中间用胶带粘了起来,胶带正好盖住纸币上伊藤博文的半边脸。

御手洗又坐回到刚才的那张长凳上,那只黑狗也跟了过来。御手洗好像特别招狗喜欢,大概是同类惺惺相惜吧(丧家之犬……)。我催促御手洗赶快动身,一起去乌丸车库找吉田秀彩。内心的斗志又开始燃烧,为最后的赌注而奋斗。

我把那九张钞票放进钱包的时候,随口对御手洗说:"你看,这一张中间用胶带粘了起来。"并把那张钞票拿给他看。

"啊，不会是用不透明胶带粘的吧。"御手洗说，"哦，原来是用透明胶带粘的，那就没什么问题了。"

"会有什么问题？"

"嗯，如果是一万元用不透明胶带粘起来的话，就有是假钞的可能性。但一千元的话，就不用担心了。"

"为什么用不透明胶带粘起来，就有可能是假钞？"

"这个……告诉你也不懂，说起来很麻烦的，说它是假钞也不准确，其实是一种诈骗的方法，其实……啊！"

御手洗好像不打算说下去，他越说声音越轻，到后来都听不见在讲什么。看来他的抑郁症又要发作了。

突然，御手洗变得全身紧绷，眼睛微睁着，肌肤上血管凸现，啪的一声张开大嘴，仿佛外星怪兽要将疯狂的能量从口中喷泻而出。

我被他这个样子吓坏了，不知道拿他怎么办，难道我所害怕的事情终于发生了？我脑中一片空白，只能眼睁睁地看着他爆发。

"哦哦哦！"御手洗狂吼一声，握紧双拳，奋力向前挥舞。

一对男女从我们身边走过时回头看着御手洗，连一旁的黑狗都看傻了眼。

虽然我经常对御手洗发牢骚，但我从未怀疑过他优秀的头脑，并且佩服他分析问题十分缜密。然而这个长处却害他死钻牛角尖以至坠入脑髓地狱。一旁的我顿时感到绝望和悲凉,他脑子坏了,也就是说他真的已经遁入"疯"门。

"怎么了!御手洗!你冷静一下!"

他这个样子,我不能袖手旁观,但我能做的只是抓住他的肩膀拼命摇晃,大喊大叫地问他明知故问的傻问题,防止他的理性逐渐消失。(除此之外我还能怎么做!)

但当我看到他的面容时却不可思议地被感动了。面黄肌瘦,邋里邋遢,如同风中败柳一般的御手洗正在声嘶力竭地喊叫。那意味不明的叫声仿佛是他的灵魂从胸腔中迸发而出。他此时的模样就像一头自尊心极强的狮子为捍卫自己的食物而怒吼。

突然,他停止了咆哮,却跑了起来。

看来,人一旦疯了,任谁也拦不住。他在前面拼命跑,我则在后面半死不活地追。我一边追,一边想,难道是他看到有落水儿童,才会跑得这么快?嗯,一定是这样的,不然无法解释,于是我在跑的同时还四处张望。我会这么想还真奇怪,因为看看就知道了,根本没人掉到河里呀!

跑了快三十米,他又猛地停下来调了个头。他这一转身差点和我撞了个满怀。刚才路过的那对男女则像见了鬼一样躲开他,我只能在后面继续追。突然他又停了,这次是抱住头蹲了下来,那只黑狗早就被吓得不知道到哪儿避难去了。

到底在搞什么鬼啊?我气喘吁吁地跑了回来。惊魂未定的那对男女用责备的眼光扫视着我和危险的御手洗。御手洗蹲下的地方就是刚才他狂吼的地方,早知道这样我就不追着他跑了。

走近才发现御手洗的表情又恢复到平时那种悠闲的样子。

"啊呀,石冈君,你这是到哪儿去啊?"

不能大意!看他的样子,好像一切又恢复了正常,但我还是不放心,说不定会有其他的事情发生。

我刚想称赞他跑得真快(疯子的确跑得很快),他却抢先感叹道:"我真蠢到家了!"

是啊,我也这么想。

"实在太蠢了!就像明明把眼镜戴在鼻子上,却还满屋子找的人。不过,虽然走了不少弯路,但没有造成牺牲,从现在开始要一步步向前迈进,实在是太棒了!"

"什么太棒了?是我在这里太棒了,还是那对情侣要打电话给疯人院太棒了?"

"我终于发现了!发现了,石冈君。想通啦!想通啦!终于被我发现了这个诡计的奥秘。你看!你看,就这么噼里啪啦地突然出现在我面前。

"这个凶手的诡计实在是太高明了,我完全甘拜下风。这也怪我太笨了,竟然一直都没有考虑过这一点,其实你对我说明案情经过的时候,我就应该想到,这是件再简单不过的凶杀案。我们都在浪费时间！准备偷萝卜，却从地球的另一边开始挖洞。石冈，你应该嘲笑我，大家都应该嘲笑我。喂！那边的那位，快嘲笑我吧，我批准了。

"我实在太可笑了，简直就是个小丑。这才是此案最让人感到意外的事。其实这种诡计，连小孩子都能猜出。既然这样，我们要抓紧时间了，现在几点？"

"嗯？"

"别发呆了，你没戴表吗？"

"十一点。"

"唉，快来不及了。快告诉我，开往东京的新干线，最晚的一班是几点？"

"大概是晚上八点二十九分——"

"好，我们就坐这趟车回东京。你先回西京极等我的电话，没时间解释，我先走了。"

"等等！你要去哪里？"可此时御手洗早就跑得快没影了，我只能在原地大叫。

"那还用问，当然是去捉凶手。"

"什么？你难道又发病了？你没事吧，要不要先休息一下？先告诉我啊，凶手在哪里？"

"我现在就去找，你放心吧，傍晚前我一定可以找到。"

"傍晚？你知道你要找的是什么吗？可不是雨伞之类的东西啊。还有，吉田秀彩那边怎么办？不去了吗？"

"吉田？哪个吉田？哦！哦！是你刚才提到的那个吉田秀彩吗？没必要去找他了。"

"为什么？"

"他不是凶手。"

"你凭什么这么说？"

"因为我知道凶手是谁。"

"凶手是……"

我话还没问完，御手洗已经消失在拐角处了。

我上辈子到底是造了什么孽，才会认识这种朋友。才两三个小时的时间，就把我累得半死。

现在他拍拍屁股走了，留下我一个人怎么办？吉田秀彩的事，到底还要不要去调查？御手洗说没必要再去找他了，但我能相信他的话吗？而且他还说这个案子实在是太简单了，难道真的这么简单？到底是哪里简单？这个世界上难道真有既简单又复杂的案子？他还说这个谜底连小孩都可以一眼看破，我看他疯了这件事才是连小孩都能看出来。

他到底发现了什么？是真的发现了破案的关键吗？但从他的表现来看，我只能认为他又抽风了。难道是病入膏肓产生的妄想，以为自己破案了？

退一百步说，就算他真的发现了关键的线索，也不可能在黄昏前就找到凶手吧？四十多年来，有多少人将心血投入到这件命案上，而至今都没有一个人能够明确地说出凶手是谁。他却说可以在几个小时内把凶手找到？如果他能像把雨伞忘在电话亭里，然后突然想起来，就跑回去取一样简单地找出凶手，要我倒立着绕京都一周都可以！所以，我百分之百断定，御手洗是疯了。他说要找出凶手，那也是疯子的疯话。我这么说，如果在场有十个人，想必个个都会同意我的看法。

首先御手洗和我掌握的信息差不多。不对不对，他还不知道吉田秀彩和梅田八郎的事。所以目前他应该比我了解得还要少，而且凭他现在这种状态，还想在一天内找到凶手？

他让我先回公寓等他的电话，如果我按他说的做了，就表示我相信一个严重妄想症患者在一天内破解了四十年未决悬案的白日梦。

从常识上来看，我相信他的可能性接近于零。唉，不过已经到了这个地步，就将错就错吧，反正那位身患绝症的病人已经"走了"。我不得不替他收拾这个烂摊子。这到底算什么嘛！

约定的时间就只剩下今天了，如果御手洗失败了怎么办？我是不是该做点什么，以防万一？

我看正是因为没时间，御手洗才会什么都没说就跑了。留在这里干着急也没用。如果能了解他那混乱的思考方式，哪怕只是一点，我就会乖乖地回公寓等他的电话。但这样下去也不是办法。唉，想到这里，我抬头深深地叹了一口气。天空中是厚厚的云层,仿佛是我内心的写照。

对了,刚才他看到粘着胶带的钞票时似乎想通了什么,才会变得如此古怪。他好像找到了答案,钞票上的胶带难道和案子有关吗?

我连忙拿出钱包,把粘着胶带的那张钞票抽出来看了又看,但还是看不出有什么可疑的地方。就是很普通的一张粘着胶带的纸币而已,还能从上面联想到什么呢?我把钞票翻过来,背面也粘着胶带,但御手洗并没有看背面。

难道钞票上写了什么字?我仔细看,什么都没有。颜色呢?也和普通的钞票一样,并没有什么特别的地方。难道是钞票上伊藤博文的签名有什么玄机?还是这个"千"字有什么特别的意思?我怎么看也看不出来。

钞票,也就是钱,难道这个事件牵扯到金钱?但这在以前就讨论过了。

假钞,御手洗还提到过"假钞"这两个字,这个事件和假钞有关联吗?平吉是个艺术家,难道他也从事制作假钞吗?但迄今为止,我们所得到的各种信息中,都没有证据显示平吉可能是个制造假钞的犯罪分子。

那么假钞和我们所知的线索有什么关系呢?我能够想到的就只有制造假钞这种犯罪行为,要么就是完全没有关系。可是,御手洗那种癫狂的样子好像又和假钞有莫大的关系,所以说"假钞"这两个字,隐藏了破案的关键,可到底是怎样的关键呢?

除了假钞外,他还提到了不透明胶带,说如果用不透明胶带的话,那就有是假钞的可能性,但随之又说一千元就不会,只有一万元才可以。为什么这么说?难道一万元的纸质特别好?

我明白了!制造一千元的假钞,获利不大,而制作一万元的假钞,一次就可以获利十倍,一定是这样的!

但为什么一定要用不透明胶带?不能用透明胶带?而且假钞都是崭新的纸币,没必要粘胶带啊。总之他的话让人听不懂。

这些问题在脑子里盘旋着,不知不觉我已经回到了西京极的公寓。他说傍晚前和我联系,万一他失败了,我也没时间去找吉田秀彩了。天才和白痴,只有一线之隔,到底御手洗是哪个,我只有赌赌看了。

第一封挑战书

现在才发出这封挑战书或许有些晚。但我希望这是一场公平的竞争,期待大部分读者能够揭开谜底。

现在,我鼓起勇气,在此写下那句名言:

"我要向读者挑战!"

当然,所有资料已经呈献给各位了,所以请读者们不要忘记一件事,那就是:真相就在你的面前。

岛田庄司

IV 春雷

一

事实上,我的思维还处于停滞的状态。我并不认为这个案子即将结束,如果我的思维能够再度活跃起来的话,我会义无反顾地去找吉田秀彩。

我的两眼只能注视着电话,神经就像绷紧的弦。原本像泄了气的皮球似的御手洗现在倒变得活蹦乱跳。单就这点,作为朋友来说,我还是挺为他高兴的。

御手洗说在傍晚前一定会打电话给我,在这之前我还能做些什么呢?我不知道,只能在电话机前来回踱步。为了消磨时间,我还提前吃了午饭,但干着急也于事无补。

我回到房间在电话机旁边躺下,大概过了二十分钟,电话铃轰的一声响了起来。因为比约定时间要早,所以那应该不是御手洗的电话。我拿起听筒。

"这里是江本家。"

"你小子是石冈吧?是我。"

听到这不正经的口气就知道是御手洗。

"怎么这么快?是不是忘了什么东西?"

"我现在在岚山。"

"哦?那是个好地方啊,你讨厌的樱花正在盛开。说起来，你头脑状况如何？"

"我生下来还没这么高兴过！你知不知道渡月桥？岚山的渡月桥。过了桥，有个像地藏庵似的电话亭，你知道吗？"

那地方我记得很清楚。

"你现在过来一趟，在电话亭的另外一边有一家'琴听茶室'，我在那里等你。那里卖的樱花糕很好吃，快过来尝尝，我顺便让你见一个人。"

"好的，是谁啊？"

"你见了就知道了。"按御手洗的脾气，他现在是不会告诉我要见谁的。

"你绝对非常想见那个人，如果你不来会遗憾终生的。快，这人很有名，也很忙，你不快来的话，她可就要回去了。"

"是艺人吗？"

"啊呀，来就是了，别啰唆。天好像阴沉沉的，还刮风，说不定待会儿要下雨，记得带伞过来。门口有一把是江本的，还有一把便宜货，是上次下雨的时候我买的，把那两把都带来，快！"

我匆匆穿上外套，在门口的鞋柜下面找到一黑一白两把伞，然后一路小跑地赶到了车站。还好我体力不错，可以被他呼来唤去的。不过御手洗到底在搞什么？这种时候了，居然还要我去见女明星，难道此人和案件有关？

走出岚山站，应该是太阳最猛烈的时候，天空却罩上了一层浅黄色的雾气，四周的景色就像接近傍晚时一样昏暗。一阵强风吹过树梢，我快步跑过渡月桥。看来要打雷了，抬头一看，却不见闪电，难道是春雷？

琴听茶室的客人不多，御手洗就坐在靠窗的位子上，窗户上挂着红色的窗帘。一看到我，他就举起双手招呼我过去。他面前坐着一位身穿和服的妇人，那位妇人背对着我。

我拿着两把雨伞在御手洗的身边坐下。从御手洗那个位置看出去，面对的正好是渡月桥。

"请问需要什么？"女招待站在我身边轻声问道。

"樱花糕。"御手洗早有准备，一边说一边拿出几枚一百日元的硬币递给女招待，算是替我付账。

隔着桌子，我可以很清楚地看见对面穿和服的妇人。她眼睑低垂，让人觉得气质十分优雅。而且看得出来，她年轻的时候必定是位美人。她大概四十到五十岁，就算是五十岁，案发的时候也才十岁左右，还是个孩子。这么小，能提供什么有用的信息吗？不知道御手洗从她那里打听出什么了。

那位妇人完全没有动面前的茶点，茶水恐怕已经凉了。我奇怪她为什么总是低着头呢？

此外我对她完全没有印象，不管是在电视还是电影里，都没有见过这个女人。

按道理，御手洗应该替我们彼此介绍一下，但气氛却出乎意料的沉重，大家都默不作声。我暗示御手洗该说点什么，但他似乎在装傻，只说了一句："等你的樱花糕来了再说。"然后就闭口不言。

女招待托着盘子，端来了糕点和茶水。等这些都摆放在我的面前后，御手洗终于开口说道："他是和我一起来的朋友，名叫石冈和己。"

妇人总算抬起头看我，她微微一笑，那是一种难以言喻的笑容，让人久久难忘。一个五十岁的女人，脸上会有这种笑容，我还是第一次看到。她的微笑中带着羞涩，又带有一点幽怨。

御手洗面朝我，用底牌即将揭晓的口气对我说道："石冈君，这边这位是须藤妙子女士。她正是梅泽家占星术杀人事件中，我们所敬仰的那位凶手。"

霎时间，我觉得头昏眼花，竟然呆坐着说不出话来。三人面面相觑，或许只有这一刻的感受才能与四十年的时间相匹敌。

不知过了多久，窗外划过一道闪电，紧接着雷声轰鸣，昏暗的房间银光乍现。店内一名女子尖叫起来，地底传来巨大的响动。

那声尖叫仿佛就是降雨的信号，大雨随之瓢泼而下，河水和长桥都笼罩在一阵燥热的雾气中。雨点打击在屋顶上发出响亮的噼啪声，如果不提高声调，恐怕对方都听不清自己在说什么。所以我们继续保持沉默。

雨越下越大，雨水打在玻璃上，混合着灰泥交流成一幅泼墨山水画。屋外的游人快步跑进店内避雨，他们大声交谈着，在我听来，好似天声人语。

我琢磨着，这难道又是御手洗的一个玩笑？我瞟了他一眼，发现他并没有开玩笑的意思，再看看那位妇人，仍然端坐着，一脸严肃。

为什么说她就是凶手？一股兴奋之情油然而生。

须藤妙子，还是第一次听说这个名字，但我真的对她一无所知吗？

看她的样子，也就五十岁左右，那么昭和十一年她只有十岁。假设现在她五十五岁了，那当时是十五岁，也还只是一个孩子，能干得出那种事吗？

难道杀死平吉和一枝，犯下一连串命案的凶手不仅是个女人，而且还是一个只有十岁的小女孩？！

还有，写那封信去威胁竹越文次郎的难道也是她？

她能有体力一口气切割六具女尸来制作阿索德吗？

凶手不是吉男，不是安川，也不是文子，更不是平吉，而是眼前这个女人？只有她一个人？

动机呢？

她和梅泽家究竟是什么关系？我们手中所掌握的材料里并没有出现过孩子啊！她当时藏在哪里？难道说不光我们，全日本为这个案子投入心血的业余侦探们都遗漏了这样一个人物？一个孩子为什么要杀害六个成人？她又是在何处下手的？她使用的毒药，是从哪里找来的？

除了以上这些问题外，我还有一个最大的疑问，那就是：如果眼前的这个女人就是凶手，那御手洗又是从哪里，用什么方法把她找出来的？既然这个女人能够像一阵烟一样躲藏了四十年而不被发现，那御手洗又是怎么发现她的？况且是在这么短的时间内。要知道，从我和御手洗在哲学小径上分手到现在，只不过一顿饭的工夫啊！

今天早上我在哲学小径上见到御手洗时，谜仍然是谜，和昭和十一年刚刚案发的时候没什么不同。但为何等御手洗从"若王子"出来后灵光一闪，谜就不再是谜了呢？我实在搞不懂啊！

外面的雨仍然很大，时不时电闪雷鸣，屋子里充满了夏季午后雷雨时特有的闷热。我们像化石似的坐着，一动也不动。没多久，雨逐渐小了下去，狂风也随之缓和。

"我一直在想，究竟是谁会发现这件事？"

妇人突然说出这句话，让我比之前更加紧张，她沙哑的嗓音却令我感到意外。那种声音很难和眼前的面容重合在一起，给人的感觉比容貌更加苍老。

"我自己也没想到,这个谜底竟然在四十年后才被揭晓。但我觉得能找到我的人一定是像您一样的年轻人。"

"我想请教一件事。"御手洗说,"为什么您要住在很容易被发现的地方?您本可以住到一个没人找得到的住处。以您的聪明才智和流利的外语,甚至住在外国也不是什么难事。"

窗外的天空仍被暗灰色的气息支配。雨静静地下着,时而有闪电划破天际。

"这要让我解释有些困难,简单地说……或许……或许是我一直期待着有谁能够找到我吧!我是个孤独的人,如果有这样的人存在,我无论如何都想见他一面。

"我想他既然能找到我,应该和我是一样的人。啊……您别见怪,我所说的和我一样,不是说像我一样是坏人。"

"当然,我能够理解。"御手洗认真地点了点头,表示同意她的说法。

"我很高兴能和您见面。"妇人说。

"我更高兴。"

"您有这样的能力,将来一定可以担当大任。"

"您真是过奖了,将来或许不会碰到比这更大的考验了。"

"我的事算不了什么,您还年轻,人生才刚开始,一定会遇到很多事情。您有了不起的才华,不过……不过请不要因为能够解决我这个事件而感到自满。"

我对她这句带有教训意味的话特别在意。

"哈!有关这点您大可放心。其实调查没您想的那么顺利,我们可受到不少打击呢。"御手洗说,"虽然会像您说的那样有些小小的自满,但立刻就会清醒的。某些地方我们走了弯路,其实是后悔得要命呢。今天晚上我们就要回东京去啦,明天必须把您的事情告诉警察,我和别人约好了。您应该知道竹越刑警吧,他有个儿子也是当警察的,长得像个大猩猩。一周前我和他做过一个约定,必须在明天前将这个案子解决,并将谜底告诉他。您应该会赞成吧?

"当然,如果您反对的话,我回到东京后,会将我没做完的事情做完,至于今天的会面,就当作没发生过。能和您见面,我就很满足啦。

"明天我必须去见那只大猩猩,他大概会在傍晚的时候,带着同事来这里找您。在那之前,您可以做任何您想做的事情。一切都由您自己决定。"

"您这样说,即便是已经过了时效的案子,也有帮助逃跑的嫌疑哦。"

御手洗转过脸笑着说:"哈哈哈!虽然我这辈子有各种经历,但还真没进过'猪笼'①。不知道匣中失乐的滋味

---

①日本警察局中扣留疑犯场所的俗称,类似扣留所,不同于正式的监狱。

到底如何。偶尔也会碰到真正的罪犯，却很难向他们介绍里面的情况。"

"您这么年轻，真是无所畏惧，我虽然是一介女流，但年轻的时候和您一样，不懂得什么叫害怕。"

"还以为是阵雨，看样子一时半会儿不会停，请拿着这把伞，不要被雨淋了。"御手洗拿出那把白色的雨伞。

"说不定就没机会还给您了。"

"没关系，不是什么了不得的东西。"

我们三人同时拉开椅子站了起来。

须藤妙子打开手中的皮包，左手伸进皮包中准备拿东西出来。我心里还有很多话准备问她，但话刚到嘴边，却发现气氛不对，什么都说不出来。这时的我就像没有完成小学的课程，却被迫在大学上课的人一样。

"无以答赠，请收下这个。"

说完，须藤妙子从皮包里拿出一个小袋子放在御手洗的手上。那是一个用红白色的丝线编制的布袋，非常别致。

御手洗对于现场微妙的气氛熟视无睹，说了声谢谢后很自然地把袋子放在左手掌上欣赏。

走出茶室，我和御手洗同撑那把黑伞走向渡月桥，那妇人则撑着白伞，往对面落柿舍的方向走去。分别的时候，妇人一再向御手洗和我表示谢意，我也只好鞠躬行礼。

我和御手洗两人撑着一把伞勉强走到桥上，我下意识地回过头,那妇人也正好朝这边看。她离去时,仍不忘向我们招手致谢,我和御手洗一起回礼。

我想,包括我在内的所有日本人,都不会想到那个渐渐远去、变小的背影,就是名噪一时的杀人事件的主谋。她看起来是那么平凡,任谁和她擦肩而过,都不会特别注意她。

风雨雷电都停息了,戏剧性的一幕已经完结。在走向岚山车站的途中,我向御手洗提出了要求。

"你会把来龙去脉告诉我吧?"

"当然,只要你想听。"

他这句话倒让我觉得意外。

"难道你认为我不想听吗?"

"不是不是,只是怕你不想承认脑袋没我高级。"

我无语……

二

回到西京极的公寓,御手洗打了一个长途电话回东京,看样子是和饭田美沙子通话。

"嗯……案子解决了……没什么问题,还活着,我们今天刚见过。你想知道是谁吗?嗯……要想知道的话,请明天下午到我的占星教室来一趟。对了,令兄叫什么来着?文彦?是文彦吧?哦!还真是个可爱的名字。那么也请他来一趟。对了,请务必将令尊的手稿也一起带来,在看到那份手稿之前,我是什么都不会说的。是的,我一天都在,不过,在来之前,还是请打个电话,那就这样……"

挂断电话后,御手洗又打了一个电话,这次是给江本的。

我在厨房里找到了扫帚,然后开始打扫这住了一周的房间。打完电话后,御手洗安心地躺倒在房间的中央。他这样妨碍我打扫卫生,真是个大件垃圾。

窗外的雨已经变得很小,只剩下雨雾在弥漫。即使将窗子打开,也不怕雨水会打进来。

我们提着简单的行李来到京都车站的月台。江本早就等在那里,还为我们准备了两个便当。

雨已经完全停了。

"这是土产,欢迎再来啊。"江本对我们说。

"真是麻烦你了,感谢多日来的照顾,此行非常愉快,请一定要来东京找我们玩啊。"

"别客气,我什么忙也没帮上。不嫌弃寒舍简陋就好,欢迎随时再来,而且事情能够解决,真是再好不过了。"

"真是托你的福,其实还没有完全解决,真相还只有这位没剃胡子的先生知道。"

"哈哈,他还没告诉你?"

"是啊。"

"这位先生以前就是这样,自己房子里有什么都不清楚，直到年终大扫除的时候，才整理出一堆破铜烂铁。"

我叹了一口气说："唉，反正他就是这样一个人，如果不让他快点告诉我的话，恐怕他就要忘了。"

"或许是没时间说明吧？而且这位先生的爱好不就是吊人胃口吗？"

"为什么搞占卜的人都有这么多怪癖？"

"因为算命什么的，通常是性格别扭的大叔才会从事的工作嘛。"

"但他还这么年轻，就这么别扭……"

"所以说真是让你劳神了。"

"喂，两位绅士话别完了没有？别难舍难分的啦！五百年后的快车都已经进站了，难道你打算穿着盔甲骑骡子回东京吗？"

"……他就是这副德行。"

"和这样一个人交往，真的很累。"

"等我知道案件的详情后，会写信给你的。"

"一路保重，请近期内再来啊，京都夏季夜晚的大文字祭很热闹呢！"

新干线飞驰出月台，江本那招手道别的身影已经消失在视野中。傍晚的原野，天还没有完全变黑，我逼问御手洗："你就不能给个提示吗？好心有好报的。"

事件解决后,御手洗一直处于失眠状态,他说要尽快回到自己的被窝里去美美地睡上一觉,所以我们搭乘了比预定的要早的车。

"提示吗?就是透明胶带。"

"钞票上的透明胶带?你没开玩笑吧?"

"谁和你开玩笑啦。那透明胶带岂止是提示这么简单,根本就是这个案子的全部。"

"……"

我感到十分迷茫。

"那么安川民雄和他的女儿,还有吉田秀彩、梅田八郎,他们都和案件无关吗?"

"这个……说没关系也没关系,说有关系也有关系。"

"你的意思是破案所需的信息我们都已经掌握了?"

"嗯,应该没有什么遗漏。"

"但是……凶手……被你当作凶手的那位须藤女士,你是怎么找到她的?"

"我自有办法。"

"就靠之前我告诉你的那些,你就找到了?"

"对,就靠那些,足够了。"

"难道你掌握了一些我所不知道的信息?在我去大阪、名古屋的这段时间里,你在忙什么?"

"我没忙啊,过得挺轻松,那段时间我在鸭川岸边睡觉和思考。其实在我来京都之前,已经掌握了全部线索,而且,当我一踏上京都车站的月台,就知道了须藤妙子的住所,只是有点难以相信。"

"那位须藤女士到底是什么人啊?那是她的真名?"

"当然是假名啦!"

"难道她是我以前就知道的人?有这样的可能吗?她到底是谁?案发的时候,她叫什么名字?御手洗君!请告诉我!阿索德到底是怎么回事?真的有人制造出阿索德了吗?"

御手洗有些不耐烦地说:"阿索德啊……嗯……的确是存在的,还是会走会动的,而且就是她制造的。"

我大吃一惊。

"真的?阿索德是有生命的?是活着的?"

"这是一种魔法。"

"真的有这种事?你没开玩笑吧?我不明白……她还活着吗?是谁?"

御手洗闭着眼睛在那里傻笑。

"快告诉我!你到底知道了什么?你再不说,我会发疯的。我的胸口好难过,快告诉我吧。"

"不要着急,不要着急,休息,让我休息一下。你自己再好好想想。"

说完御手洗就把头靠在玻璃窗上,开始打盹。

"御手洗君……"我长叹一口气说,"或许你觉得无所谓,但你知不知道我很痛苦啊,我觉得你有义务将案情的一部分透露给你忠实的朋友，毕竟这么多辛苦的路程我们是一起走过来的。你说是不是？难道要让我们的友谊因为这件事产生裂痕？"

"到此为止！别威胁我，不是我不愿意告诉你，而是案情如乱麻般难以理清，我一时也不知该从何处说起。等我理清了脉络，自然会讲给你听的。

"再说，我现在累得半死，身心疲惫，你却问东问西的，让我不得安宁，难道这就是友情的表现？而且我准备告诉你的，和明天我准备向竹越文彦说明的内容是一样的，我干吗要把同样的事情说两遍呢？这里也没有黑板可以画图，明天你到我的住处来，听我的解释，不是也很好吗？你也休息一下吧，忙了一天了。"

"可是我睡不着啊。"

"睡眠这个东西还真是奇怪。你看我三天没睡了，应该非常想睡才是，但一看到车窗上倒映着自己胡子拉碴的面容，却怎么也睡不着。我真想早点刮掉这一脸的胡子，男人啊，为什么要长胡子呢？……看你迫切想知道谜底的样子，我就稍微指点你一下。你认为，须藤妙子多大岁数？"

"五十岁左右吧？"

"亏你还是画画的呢。六十六岁啦！"

"六十六！那么四十年前就是二十六岁……"

"准确地说是四十三年前。"

"四十三年的话……就是二十三岁！我明白了，她是六个少女中的一个！她故意将尸体埋得很深，让尸体腐烂后难以辨认，其实尸体并不是她，对吗？"

御手洗打了个哈欠。

"行了，今天的彩排就到这里。那些跳芭蕾的少女年纪都差不多，所以她们的尸体可以得到合理的运用。"

"什么，难道……不会吧……真的是那样吗？这我以前也想到过……但……反正今晚我肯定是睡不着了。"

"你只不过一晚睡不着而已，明天就可以听到答案了。一晚不睡的话就陪我聊天吧，就当作我们友情的证明。"御手洗的心情很轻松，说完就开始闭目养神。

"你很高兴吧？"

"没有，只是想睡。"

虽然话这么说，但御手洗还是睁开眼睛，拿出了须藤妙子送给他的小袋子，放在手上仔细端详。

放眼窗外，很难让人相信几小时前曾下过雷雨，缓缓移动的地平线周围，橙色的裂纹穿透了昏暗的幕布，那是西边天空中的晚霞。

我回想起这一周来在京都的各种遭遇。先是去大阪找安川民雄的女儿加藤，然后在淀川岸边和她谈话，从而得知了吉田秀彩这个人。接着就去拜访秀彩，又赶往明治村拜访梅田八郎。这七天过得匆忙但很充实。

最后是在岚山和须藤妙子见面。那只是几小时前发生的事,让人难以置信。那个春雷轰鸣、空气燥热的午后,不应该是今天,而是在遥远的时空中。

"大阪和明治村之行,根本就是白跑一趟。"我心中有种说不出的失败感。

御手洗却一边把玩着小袋子,一边说:"这也未必……"

难道我的调查对他还有参考价值,对他破案有用吗?我问他这么说是什么意思。

"你好歹也参观了明治村嘛。"

御手洗把小袋子翻转了过来,两粒骰子滚落到他手中。他用右手手指捏着骰子。

"她认为只有像我这样的年轻人才能找到她……"御手洗自言自语地说着。

我点点头,仿佛自言自语地说:"是啊,就是像我们这样的年轻人。"

"什么意思?"

"没什么意思啊。"

御手洗一直玩着那两粒骰子,直至夕阳落尽。

"魔术表演终于结束了。"御手洗说。

第二封挑战书

御手洗说的话一点也不夸张,在他们两人到达京都车站的时候,我就写好了第一封给读者们的挑战书。但我觉得还是有太多疑点,所以一直等到那个重要的提示出现后,才把那封挑战书呈献在各位读者的面前。

如果提示的内容过多,那么等于暴露了凶手的身份,或许仍有很多读者不理解凶手犯案的过程(不管怎么说,这也是四十年悬而未决、全日本无人能破的谜案啊)。现在,且让我斗胆发出第二封挑战书!

须藤妙子究竟是谁?她当然是各位已经听闻的人物。她犯罪的手法究竟是什么,想必读者中,已经有人猜出来了吧……

岛田庄司

V　时与雾的魔法

一

须藤妙子将会受到怎样的惩罚？

我缺乏法律常识，对这个问题不太了解。但御手洗告诉我，一般诉讼时效为十五年，也就是说，她至少不会被判死刑。

在英国和美国对于谋杀（有计划地杀人）没有规定诉讼时效。对于奥斯威辛集中营中纳粹党员的追诉，则是永久有效。

她是日本人，但不管怎么说，此后她将永无宁日。

第二天是十三日，星期五。我在纲岛站下车，穿过静悄悄的街道，因为时间尚早，平日人群熙攘的街道还很冷清。

正如我预料的那样，昨晚一夜都难以入眠，脑子里尽是那个突然出现的须藤妙子。她到底是怎样的女人？我的心里塞满了对她的疑问，比以前读《梅泽家占星术杀人》时更加迷茫，现在的思维似乎比知道凶手前更加混乱。我深刻体会到自己顶着的只是一颗凡人的脑袋。

路边一家餐馆的老板正好走出来开店门,将"营业中"的牌子挂在入口。我走进餐馆吃早餐,为即将来临的紧张时刻蓄积体力。

当我到占星教室时,御手洗还在呼呼大睡,我坐在沙发上等他醒来,无聊的感觉让我愈加焦躁不安。

今天至少会来两个客人,所以我先把咖啡杯洗干净,准备到时候使用。御手洗还没起床,我放上一张唱片,躺在沙发上听着音乐,耐心等待。过了一会儿,总算听见御手洗卧室房门打开的声音。

他站在房门口,边打哈欠边摇头,胡子已经刮得干干净净。昨晚到家后他一定洗过澡,整个人看上去干净了不少。

"你还是很累吗?"我问道。

"这么早,你昨晚没睡吗?"御手洗答非所问。

"因为要等今天的好戏上演。"

"好戏,有什么好戏?"

"四十年的谜团今天终于要解开了,这还不是好戏?我马上就可以欣赏到你拿手的演讲了。"

"对付那只大猩猩用不着特别准备。对我而言最刺激紧张的时刻已经过去了。而今天就像是除夕夜后的大扫除,我觉得应该向你说明事件的经过,这也是件有意义的事。"

"但这也应该是你的义务吧?今天的演讲……"

"义务帮人处理后事？"

"随你怎么说，反正今天就算只来两个人，那两个人也会像小喇叭似的一传十、十传百，让全国都知道今天你在这里讲的话。"

"啊……管他是大喇叭还是小喇叭，我要去刷牙了。"

御手洗一副事不关己的样子，盥洗完毕后，就悠闲地坐在沙发上，一点都没有即将要面对历史性时刻的紧张感。或许是因为他知道凶手是位女性，而且还和对方见过面，所以有种不愿让警方捉到凶手的矛盾心理吧！

"御手洗君，今天你是英雄。"我说。

"什么英雄不英雄的，我没兴趣，我的兴趣只是解谜。本来我的工作应该结束了，因为谜底已经揭晓。如果凶手是个冷血的杀人狂，还有继续杀人的可能性，那么还有我出场的机会。但这个案子和我刚才说的完全不同。

"假如你画出一幅最满意的作品，接下来会怎么做？一个画家只要画出一幅杰作，这个画家的任务就算完成了。至于画的价钱，以及如何和买画的人讨价还价，那是画商的事。

"我不稀罕奖章，太重的话，挂着反而麻烦。就好像一幅名画配上花哨的画框，显得很没品位。如果不是因为这个案子，我才不想帮那只大猩猩的忙呢。不过既然答应了人家，就要尽力而为。"

十二点刚过，饭田美沙子就打来了电话。御手洗回应了一句"没关系"后，就把电话给挂了。在等待客人的一个多小时里，御手洗一直在纸上画画，也不知道他在画什么。

终于听到了敲门的声音。

"欢迎，欢迎，请进。"

御手洗亲切地招呼饭田美沙子，并且邀她入座，然后十分诧异地问道："嗯？文彦先生怎么没来？"

和饭田美沙子一起来的，并不是那个身材壮实的竹越文彦，而是一个个头瘦小的男人。

"抱歉，家兄就是那种人，有失礼的地方，承蒙各位多多包涵。今天他临时有事脱不开身，所以让外子代替前来，他也是个警察，应该可以替代家兄。"

我对眼前这位饭田刑警的印象倒不坏，但从他的外貌来看，与其说他是位刑警，倒更像是和服店老板。

御手洗似乎有些遗憾，但又打起精神说道："唉，换了是我，如果失败了，大概也会说临时有事吧！总之，大人物总是非常忙的，不能对他们太苛刻了。对了，石冈君，你不是说要泡咖啡吗？"

我立刻起身。

"今日各位前来的目的，主要是……"

御手洗边说边把我推向厨房。

"梅泽家的占星术杀人事件，这是件四十三年前的旧案。现在，我就要向各位报告我发现凶手的经过。哦，差点忘了，令尊的手稿带来了吗？太好了，请给我吧。"

御手洗说得漫不经心，其实他天天想着的就是这本手稿。看他紧紧捏住手稿的手，青筋都露出来了，唯恐有人要抢走似的。为了这本手稿，御手洗挖空心思，差点把命都拼上。

"现在我就介绍一下凶手，她的名字叫作须藤妙子，在京都经营一家卖手袋的小店。地址是新丸太町路清泷街道，在嵯峨野的清凉寺附近，店名是'惠屋'。据我所知，嵯峨野一带没有和这家小店重名的店铺，店主就是须藤妙子。

"对我以上所说的各位有什么问题吗？接下来我会做一个大概的说明，请少安毋躁。什么？不行？那好吧，我就做一个较为详细的解释，请各位耐心听。等石冈君的咖啡泡好了，我们就开始吧。"

只见御手洗成竹在胸，口若悬河，好像面对着上千听众进行演讲。只可惜这间小教室虽然黑板、桌椅一应俱全，但包括我在内只有三个听众。我端起咖啡，轻抿一口，开始专心听讲。

"其实本案非常简单，各位在听我说明之后都会感到意外。须藤妙子身为女性，却陆续杀光了梅泽一家，如此简单的作案手段，为何四十年来都没有人看破呢？这是因为须藤妙子就像一个隐形人，大家都没有发现她的存在。用石冈君曾说过的话来形容，她使用了一个戏法，使得这个案子的真相被埋藏了整整四十年。她的魔力不是让梅泽平吉凭空消失，而是让须藤妙子这个女人消失。结果就如同石冈君所言，这个案子找不到凶手！不，不光是他，连整个日本都被她蒙骗了四十年。这不是没有依据的，凶手所使用的隐身术，就是西洋占星术中的魔术！

"关于这个魔术的法门，也就是整个案件的关键所在。我会在接下来的说明中细细道来。首先我们要了解的，是平吉于密室中被杀一案。现场的天窗以及所有窗户都安装上了铁栏杆，人是不可能穿越这些障碍的。至于房门就更不用说了，门闩插紧，并且挂上了挂锁。窗外又下着三十年不遇的大雪，来访者不可能不留下鞋印，现场可以算是一个双重密室。被害者梅泽平吉在被杀之前吃过安眠药，被人用剪刀剪掉了胡子。为什么要这样做？而且，在画室内并没有发现剪刀。

"还有，雪地上残留着两行鞋印，一男一女，先出现的是女性鞋印，然后才是男性鞋印。大雪在午夜十一点半左右结束，而平吉的死亡时间推算为午夜零点前后。所以平吉被杀的时间，是他死亡的前后一小时内。当时平吉所使用的模特儿，直到四十年后的今天，身份仍然是个谜。由于男鞋和女鞋来画室时的鞋印已经消失，可以猜测那两人在画室停留的时间相当久,他们极有可能和平吉在画室见过面。

"平吉这个案子,如果将鞋印的因素也考虑进去,那会出现什么样的推断呢?第一种,平吉的死亡时间应该是十一点。凶手在行凶后急忙逃走,十一点到十一点三十分之间下了将近二十九分钟的大雪,雪量足以覆盖凶手进出画室时留下的鞋印。

"第二种,凶手可能是穿女鞋的模特儿,也可能是穿男鞋的人。又或者,命案的凶手有两人。还有一种推测,鞋印是迷惑人的诡计,其实只有一个人去过画室,而那个人为了妨碍日后的调查,在离开的时候,故意留下了男鞋和女鞋的鞋印。但究竟是身为模特儿的女鞋所有者留下了男女两组鞋印呢,还是等模特儿离开后,后到的男鞋所有者留下了两组鞋印?

"之后还有一个吊床论,但这有些超出常理,所以先排除。那么,总共就出现了六种推测。鞋印的问题的确很有趣,但这并不是按照步骤来进行推理就能够得到答案的解谜游戏。这样说的原因有很多。这六种推测,让全日本的侦探走进了一个无底的迷宫,四十年来都无法解开凶手使用的障眼法。其实凶手在迷宫的入口就设置了一个机关,但凑巧的是,这个机关也是出口的提示。现在就让我们来一个个进行分析。

"第一种推测,凶手在十一点一分杀死平吉,这个推测应该不成立，但有些值得思考的地方，为什么这么说？假设凶手在十一点一分行凶，那就表示在案发现场，也就是平吉陈尸的地方，应该有人目击了这一幕，而此人就是在雪地上留下男女鞋印的人。但事实上这个目击者一直没有现身。或许他有难言之隐，怕自己会受到怀疑，但他或者她可以通过匿名信的方式来证明鞋印的所有者并没有杀人。所以第一种推测很难成立。

"第二种推测，女鞋印的主人就是模特儿，也就是凶手，这个推测也几乎是不可能的。因为从雪停的时间判断，男鞋的主人和女鞋的主人应该在平吉的画室里见过面。这样的话，凶手杀害平吉时就有第三者目击了整个过程。但命案发生至今，都没有第三者站出来指认凶手。所以，这个推测就在缺少人证的情况下被推翻了。

"第三种推测的结论和第二种是一样的，如果男鞋印的主人是凶手，那么女鞋印的主人就是所谓的第三者。但和之前的推测相同，同样缺少目击证人出来指认，没办法继续讨论下去。因此这种推测也不可能。

"有关第四种推测，即凶手是两人的说法，一般认为这个推测比之前的几种可能性要高一些。但关键的问题就是：平吉在死前曾经服过安眠药，他是自愿吃下的，还是被强迫吃下的？如果是后者，那凶手这样做的目的又是什么？安眠药正好是吊床论的前提。

"这样考虑的话，无论是一枝命案还是阿索德命案，凶手是集体作案的可能性都非常高。但人一多，罪行败露的可能性也随之提高。倘若凶手是个冷血杀手，那有可能是单独行动。如果凶手是两个人，那么一枝命案和阿索德命案的杀人方式也应该不同，并且用不着拖竹越文次郎下水。

"第五种推测，是女鞋印的制造者故意制造假象，但这个推测也有说不通的地方，那就是女鞋的所有者应该在二十五日下午两点开始下雪之前就已经进入画室了。当天东京那场三十年不遇的大雪是突降的，女鞋的所有者又是如何得知当天会下这么一场大雪，并且提前准备好了男鞋用以制造假象？

"虽然也有可能是利用平吉的鞋子来制造男鞋留下的鞋印，但平吉只有两双鞋，并且那两双鞋都放在门口。而且无论用什么方法，都不可能在制造好鞋印后再将鞋子放回原处。也就是说，虽然可以在画室的门口穿着自己的鞋子走到后门附近，再踮起脚尖走回画室，换上平吉的鞋子走向后门，其间用较大的男鞋印盖住脚尖走路的痕迹。但平吉的鞋子怎么放回去呢？

"还有一点也很让人头疼，那就是为何要故意留下两种脚印，单单留下男鞋印不就好了吗？实在让人想不出这样做的目的。唯一能够想到的理由就是：凶手要故意干扰警方的调查视线。除了吊床论，还有就是在一枝命案中对凶手性别的错误判断。警方根据在一枝尸体上找到的精液，判断杀害一枝的凶手是男性，这个也是干扰调查视线的一个步骤。但凶手不应该使用男女两种鞋印来进行干扰，光用男鞋就足够了。

"第六种推测是男鞋的主人才是凶手，而女鞋印是他故意留下的。而且，他是在雪开始下以后，才来到平吉的画室，所以他才可以事先准备好女鞋，然后在雪地上留下女鞋的鞋印。但如果这样做的目的是为了嫁祸，只留下女鞋印就可以了呀。这种推测比第五种更可信，因为女鞋印会让人联想到模特儿，留下男鞋印不是容易让人觉得男人才是凶手吗？但诸多怀疑对象中，没有哪个男人可以让平吉在自己面前很自然地吃下安眠药。所以这个推测也遇到了阻碍。

"所以，以上六种推测都有不合理的地方，但如果进一步考虑，会发现第五种才是唯一的解释。若是将六种推测摆放在一起比较的话，那么就会发现以下六个步骤：首先排除第一种推测，所得出的结论是，男女两组鞋印中，至少有一组是凶手的。各位觉得呢？如果第四种，即合谋作案的假设不成立，那么就表示凶手是单独作案。这就确定了一个关键点。其次，第三种推测中两人一定在画室中见过面的推论成立的话，那么这两组鞋印中的一组，必定是为了干扰视线而特意制造的。这样就很自然地推导出了第五和第六种推测。

"在刚才提到第六种推测的时候，发现如果女鞋印是用来干扰调查视线的，那么凶手还留下男鞋印的做法，就让人感到太奇怪了。所以，只能认为第五种推测是最有可能的。否定了其余五种推测的理由分别是：平吉的鞋子不可能放回原处，没有必要在雪地上留下女鞋印，以及鞋印只是障眼法。这些看法基本是正确的，只是还有个问题，女鞋印的主人就一定是那个模特儿吗？这个模特儿至今都未出现过，她到底是谁？有人说是美第奇的富田安江，但她有不在场证明，而且没有杀人的动机。如果不是这样，将她与模特儿和女鞋联系在一起，也不会不自然。

"如果平吉是在模特儿的面前吃下安眠药的，那表示他和这个模特儿关系不一般。就是因为对平吉非常熟悉，所以这个模特儿才能够设下圈套。她利用平吉的鞋子往返画室，利用现场的物品来制造诡计。

"没错，这位模特儿就是须藤妙子。当她摆好姿势，让平吉作画的时候，却没料到屋外下起了大雪。雪越下越大，她心里很着急，临时决定用平吉的鞋子来制造假象。她应该有足够的时间去谋划这起杀人事件。

"吊床杀人的假象也是她一手制造的，为的就是嫁祸给昌子的女儿们。所以她故意打破画室天窗的玻璃，替换上新的，为接下来的计划做准备。但突如其来的大雪却让她始料不及。当时她一定十分焦急，但还是坚持住了，一边摆姿势，一边冷静思考吊床计划成功后，那些女人接下来会怎么做。不可能让雪地上到处都是自己的脚印吧？于是……

"妙子早就打算杀死一枝,也想好了要让人误以为凶手是个男人,所以她干脆就使用平吉的男鞋来迷惑警方对平吉命案的调查。对于凶手来说,虽然行凶手段缺乏连贯性,但是只要让别人摸不清自己的真实身份就可以了。

"另外,因为需要制造平吉是头部坠地致死的假象,所以她准备好了平板状的凶器,这点倒没有因为下雪而改变。但为什么要剪掉平吉的胡子,我也不清楚。或许是她知道平吉和吉男长得很相像,所以才这么做的?不过,这样做会让人以为平吉还活着。会产生这样的推论,凶手应该早就预料到了。同时这种想法也暴露出凶手的年龄不会太大。

"凶手考虑问题十分周全,而且行动冷静,所以才让这个案子变成了一个难以找到突破口的迷宫。一般人或许认为这个案子算得上完美,其实并不是这样,其中仍有一些小破绽。

"例如在一枝命案中,现场看起来是男性所为,但仔细思考过后,发现一枝尸体上的衣物十分整齐,就可以确认那是年轻女性犯罪者的败笔。而制造鞋印简直就是多此一举。很明显凶手是第一次杀人,情急之下,考虑过多,才会产生错误的判断。在我看来,根本不用制造男女两组鞋印,只要制造男鞋印就可以让警方将调查的焦点转向男性。这还不如吊床的障眼法来得高明呢!因为只有在模特儿走了以后,吊床行动才可以实施,相对来说更具有说服力。

"平吉或许在雪停的时候已经睡着了,所以模特儿是在雪还在下的时候离开的,人们会这样想是十分自然的。但鞋印的因素,让我能够毫不犹豫地推翻吊床说。

"另外超出凶手计算之外的还有一件事。平吉竟然会在她面前吃安眠药,这件事可能扰乱了凶手的情绪,但她仍然决定按照原计划采取行动。

"啊,对了!刚才提到的如何将鞋子放回原处,以及布置密室的方法等的确是个大问题。但与其在那里瞎猜,各位不如听听我的看法。用门闩设置的密室不难解决,从窗外的鞋印来看,一根绳子就可以制造密室了。完事后抽回绳子,十分简单。"

我刚想说,能不能讲得详细一点,但御手洗火车进站似的语速让我根本没插嘴的机会。

"接下来说一枝的案子。这也没什么不好理解的,对于凶手来说,所有问题都能轻易解决,我在这里啰啰唆唆地说了一堆,实在抱歉。烦琐的事情要一一说明的确很麻烦,但只有这样才算是对案子做最好的总结。

"文次郎在七点半到达一枝的家,然后在九点十分之前离开,而一枝的死亡推测时间是七点到九点,这似乎有些不可思议。其实文次郎在一枝家里的时候,一枝已经死在了隔壁的房间。如果他打开隔壁的移门,就可以看到和警察验尸时完全一样的现场。凶手是先杀害了一枝,然后引诱文次郎,最后再将两件事联系起来。

"其实真正和文次郎发生关系的并不是一枝,而是须藤妙子。她杀死一枝的目的就是为了威胁文次郎,让他来替自己埋尸。而她和文次郎做爱是为了得到文次郎的精液,从而制造杀害一枝的凶手是男性的假象。

"平吉一案中,雪地上留有男鞋印,为了和这点对应,一枝命案的凶手也应该是男人,这样就能使得自己不受怀疑。

"一开始我也在琢磨这精液到底是哪里来的,心想应该是将射入自己体内的精液,立即转移到尸体上,所以精液看起来很新鲜。恐怕这也是为了让尸体看起来更像是死后才遭到蹂躏而刻意安排的。现在看来,女人之间的积怨还真是可怕。竹越文次郎明明和活着的女人做爱,却被判定为奸尸,产生这样的差异正是凶手的计谋。"

"既然她的目的只是让警方误以为凶手是男性,那么制造类似见财起意的杀人现场究竟有什么意义?"

仿佛挥出一击本垒打,我总算趁他换气时提出了问题。

"如果不设计成抢劫杀人,那么警方就会认为本案和平吉命案有所联系,继而仔细搜查一枝的家。这样的话,放在仓库中的尸体就会被发现。凶手连这点都考虑到了。

"但这几起案件,包括平吉被杀的案子如果都是男人干的,反倒能证明昌子是无辜的。虽说表面上只是普通的入屋抢劫，但毕竟有人死了，难道警察不会彻底调查命案现场吗？这一点我很怀疑。而且她把竹越文次郎引诱到家里，其实也挺危险的。或许当时上野毛一带是偏僻的乡下，而她也认为警察的工作态度马虎，就决定放手一搏。

"不过换上现在的刑侦技术的话，恐怕就没这么好骗喽。首先报纸的印刷会清晰得多，看到报纸上一枝的照片，文次郎就会发觉不对。但即使是现在，死者上报的照片也大多会使用年轻时拍的，并且会经过修饰，这或许是报业内部的行规吧。

"经过这段推理，案件中的诸多疑点，也逐渐变得清晰了。还有玻璃花瓶上的血迹问题。凶手用它杀死一枝后，为了不让文次郎发觉，就把上面的血渍擦掉。但为什么要在文次郎走后重新涂抹上去呢？恐怕这样做的目的是为了震慑文次郎吧，让他觉得一枝是自己走了以后才被杀的，更加不敢出来申辩事实。

"另外，从一枝是在镜子前被杀这件事来看，一枝和须藤妙子应该很熟。但为了隐瞒这个事实，妙子神经质地擦掉了镜子上的血迹，并且将尸体搬离了镜子的跟前。这也算是妙子的错误判断，她没有选好地方。如果在其他场所下手，就不会产生疑点。

"通常情况下，女人在照镜子的时候，对周围环境的感觉最薄弱，须藤妙子自己也是女人，应该知道这一点，所以她才会选择那时下手。杀死一枝的动机，除了刚才提到的，还需要补充两点。一是对一枝的仇恨，这也可以算是所有案件的杀人动机，这点后面我也会提到；还有就是为了替阿索德命案做准备。

"一枝的家，应该就是杀害那些少女的场所。因为这个场所特殊，所以少女们才会聚集在这里被毒害。少女们死后，这里又成了分尸、藏尸的最佳地点。得到这样一个地方，是阿索德命案不可或缺的关键步骤。好了……"

御手洗停下歇了一口气，我们则紧闭着呼吸，等他继续说下去。

"接下来要说的，是阿索德命案。这案子从一开始就是个让人眼花缭乱的戏法，好像一个魔术师手拿一条白手帕在观众面前翻过来翻过去。我在初次听闻这起案件的时候，就有种直觉，认为里面一定有花样。

"就在我被谜团折腾得快要崩溃的时候，我仍然以强大的意志力控制自己，咬紧牙关，准备硬冲过去。我不断地奋斗、挣扎，终于在昨天闯过了终点，所有的谜团解开了！这全得力于一个和它相似的案件，一旦想通后，就会举一反三，所以我只用了半个小时就出现在凶手的面前。其实，凶手的这个诡计十分单纯，单纯得让人难以置信。怎么，你们的眼神是不相信吗？我可没夸张，我说话向来十分谦虚谨慎。"

"……"

"在说明诡计之前，我想先说明一下刚才提到的'相似问题'，大家理解了这个问题之后，就能明白阿索德诡计的核心所在。大约在三四年前，关西一带出现过万元假钞的诈骗事件。看到这个新闻的时候，我正在一家餐厅吃饭。现在回忆起来，记忆犹新。我把电视上新闻播报员说过的话，在这里简单复述一遍。

"播报员是这么说的：'本日，在某区某町，发现了中段被剪裁过的万元纸币。由于中段被截取，所以长度略短于完整的纸币。而截取的部分，则用透明胶带粘贴起来。'

"然后画面上就出现了完整纸币和被截取过的纸币的对比图像。把被截取过的纸币放在完整纸币旁边一比较，果然短了一截。

"播报员接着说：'犯罪者利用截取的部分，重新制作成纸币。这种诈骗手法源自关西一带，现在在关东也发现了同样的案例。这种纸币的特点是，纸币左右两边的号码不一致。'

"这样的报道似乎不能马上明白，坐在我旁边的学生在听完新闻后说：'把截取的部分重新拼贴在一起，那做出来的钞票不是像手风琴一样了吗？这样的钞票能用吗？'

"单凭这样的说明的确很难理解，而且只用'说'来解释也很困难。如果在新闻里用图解详细说明的话，恐怕会出现很多模仿犯。新闻播报的目的只是提醒观众要注意分辨真钞和假钞。

"我思考的重点是纸币的号码左右不同，和那个学生考虑的角度不一样,但也没有立即想通这个骗术。回家后,我亲自试验了一下,并且画了一张图。饭田先生应该听说过这个案子,但石冈君和美沙子小姐可能不太清楚,我在这里说明一下。

御手洗说着就走到黑板旁边。黑板上画了很多像钞票一样的长方形。(图六)

"这里有二十张并排的钞票。虽然用十张也可以制作,但是截取的面积过大,很容易露馅。用三十张来做的话,利润太少。所以十五张到二十张是最合适的。

"如图所示,按照上面的线将纸币裁开,分割线总共有二十条。也就是说一张纸币最多能分割成二十一段。每一段上画一条分割线,这样二十条分割线就由左向右移,懂了吗?将二十张纸币都切成两半,就变成了四十张。按照数字,2和2拼合,3和3拼合,4和4拼合……然后用不透明的胶带粘贴起来。当然也可以用透明胶带,但这样必须将两张钞票拼得很紧凑,这样长短就变得很明显。用不透明的胶带可以让拼接的地方稍稍错开一点,正好弥补缺少的部分。

"现在各位明白了吧!经过这样的改造,1仍然是1,但2和2拼合,3和3拼合,二十张钞票,就变成了二十一张。怎样?想不到吧!原本二十万元,用剪刀和胶带,不出三十分钟,就可以多赚一万元。有趣吧!1和21号纸币虽然短了一截,但折起来使用就不容易被发觉。我

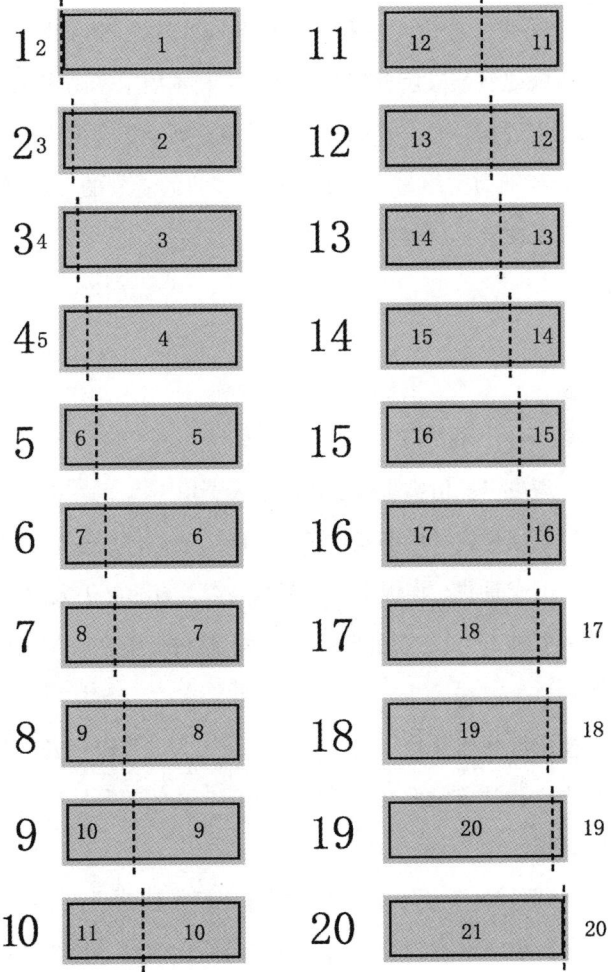

图六

小的时候，还经常看见有用和纸修补过的残币呢！好了，回到主题，这些纸币原本是二十张，但经过拼贴却变成了二十一张，各位明白我的意思了吗？这个纸币的诈骗手法，就是我能破解此案的启示。它在本质上和阿索德命案的关键性诡计是一样的，也就是说，阿索德命案中分尸的手法和纸币重组是一样的。所以，我们看到的六具尸体，其实是由五具尸体拼接而成的！"

二

"啊！"我惊呼一声。

消失了！仿佛海市蜃楼般消失了！

原来是这样！那就是海市蜃楼！

不光是我，连饭田夫妇都很兴奋，真相终于大白了。

太神奇了！这是陆地上的海市蜃楼！我在心中不停地呼喊。

仿佛面前就是一盏探照灯，强光太过耀眼夺去了我的视力，我几欲跪倒在御手洗的面前。我的神啊！让我们景仰崇拜。

"但尸体毕竟不是纸币，不能用胶带粘贴。"

御手洗没有因为我们的兴奋而停止演讲，他继续往下说。

"要组合尸体，需要更有效的'黏合剂'。在这种情况下，能够取代不透明胶带的就是我们对于阿索德存在的幻想。因为这个幻想实在是太强烈、太诡异，致使我们忽略了真实。我们深信六具尸体缺少的部分，都被拿去制作阿索德了。但实际上，根本不存在阿索德！凶手一开始就没打算制作什么阿索德。说到这里，想必各位都应该明白了，不需要我继续说明了，那么……"

"这就完了吗？不能再说详细些吗？"我不禁有些遗憾地问道。

我们三个都大张着嘴，用期待的目光注视着御手洗，仿佛有只小手要从喉咙里伸出来，迫切地希望他快讲下去。而御手洗的脸上却是一副似笑非笑的表情，还有一点不耐烦的样子。

忽然我脑子里浮现出"远近法"这个词。这个词就像是铁路道口的信号灯一样，闪个不停，时远时近，上蹿下跳。我太阳穴上的血管，也随着闪光鼓动。

这件像文艺复兴时期大师笔下的名画的作品阿索德，到头来竟然是根本不存在的"赝品"，真是可笑至极，人们就被这虚幻的微笑迷惑了四十年。

远近法中所谓的"焦点透视"就像个讽刺，阿索德是以这种方法绘制成的，她强迫我们注意的地方，正是画中所有线条凝聚成的"盲点"。

阿索德的形象在我心中崩塌、消失。种种有关阿索德的虚假风景，犹如冲入水池混合着油彩的污水，化作五色的旋涡，最后缩小成一个空洞的女人面容。

但此时的我，仍然仿佛置身在问号构成的巨大森林之中，激情的强风在耳边呼呼刮过。

那么凶手是……

凶手为什么要将尸体埋得深浅不一呢？

又是根据什么，将尸体埋在青森、奈良等地的呢？

东经一百三十八度四十八分又是怎么回事？

尸体发现的时间顺序，究竟有何意义？

杀人的动机是什么？

凶手蒸发后，躲在哪里？

还有，平吉的手稿究竟是怎么一回事？那是平吉的亲笔吗？如果不是，那又是谁写的？

"请先将你的十万个为什么放在一边。"御手洗嘲笑我说，"平时我讲的话可比现在说的有价值多了，却没见你这么认真听过。

"不过，今天在这里举行演讲的主题倒像是在称赞凶手。本来我考虑或许由凶手自己来说明比较好。换作我是须藤妙子，绝不会希望由别人来揭开自己设下的谜面。你们真的想听下去吗？"

只见饭田刑警点点头，我当然不用说了，美沙子也是睁大着眼睛，不住地上下点头。

不知道御手洗是认真的还是在开玩笑,他叹口气说:"好吧,就当我出血大拍卖,好人做到底,继续讲下去。"

"这个是我按照尸体发现的先后顺序画的一张图。"说着,他把那张图递给我们。(图七)

"这图看上去很难懂,凶手这样排列的目的就是为了把事情搞复杂。为了便于理解,我就按照肢解部位的顺序重新排列,分别是头部、胸部、腹部,也就是白羊座的时子、巨蟹座的雪子、处女座的礼子。"

御手洗一边说,一边把刚才在黑板上画的那些"钞票"擦掉,然后画上人体图。(图八)

"这些少女的尸体被发现后,是怎么样辨认她们的身份的?四号、五号、六号分别是雪子、信代、礼子的尸体。由于这三个人的尸体是在被杀后近一年才找到的,面容已经充分腐烂,根本无法辨认。如果尸体是在两三个月内被发现的,还可以根据头部和衣服来分辨。但像礼子这样几乎是一堆白骨的尸体,只能通过手记来确认身份了。

"现在我在尸体的上半部和下半部分别标上名字(图九),然后用斜线表示它们的拼接对象,这其实和刚才钞票的拼接方式是一样的。凶手就是用这个方法来切割五具尸体(图十),然后分成不同的组合。

"在这里凶手制造了一个盲点。当我们知道凶手是个女人的时候,想必都十分惊讶吧。为什么会这样?因为我们一直以为凶手需要处理六具尸体。其中的四具要切割两

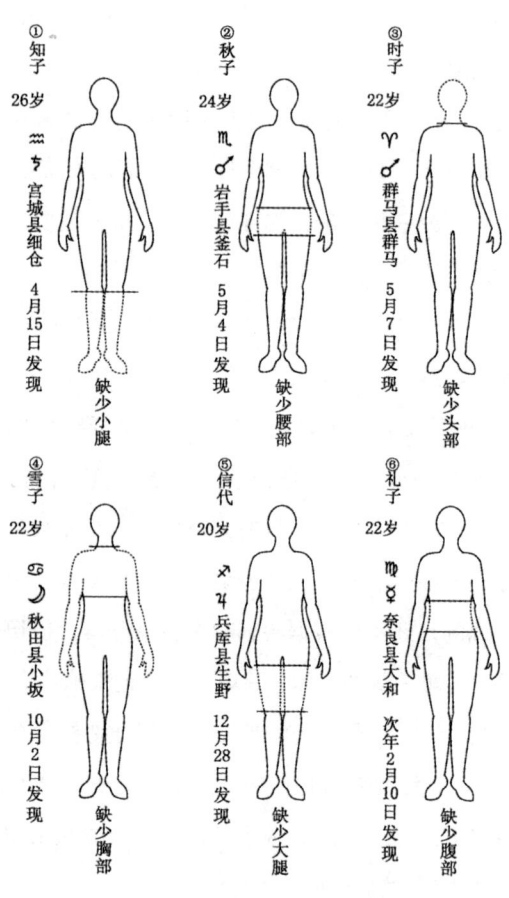

图七

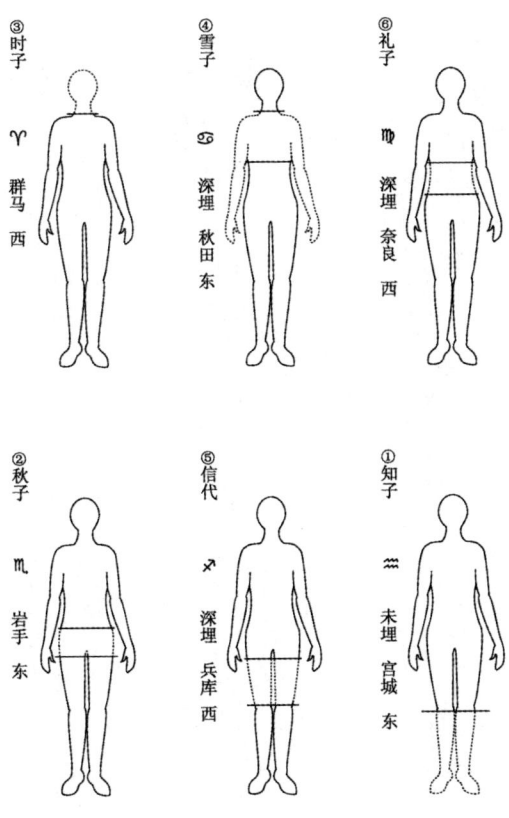

图八

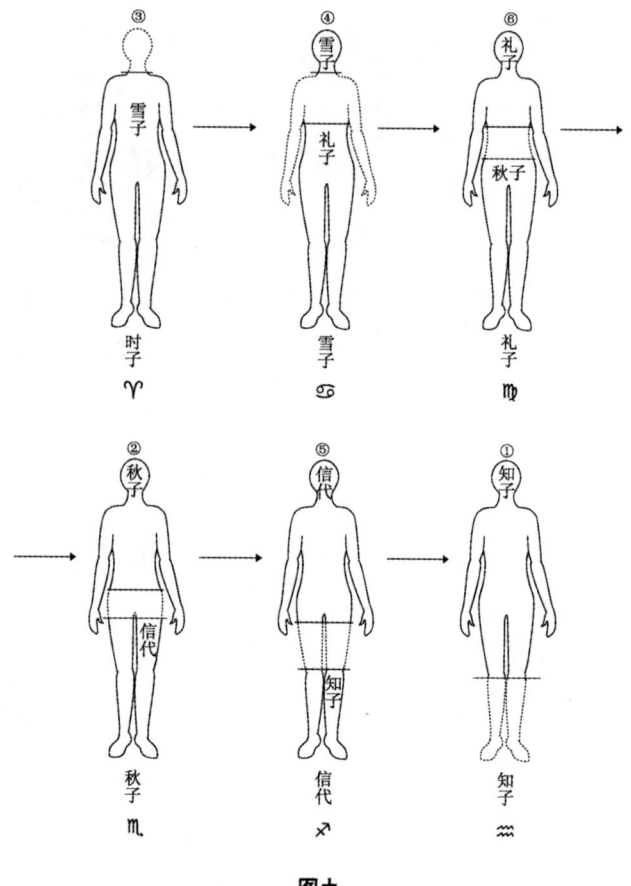

图九

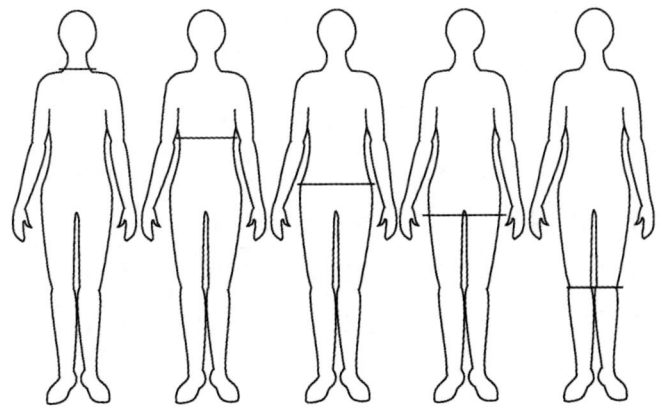

图十

次，两具切割一次，总共是切割十次。处理完毕后，还需要将尸体搬运到各处重新组合起来。这些都是需要耗费时间和体力的工作，恐怕只有男性才能做到。

"但其实需要凶手费力的地方并不多，埋尸和运尸的不是她本人，而且需要切割的尸体也只有五具，每具上切割一次而已。最麻烦的，不过是将尸体分组，然后替她们换衣服罢了。一个女人做这样的事还是能够应付的。

"就这样，五个死者，却变出了六具尸体。但如果这六具尸体是并排在一起被发现的话，就算有阿索德的幻想在先，仍然有被发现其实只有五具尸体的可能。这也就是凶手为何要将这些尸体四散分布埋放的原因。

"凶手分配这些尸体的位置和占星术、咒语之类根本没有关系。她首先要考虑怎样避免尸体被集中在一起，尤其是替换残肢相邻的两具尸体一定要分别埋藏在关东和关西。

"凶手当然就是这六名少女中的一个。肢体还可以骗骗人，但面容无法伪造，具体地说就是头部。所以没有脸孔的那具尸体就是凶手本人。各位刚才也看到了，被当作是时子的那具尸体是没有头部的。所以，凶手就是时子！"

御手洗讲到这里，我们三人都默不作声。过了一会儿，我才开口提问。

"那个，那个须藤妙子就是……"

"就是时子。"

我们三人又沉默了，脑子也跟着开始混乱，稍事休息后御手洗问："还有没有其他问题？"

除了我之外，另外两人和御手洗并不熟，饭田刑警更是初次见面。他们都有所顾虑，只能由我来暂时应付御手洗的问题。

"四号到六号的雪子、信子、礼子的尸体，是在案发后半年才被发现的，为什么这三具尸体需要深埋？"

"问得好，请看图（见P360图七），因为每具尸体都要和相邻的尸体进行拼接，比如知子和信代，所以要避免不同的尸体在短时间内被连续发现。即使尸体分布得很散、很远，也有可能被同时运回东京或者其他地方并排放在一起。出现这样的情况就糟了，如果对比切口，替换肢体的把戏就会露馅。不过她们都穿着衣服，很难往那方面想。

"互换肢体的尸体，在不同的时间段被发现，之前发现的可能早已火化，这点凶手想得很周到。最早被发现的三具尸体都是在春季被发现的，但是一到夏季，尸体腐烂的速度就会加快，所以只能火化。如果是在有土葬习俗的欧洲那就危险喽。知子的尸体最先被发现是有预谋的，因为只有她的尸体没有和别人的尸体拼接，所以无论是化验血液还是解剖，都不会产生疑点。

"反观那具当作时子的尸体，虽然没有使用他人的肢体拼接，但这具无头尸并不是时子本人，所以凶手不敢让它被最先发现。

"按照凶手制订的计划,尸体被发现的先后顺序是知子、秋子、雪子为第一组,信代、礼子、时子组成的第二组尸体则是越晚发现越好,最好是变成了白骨才被发现,就不会产生对比刀口,露出破绽的威胁了。这样即使第一组尸体被并列在一起,诡计也不会被揭穿,因为这个理由,第二组需要埋得更深。

"这样大概明白了吧!不过时子被发现的时候,埋得并不深,而雪子却埋得很深,这是为什么呢?应该是时子对作为自己替身的尸体从内心感到不安吧。虽然趾骨部分也因为练习芭蕾而变形,但还不够严重。毕竟是无头尸,会容易引起别人对尸体真正身份的怀疑。就算没有这层顾虑,因为尸体没有立即可以分辨身份的头部,说不定警方会对此展开深入调查。

"要分辨是否是时子本人的尸体,还有个重要的依据,那就是平吉在手记里提到过的'胎记'。根据手记记载,时子的侧腹有块胎记。但其实有胎记的是雪子,应该是时子偶然发现了雪子拥有这一特征,于是决定利用这一点。尸体倘若埋得太深,发现时间晚,那么尸体就完全腐烂了。当然,这个可以辨认身份的重要线索'胎记'也就消失了,所以这具自己的替身尸体,不可以被发现得太晚。

"尽管凶手如此处心积虑,但仍然留有很多隐患。第一,时子和雪子有放置在一起的可能。虽然群马和秋田两地相距甚远，但也不能就此高枕无忧，万一两具尸体被发现后，很凑巧地被放在一起，雪子的头放在时子身上，那雪子的身体就完整了。

"而且以'胎记'来当作辨认尸体的依据也很危险。因为雪子是昌子的亲生女儿，母亲当然知道自己女儿侧腹上有没有长胎记。所以不能让昌子去辨认时子的尸体，要让她去辨认已经腐烂了的雪子的尸体。时子的尸体则是由多惠来辨认，因此时子必须让多惠看到自己尸体上有块'后天生成'的胎记。

"类似这样的隐患就像水痘似的一个个冒了出来。对此时子只有孤注一掷，能够让多惠发现自己身体上的'胎记'，又可以简单避免出现以上状况的方法，就是深埋'雪子'。这样大家明白了吧？

"她对调了雪子和时子埋尸的深度和发现次序，但又出现了新的问题。万一第一组三具尸体被发现后摆放在一起，或许会产生肢体相邻的两具尸体同时出现的场面。

"但事实上这种情况并没有出现在第一组，而是出现在了第二组。秋子和时子并非相邻组。但第二组被发现时，尸体都已经腐烂，也就不用担心以上那个问题。[①]

"凶手故意安排让第二组的信代、礼子、雪子的尸体在腐烂后才被发现，这样做还有一个目的。昌子被当作嫌

[①]第二组中礼子的上半身和雪子的下半身能够拼合，但都已化为白骨，自然没有人会想到去拼凑骨头。

疑人被捕，对她造成了很大打击。她在精神恍惚的状态下很难发现尸体有什么可疑的地方。就算她发现了，警方也不会相信她所说的话。还有，因为尸体腐烂到亲人也无法辨认的程度，所以警察也可能不会带已经被拘留的嫌疑犯前去辨认。所以雪子在她母亲还没有辨认前就已经被火化了。

"至于梅泽吉男的老婆文子就难说了。她没有涉案的嫌疑，一旦女儿的尸体被发现，就会被传唤去辨认尸体。因为文子是死者的母亲，如果发现疑点，警方也会认真对待。所以有必要让她女儿的尸体腐烂到难以辨认的程度，甚至是只剩一堆白骨。

"基于以上种种理由，时子才会将尸体分成深埋和浅埋两组。"

听完御手洗这段解说，我惊讶得说不出话来，想不到这个案子的真相竟然会是这样的。

"原来如此……实在太令人惊讶了！虽然对调时子和雪子的发现次序也没有什么不对，但为什么不把信代、礼子，以及被认作时子的雪子尸体的那一组先埋呢？如果这样的话……"

"哎呀呀，我刚才不是说明过了吗？时子怕警察发现第一具尸体感到事态严重，继而慎重对待。

"如果时子故意利用浅埋让'时子'的尸体排在第二或者第三位发现，那么信代或者礼子必须有一人成为第一具被发现的尸体。但这两人的尸体都是和其他少女拼接而成的，无论谁当第一个，如果像知子那样不进行掩埋，她们的母亲文子一定会在尸体上发现可疑之处。

"我敢和你打赌，当妈妈的人对自己儿女可不是一般的清楚，比如哪里有块伤疤，人是高了还是矮了。总之时子在计划中最担心的并非警察，而是她们的母亲。

"再者，如果一堆新鲜的尸块如同散乱的拼图那样摆放在眼前，再笨的警察也会有将它们拼凑起来的冲动吧！

"好，如果我们把无头尸当作第一个被发现的呢？这具尸体只缺少一部分，但凶手会觉得内心不安，原因刚才我已经说过了。

"经过再三考虑，曝尸荒野，并且被当作第一个发现的只有知子最合适。"

"如果，全都……"

"你的意思是全部深埋？但这样就没有了和阿索德的联系。警察或许要花费很多年才能找到全部的尸体，他们就不会联想到平吉的手记了。而且被发现的那些尸体，别说看不到胎记，恐怕连练习芭蕾舞的证据，就是趾骨变形的体征都消失了。

"如果六具尸体永远都找不到，或者刚好没找到那具无头尸，这样的可能性不是没有，但如果真的这样就很讽刺了。自己设下的陷阱恰巧成了指证自己的证据。什么分尸埋尸，岂不都是白忙。

"对时子来说,只要六具尸体都被发现,那自己就可以松口气了。这段时间不能太久,不光是为防止趾骨变形的体征消失,而且她一开始就打算将这个案子策划成找不到凶手的悬案,如果警方没有发现某一具尸体,就会怀疑那具尸体的主人就是凶手。在六具尸体都被发现之前,她必须躲起来,偷偷摸摸过日子对她来说也很难熬吧。"

"唉……原来如此啊……"我叹了一口气,又想到一个问题,"我还有个疑问,尸体都不完整,难道警察没有检验过她们的血型吗?"

"巧的是,她们的血型都是Ａ型,这方面饭田先生是专家。据我所知,现在的血型不止有Ａ、Ｂ、Ｏ型了,还有ＭＮ型、Ｑ型、ＲＨ型,等等,最主要的是根据抗体不同还要分类排列。细算下来,人类的血型有一千多种。其实不光血型,只要给上下拼接的尸体分别做ＤＮＡ采样,以及骨骼的组织分析就可以了,这样的案子放到现在是骗不过警方的。"

"是不是因为是乡下的警察负责调查才会遗漏这些?"

"倒不是乡下警察的关系。即使是现在的日本,一般从住宅区到医疗设施完备的大医院少说也有三四个小时的路程,当时的技术条件可想而知。而且警方掌握的技术条件也没有法医那么完备,或许只调查了Ａ、Ｂ、Ｏ三种血型。现在当然不会这么马虎了。

"ＭＮ型、Ｑ型血是战后才发现的。饭田先生,在尸检时添加这几种血型的规定,您应该知道吧?那就没错了!昭和十一年,普通人只知道 A、B、O 三种血型。"

"DNA 是从血液中采取的吗?"

"血液、唾液、精液、皮肤以及骨骼都可以。但命案发生在昭和十一年,尸体早就尘归尘、土归土了,当然不可能再去检测什么血样或者 DNA。现在的调查都搬到了显微镜下,对犯罪分子来说,就没那么容易逍遥法外了。"

"你说的我都明白了,难怪你那天像发了疯一样。但光凭这些资料,你又是怎么知道须藤妙子,不,应该是时子的住处的?"

"哈!这还不简单,只要从动机这点上去想,就能明白了。"

"对了,说起动机,她杀人的动机到底是什么?"

"你把那本《梅泽家占星术杀人》借我用一下。嗯……你看看这张家谱,时子的母亲多惠可以算是这个家族中最不幸的人。所以时子杀人的动机是想为母亲复仇。

"如果我的想法没错,梅泽平吉是个不负责任的人。当他移情昌子后,就毫不犹豫地抛弃了温柔的多惠。时子和后母以及后母带来的姐妹们一起生活,内心一定非常痛苦。对她来说,礼子、信代、雪子虽然可以算得上是自己的姐妹,但这种姐妹的关系也是经由自己母亲受到不公的对待形成的。这六个人,不,再加上昌子和自己一共八个人住在一起的时候,时子总是感觉无法融入她们的生活。

不过促使她萌生杀意的,到底是什么?

"关于这点,我左思右想都想不通。后来我当面问她,她用了几十分钟告诉我理由,并没有我想象的那么简单。

"总之,虽然时子对昌子她们积怨已久,但她最主要的目的还是为了替命苦的母亲出一口气。多惠是个苦命的女人,父母经商失败,好不容易找了个有钱的丈夫,却被其他的女人横刀夺爱,最终一无所有。像她那样沉默寡言的保守女性,遇到这种事情,通常只能被动接受现实,不会主动争取属于自己的东西,非常可怜啊。所以时子打算无论如何也要给母亲准备一笔养老的钱。这就是她的犯罪动机。

"还可以补充一点来说明她的杀人动机,那就是时子对母亲强烈的同情和爱。多惠年轻时曾想在京都的嵯峨野开一家手袋店,但她最后却老死在保谷。时子或许为了替母亲完成未实现的愿望,于是就在四十年后的今天,隐居在那个地方。我猜想她会用母亲的名字来当作店名,于是就到当地警察局打听了一下,有没有一家叫妙屋或者惠屋的小店。真的被我找到了这一家惠屋。找到时子的时候我才发现她连自己的名字也改成了妙子。"

"这样说来,梅泽平吉的手稿也不是他自己写的?"

"当然是时子写的。"

"二月二十五日下雪的那天,当平吉模特儿的女人也是时子吗?"

"是的。"

"原来平吉让自己的女儿当模特儿……关于密室之谜，你能解释一下吗？"

"其实那没什么可说的。这个问题就和平吉鞋子的问题一样，我觉得没必要说明。但你既然问到了，我就告诉你吧。

"我在前面已经说过，当时子还在当模特儿摆姿势的时候，外面已经开始下雪，于是她就想出了利用鞋印干扰视线的障眼法。平吉平时最信任的人就是时子，所以可以当着时子的面吃下安眠药，他以为时子正打算离开。

"其后，时子出其不意地杀害了平吉，并且移动床铺，让床看起来好像被吊起来过一样。她让平吉的一只脚垂在床外，还剪掉了平吉的胡子。做完这些后离开了画室，在窗户边拉动绳索，让门闩插上，但这时门上的挂锁还没锁上。接下来，她就穿上女鞋，走到后门附近，再像跳芭蕾舞那样踮着脚尖走回画室的门口。接着她换上平吉的男鞋，故意在刚才拉绳索的窗户下面留下鞋印，再踩过刚才踮着脚尖走路的脚印，这样就覆盖了回来的痕迹，最后走到外面的马路上。

"至于她后来去了哪里，那就不清楚了。她可以去保谷找她的母亲，但当时已经很晚，既没有公车也没有电车，如果叫出租车就会引起怀疑，所以只能随便找个地方躲到天亮。凶器应该也在那时就处理掉了。第二天回到梅泽家的时候,她一定随身带着提包之类的东西,里面装着平吉的鞋子。

"然后她就做好了早饭,端到平吉的画室。她先假装在窗口探视里面的情况,趁机把平吉的鞋子从窗户丢进去。虽然丢进去的鞋子有些乱,但没关系,因为待会儿一家人就会破门而入,地上的鞋子当然会很乱,谁也不会怀疑。之后时子就去叫大家,大家撞破大门,时子趁着慌乱,把挂锁挂上。就这样,鞋子和挂锁的问题都解决了。在进入画室前,如果有人仔细观察一下画室里的情况,或许就会注意到门闩上根本没有上锁。时子一定是用大家不要弄乱脚印,以免影响调查的理由让大家不要接近窗户。"

"警察问起上锁问题的时候,时子回答说看到上了锁,因为第一发现者就是时子本人。"

"没错!"

"那在保谷的多惠为时子做的不在场证明,也是骗人的?"

"当然啦。"

"杀害一枝和陷害竹越文次郎的也是时子吧?"

"梅泽家的案子都是她所为,竹越文次郎根本是个没有关系的受害者,这也是本案最让人反感的地方。文次郎先生的后半生都在为卷入这个案子而感到痛苦。案情至今才真相大白,对他来说真是有些晚了,但或许可以稍稍减轻他的痛苦。石冈君,你去屋子里把冬天用的煤油拿来好吗？"

我拿着一个只剩下少许煤油的油罐回来时，御手洗已经站在铺有瓷砖的水池边等我。水池里放着文次郎的手稿。御手洗将煤油全都倒在手稿上。

"美沙子小姐，您有火柴或者打火机吗？有吗？太好了，请借用一下。哎，我记得你也有啊，石冈君，不过等你拿出来太麻烦了，还是用饭田小姐的吧。"

御手洗点上火，洒上煤油的手稿很快烧了起来。

四人围着水池，看着燃烧着的手稿，好像围绕着小小的篝火。御手洗用小棍拨弄烧成黑色的纸片，一片、两片、三片，黑色的纸灰在空气中飞舞。

我听见饭田美沙子喃喃自语道：这真是太好了。

三

案子至此已经全部告破，但我还有很多疑问。御手洗的讲解实在太令人惊奇了，甚至让人来不及提出问题。现在我的情绪稍稍冷静，混乱的思维拨云见日，一些问题也随之浮出水面。

最大的疑点还是毒药的来源，一个二十二岁的女孩，从什么地方收集到三氧化二砷、氧化铅以及氢氧化铁这些物质？水银的话，打破几个体温计就有了，并不难搞到。但是硝酸银和锡之类的东西，倘若不是从大学的实验室里取得，一般是很难获得的。

另外，她消失后躲到什么地方去了？虽然四十年后，御手洗在嵯峨野找到了她，但她在案发后就改名换姓，而且在嵯峨野开始新的生活，难道没有人怀疑过她吗？吉田秀彩对我说过：人死了，谁也不会怀疑，但想一个人偷偷摸摸地过日子，却是件难事。

还有，时子在担任梅泽平吉模特儿的时候，说不定那些少女们会突然跑来探视，万一这个时候正打算下手，事情不就败露了吗？或许她了解平吉的古怪个性，一般不允许别人在工作的时候打搅自己。再说，平吉以自己的女儿作裸体模特儿，应该会瞒着家里人。他在日常生活中就神神秘秘的，作画的时候也将窗帘拉下，被发现的可能性，可以说很小。

整个杀人计划是时子和她母亲多惠共同策划的吗？还是多惠主动提出的？如果是后者的话，多惠为时子假的不在场证明，以及在辨认尸体时保持缄默的行为就很容易被理解了。（我认为她应该能分辨出那到底是不是自己女儿的尸体。）还有，平吉被杀的那夜，时子明明可以躲到母亲那里，为什么要忍受严寒在外过夜呢？

最让我一直不能释怀的是吉田秀彩为什么会知道平吉是左撇子？后来我打电话问他，果然和我想的一样，是安川告诉他的。唉，真没劲……

饭田夫妇走出御手洗的事务所，准备将这件奇案的真相呈现给世人。御手洗就像什么也没发生过似的，恢复了往常的生活状态。我回到自己家后，脑子里还经常浮现出和此案有关的场景和人物。

这件始于昭和十一年，历经战事，直到昭和五十四年才告破的案子，还差最后一幕才能算真正意义上完结。就在御手洗解说后的第二天早晨，我怀着紧张的心情打开报纸，结果却令我相当失望。历经四十年真相才得以示人的"梅泽家占星术杀人事件"，并没有如我预想的那样占据报纸的头版，这让我受到了沉重的打击。

在报纸第四版的角落，报道了须藤妙子自杀的新闻。不知御手洗看到这则消息后，会做何感想？虽然在我内心深处早已料想到了这种结局，但当这一切真正发生时，我还是有些难以接受。

那段新闻的大致内容是这样的：当地警方得到饭田刑警提供的情报后，在十三日星期五晚上，对犯罪嫌疑人须藤妙子的住所"惠屋"进行搜索，发现须藤妙子已经死亡。死因是吞下毒性物质三氧化二砷，和阿索德事件中少女的死因一致。很短的一篇报道，其中只提到了本案和梅泽家占星术杀人事件有所关联。报道中还说，死者留有遗书，主要内容是向在"惠屋"工作的两个女孩道歉。因为自己的关系，她们不得不失业了，所以将一笔遗产留给她们。我拿起卷好的报纸，决定去找御手洗。

刚才看报纸的时候我想到一件事，那些毒药难道是四十年前毒害少女们时剩下来的？四十年了，她就一直把这样的东西留在身边吗？我或多或少开始了解须藤妙子的孤独感了。但她为何不做任何自白，就这样死了？

走出车站，我才知道自己买的报纸大概出自世界上最偷懒的报社。报亭前的招牌上写着偌大的几个字——"占星术杀人事件告破，凶手竟是女性！"报纸卖得很快，一张张就像生了翅膀。我赶在卖完之前买了一份。

报道中没有附图解释凶手分尸的诡计，只是把昭和十一年命案的来龙去脉简要地说了一遍。末尾还说，这是警方四十年来锲而不舍的结果，御手洗的名字根本提都没提到。

御手洗还是老样子，只知蒙头大睡。我闯进他的卧室，告诉他须藤妙子的死讯。"是吗？"他睁开了眼睛，只说了这一句话。

他把双手压在脑袋后面，头枕着手臂，看样子似乎让我别说话。我已经不知道该说什么，内心受到不小的冲击。过了一会儿，御手洗终于开口说："泡杯咖啡好吗？"

御手洗一边喝咖啡，一边认真地读我买来的报纸。读完后就往桌子上一扔，微笑着对我说："看吧，警察的辛勤终于换来了胜利的果实……

"我看竹越那家伙就算辛勤一百年也不会有什么成果的！但他去卖鞋的话，或者会小有成就吧。"

这个时候，我说出了心中的疑问，即有关那些化学药品的来源。

"那个啊，说实话我也不知道她是怎么搞到的。"

"在岚山，我还没来的时候，你不是早就和她在一起了吗？难道你没问？"

"嗯，我们是早就到了，但没说多少话。"

"为什么？好不容易找到的凶手就在眼前，你怎么不问她？"

"聊了几句后，我觉得她人很亲切。而且我又不是一步步追查下去才找到她的，成就感没有那么强烈。所以那天须藤妙子出现在我面前的时候，我没有那种'终于可以让我好好问一下'的感觉。"

骗人！我心中暗想，当初那个痛苦得差点发了疯的人是谁啊？

御手洗这个人啊，明明累得半死不活，却总喜欢在我面前装出一副"本大爷是天才"的死相。

"反正那个案子里我已经没什么一定要搞明白的地方，那些小细节，知不知道都无所谓，没什么意义。"

"那你告诉我，那些化学药品是哪里来的？"

"看来不给你个说法，你是不会死心的。化学元素也好，还是什么东经一百三十八度四十八分也好，都是石柱上装饰用的浮雕。时子是个极富想象力的人，所以那些装饰品才充满着生命力。但我们只是关注装潢，而忽视了建筑的整体。你要知道，无论多么华丽的建筑，结构才是最重要的，这也是我感兴趣的部分。只把心思用在欣赏装饰品上，是无法真正了解建筑的。所以那些药品到底是怎么来的，真的那么重要吗？或许她只是去哪个大学当保洁员，顺手就可以偷到。"

"那……整个案子真是她一手策划的吗？她的母亲多惠会不会是同谋？或者更大胆地猜想，是多惠唆使时子的？你怎么看？"

"不可能！"

"真的是时子一个人做的？"

"当然啦。"

"你凭什么那么肯定？"

"你这个问题不能用理性来分析，我是从她对母亲的感情上来推断的。时子在四十年后的今天，用妙子的名字在嵯峨野经营惠屋的时候，已经置生死于度外了。她难道不知道开店会暴露自己的身份？她会这样做就是一种'殉情'的意志。

"我之所以这么肯定，还有一个原因，这和钱有关系。如果她们是同谋，那么多惠在继承遗产的时候，时子应该也会分到一些，甚至一半。但事实上，多惠分到钱以后，那笔钱根本没少过。

"还有,如果她们是同谋,那么在计划成功后,多惠分到了遗产,时子应该回到母亲身边,多惠也会回到嵯峨野去实现自己多年前的梦想。但多惠拿到钱后,仍然孤单一人住在保谷,孤老终生。这一定会让时子感到遗憾,所以她才在明知危险的情况下,毅然去实现母亲的梦想。这也就是我刚才说的'殉情'意志。"

"是这样的吗?"

"当然,虽然我无凭无据,你也可以和我唱反调,但既然凶手都死了,你的怀疑已永远无法得到答案。"

"真是可惜,失去了向她提问的机会。"

"是吗,我倒觉得这样挺好。"

"那么……你有没有收到她寄给你的类似遗书之类的东西啊?"

"怎么可能。她不知道我的住处,甚至都不知道我叫什么。我不认为我的名字适合在那个场合说出来,又不是什么好听的名字。"

"嗯……还有,案发后,须藤妙子,不,应该说时子,到底藏在哪儿啦?"

"这个我倒是问过她。"

"她怎么说?"

"好像在中国。"

"满洲吗?这倒有可能,就好像英国的逃犯都喜欢往美国跑。"

"她还说回到日本的时候,从火车上看见群山迭起,像是要涌入自己的胸怀一样,日本虽然小,却充满诗意,这话让我记忆深刻。"

"嗯……"

"我想她那一刻一定很幸福,现在很多日本人连地平线都没看到过就死了。"

"她胆大心细,是世间少有的犯罪者啊。一个二十二岁的姑娘,竟能犯下这样的案子。"

御手洗的表情似乎在眺望远方,他说:"是啊,她的确了不起,一个女人竟然骗了全日本四十年,向她敬礼。"

"嗯……我还想知道你是怎么发现那个诡计的,我知道是那张钞票刺激了你,但真的只是这一点就让你想通了分尸的秘密吗?我想没那么简单吧。"

"这就要从阿索德说起了,因为我怎么想也找不出放置阿索德的地点和时间。但先不管那个,主要是平吉的手记,我在阅读之初,就觉得手记里有很多疑点,怀疑是伪造的。"

"哦?怎么说?举个例子看看。"

"要举例就太多了,从最基本的说起吧。手记里说:这本手记可以看作是阿索德的附属品,应该随阿索德放在日本的中心,不能被任何人看到。但在里面又提到了对不起多惠,要多给她一些钱。这根本就是希望别人看到。

"那本手记理应被凶手拿走而没拿走,竟然就留在平吉的尸体旁边。除非是凶手本人写的，一般人怎么可能只看一遍，就把每具尸体的埋藏场所记得清清楚楚。如果手记的作者是外人，那他也应该留个备份，毕竟细节部分还是容易忘记的。

"或许凶手在杀平吉之前就看过手记，看了不止一遍，但所谓'好记性不如烂笔头'，还是留在身边比较好。这手记写出来的目的就是让人看，所以不是平吉写的可能性非常高。

"在手记的开头有这样一段话：如果我像梵·高那样，作品在死后才带来可观的财富……这话你不觉得奇怪吗？为什么拯救大日本帝国于危亡的阿索德，居然能带来'可观的价值'？这可不像是个准备杀人计划的人说出来的话。而且还强调卖画的钱要给多惠。从此就可以看出凶手真正的意图。

"手记里提到过受不了酒吧的'烟雾缭绕'，我想这是指香烟吧，但你也说过平吉是杆老烟枪，所以，我分析这段话，其实是时子自己的心声。

"总之，疑点太多了。还有，还有……对！音乐，平吉说自己喜欢《卡布里岛》和《月下之兰》，这些都是昭和九年到十年流行的曲子。我也曾经研究过那个时期的音乐，虽然两首曲子都很好听，但我认为卡洛斯·伽达尔的那首《基拉基拉》更好听……好像偏题了。

"反正昭和十年，平吉在被杀之前成天躲在画室里，简直就是足不出户。房间里既没收音机也没留声机，他是怎么知道那些曲子的？换作时子的话，她肯定听过那些曲子。昌子喜欢音乐，在梅泽家的主屋里，随时可以听到音乐。"

"言之有理……"

经御手洗这一番解释，我茅塞顿开。不过他始终没有提起须藤妙子自杀的事情。

"这个……须藤妙子的自杀……"我还是忍不住开口问道，"她为什么就这样不声不响地死去？梅泽家占星术杀人事件在社会上引起了不小的轰动，她作为主角起码应该做一个说明吧。"

"你还要她做什么说明？她要怎么做说明你才满意？"御手洗接着说，"你看看报纸上是怎么写的！说她是畏罪自杀！如此简单地下定论，就好像是说考生受不了压力跳楼这么简单，不管那个考生成绩是好是坏一律冠以同样的罪名。事实真的像他们说的那么简单吗？简直是胡说八道！将真相扭曲成大众可以接受的程度，这样做的家伙根本就是想借助大众之手来化解自己的危机感。这是暴力！语言的暴力！信息的暴力！

"一个活了几十年的人，一旦决定撒手离开人世，必定有她的苦衷。多说又有什么用呢！渴望得到世人的理解和同情吗？这个世界上默默死去的人太多了。难道你是例外？你对死有不同的见解？还有什么不明白的吗？"

"……"

四

御手洗始终回避谈论对须藤妙子之死的看法。在我看来，他一定在发现真相的同时，知道了一些不能说的秘密。

到底是什么呢？我还没想到。每次我问他，他总笑着敷衍我说：这就像是掷骰子。继而闭口不答。

我想他的意思是说，梅泽家的占星术杀人事件就像是小孩在过年时玩的双六[①]。无论是吊床诡计，还是东经一百三十八度四十八分，还是四、六、三的中心，或者关于阿索德的种种推论，都是凶手为了误导调查而设下的陷阱。我和御手洗就像那掷骰子的弥次和喜多，一投下去，有人获得道具卡片，有人则休息两回合，像我就被传送到了明治村。

调查的过程中没有让我感到不高兴的事，我们去了很多地方，见了很多人。唯一让人讨厌的就是那个竹越刑警。不过最讽刺的是，给我第一印象最好的人竟然就是凶手。

我很难形容这件事给我带来的教训，如果有什么感到不快的，就是事件结尾时受到感染的情绪，难道那一切真的可以封存在心中不去理会吗？

[①] 一种类似强手棋的游戏。

案情曝光后的发展果不出我的所料。世人为此轰动，关于案情的各种传闻在街巷流传。原本只有小幅报道的报纸媒体，立即做了近一周的连续报道。杂志也推出特辑，电视台还为此制作了特别节目，连处事谨慎的饭田刑警也上了荧屏。竹越那家伙也没少露面，或许他不喜欢上镜吧，总是摆出一张哭丧似的苦瓜脸。

曾认为这个事件和食人族有关，或者牵扯上外星人的三流出版社也不会放过这么好的商机，争相出版所谓的"解密本""解读全书"，准备大捞一笔。

不过，无论是哪家媒体，都把破案的功劳归在了饭田刑警的头上。只有美沙子小姐寄来了一张写不写都无所谓的感谢明信片。

我试着拿放大镜在这些出版物上细细寻找，却没有发现一个人提到御手洗的名字。作为他的朋友，我心里很不是滋味。我觉得他被世人忽视了，甚至产生了一种被大众背叛的感觉。

但这样也有好处，只要御手洗的名字不出现，那个案件就算是办事稳重的警方侦破的，竹越文次郎的名字以及他的手记，将永远不会被外人所知。

能有这样的结果，已经让我非常满意，总算没有白费力气，我想御手洗一定和我一样高兴。不，他应该比我更高兴，因为我仍然在意他被世人忽视这件事，所以高兴的程度打了折扣。

御手洗仍然安稳地过他的日子，对于外界的轰动充耳不闻。

"你真的一点也不在意吗？"

"在意什么？"御手洗天真地反问我。

"这案子明明是你破的，但好像和你无关似的。其实上电视接受采访的人应该是你，或许你可以因此而成名，财源滚滚呢。

"唉！算了，我知道你不是会那么想的人。但别人都很在乎名气这东西，只要你出名了，做什么都容易，对你的事业也有帮助。有了钱，就能换间好点的事务所，还能在里面摆上舒适的沙发。这样来找你的客人也会越来越多，不是吗？"

"没那个必要，我可不想自己住的地方一天到晚挤满一群呆头鹅，万一你来了，还得大声嚷嚷才能找到我。或许你不能体会，其实现在这种平淡的生活才最适合我。我可不想让那种出门忘记带脑子的人来破坏我的生活节奏。

"一个人想睡就睡，想吃就吃，多自在。穿着睡衣随处走，碰到趣事才出门，看谁不顺眼就不看。白就是白，黑就是黑，用不着看别人的脸色行事。对我来说这就是财富。这可是我被某个警察讽刺成鲁邦三世才换来的啊，不想就这么轻易失去。何况，我感到寂寞的时候，还有你在啊，所以我并不是一个人，这样的生活我就很满足了。"

听到御手洗这番话，一股暖流涌上心头，实在是太感动了。没想到他竟然这么重视我。既然他如此重视我们之间的友情，那我也应该有所表示。我压抑着内心的喜悦对他说："那么，御手洗，如果我把我们合作的经过，写成书卖给出版社，你反对吗？"

"石冈！你别开这种让人心脏麻痹的玩笑啊。哎呀，都这么晚了……"

说罢，御手洗好像遇见鬼似的看着我。

"还不知道是否能出版呢。难道你不认为有让世人了解真相的必要吗？"

"别的都好说，此事免谈。"

这下御手洗的态度十分坚决了。

"为什么这么固执呢？你总要给我个理由吧！"

"刚才已经说得很充分了，你好像没听懂。除此之外，没别的理由。"

"说！"

"我不要。"

我的工作是画插图，在出版界还有些熟人，只要写成，一定可以出版。而且我想让在京都照顾过我们的江本当第一个读者。不过恐怕御手洗会成为最后一个读者了。

"你大概不能体会，当我报上自己的名字，别人问我汉字怎么写时有多恐怖。"御手洗就像个老人一样缩在沙发里病怏怏地说，"在你的作品里，我能不能不登场啊？"

"不行，如果少了你这种大人物，我的作品就会黯然失色，无法成为旷世杰作。"

"那你帮我取个酷一点的名字吧……像什么月影星之介啊。"

"当然了，只要你同意我玩个小把戏。"

"占星术的魔法吗？"

事情到这里还没有结束，还有件意料之外的事等着我们。

须藤妙子留给御手洗的"遗书"，在案子结束半年后，其副本终于送到了御手洗的手中。而送来那份副本的人，竟然是竹越刑警。

十月的某个下午，有人敲御手洗事务所的门。从敲门声判断，来者似乎很谨慎。御手洗说了一声"请进"。

或许是离门的距离太远了，对方没听见，没有立即推门进来。过了一会儿，敲门声又响了起来，不过这次轻了很多。

"请进！"御手洗大声喊道。

门被缓缓推开了，出现在我们面前的，是一个曾经见过的高大男人。

"啊呀！啊呀！真是稀客啊！"

御手洗像是看到了多年不见的老朋友，十分高兴地起身欢迎。

"真是难得，石冈君，快倒茶。"

"不麻烦了，我很快就走。"说完，竹越从公文包里取出一沓复印纸。

"这是要给你的。十分抱歉，只是副本……"竹越又说，"对我们来说，这是极其重要的资料，而且，信封上没写收件人的姓名，所以我们也一直不知道要交给谁。这需要时间来判断，所以……"

听了半天，我们还不知道他要说什么。

"那么，您收好了。"竹越说完，扭头就走。

"好不容易来一趟，坐坐再走嘛。"

御手洗说这话带着揶揄的口气，竹越当然没回头，只是当他走出门外的时候，又转过身自言自语地说："如果我不说的话，就不算男人。"

然后，只见他低着头死死盯着我们的鞋子，艰难地说道："这次非常感谢你们，倘若家父尚在，也一定会感激你们，谢谢，谢谢，过去失礼的地方，请多多海涵……那么，告辞了！"

说完，竹越迅速但很小心地把门关上，他自始至终都没有正视我们。

御手洗撇撇嘴，傻傻地笑了。

"他人还不坏嘛。"

"是不坏。"我说，"起码这次他从你身上学到了不少东西。"

"哈,是吗?"御手洗说,"学会了怎么敲门。"

竹越刑警留下的,就是须藤妙子写给御手洗的遗书副本。在遗书中,详细记载了命案的细节,我决定将遗书的全文公开,作为本书的结尾。

阿索德之声

在岚山见面的年轻人：

我一直在等您，等您来找我。您一定会很奇怪吧。但我的心意的确是这样的，所以我只能这样说。

我很清楚自己变了。犯下了那样的滔天大罪，内心时常处于不安之中，人自然而然地脱离了自己的本性。

我在母亲憧憬的地方苟且偷生，好几次梦见非常可怕的男人突然出现在我的面前，梦中的我还是年轻时的模样。

男人怒斥我的罪行，然后将我扔进牢房，我每天都沉浸在恐惧中，甚至到了一想起那情景，双腿就不停颤抖的地步。我深知某一天梦境会变成现实，其实我一直在等待这一天的来临。

但在我面前出现的，却是既年轻又优雅，并且没有追问我任何事的您。我对您道谢，我是这样一个浑身沾满罪恶之血、污秽不堪的女人，而您却和气地对待我，为了感激您的善良，我提笔写下这封信。

回想起来，这件事惊动了整个社会，但因为您的善良，没有过多追问，所以难以获得一些细节的真相。现在我想做的,就是讲清事件的来龙去脉,以及写出我内心的忏悔。

和我的后母昌子,以及她那帮女儿一起生活,简直就像生活在地狱。虽然我深知自己罪孽深重,但讲下这番话时,我丝毫没有愧疚之意。我在犯案后历经了很多磨难,也遭遇了很多痛苦,但一回想起那段共同生活的日子,什么都能够熬过来。

母亲被父亲抛弃的时候我才一岁。母亲坚决要将我带走,但父亲却以我身体虚弱为由拒绝了母亲的要求,就这样,让她一个柔弱的女人孤独地开着一家香烟店度过余生。

后母虽然抚养我长大,却给了我一个痛苦的童年。现在再来说死人的不是,似乎有些忘恩负义,感觉是在替自己开脱。在我小的时候,从来没有得到过零用钱。别说是零用钱,连洋娃娃都没有得到过一个。我也从来没穿过新衣裳,所穿的都是知子或者秋子剩下的。

我和雪子上同一所学校,我们虽然同龄,我却是比她高一级的前辈。她每天穿着新衣服,而我穿着旧衣服,这让我伤心至极。我唯一不输给她的就是优秀的学习成绩。但她们母女经常联合起来整我,让我不能好好学习。

我至今都不明白,为什么昌子不把我赶回保谷的母亲那里？大概她怕邻居的闲言碎语，而且这么大的一座房子，少不了需要用人来打扫吧？我从小就开始做家务，对她而言，我就是个出色的用人，所以我每次提出要回母亲那里时，她都放出各种理由不让我走。我的这些遭遇都是亲戚朋友所不了解的，连邻居和同学都不知道，因为梅泽家高高的围墙，将我们从这个世界中孤立出来了。

每次我去保谷探望母亲，昌子就和她的女儿造谣生事，说我在母亲那里诉苦。但不管她们怎么说，我不可能放弃唯一的生母。

在外人看来，我时常去探望母亲，其实不然，我是在工作。我要外出打工是有原因的。母亲虽然开着一家香烟小店，但收入毕竟有限，我需要时常给她一些生活费。而且母亲身体虚弱，不知什么时候会生病住院，我也要存钱以备不时之需。

以我当时的状况，没有钱就很难在梅泽家生活下去。昌子当然不会给我钱，但她却对自己的女儿十分慷慨，在世人看来，梅泽家的女儿们个个都过得十分滋润。

总之，为了自己的将来，我不得不出外打工。生活拮据的母亲当然也不可能给我钱。

母亲非常了解我的状况，所以梅泽家的人来电话时，她就替我说谎，说我在她那里。如果昌子她们知道我在外面工作的话，不知道又会说些什么。

那时候的我很年轻，身体健康，能从事很多工作。但在那个时代,一个女孩子还是不可能到酒吧那种地方去上班的。最后通过一位熟人的介绍,我每周到一所大学医院工作一天。为了不给曾帮助过我的人添麻烦,在这里我就不说出那所大学的名字了。我对人体解剖有所了解,就是在那所医院工作的收获。

医院的工作让我变得对生命感到淡漠。我认为人的生命是没有价值的东西,它只是寄居在肉体中,死后就离开了。影响人生幸福的只有命运的好坏,以及周遭的人的意志。

我曾一度产生过自杀的念头,现在想起来有些可笑。当时想死并没有什么特别的理由,只是我们那个年代的姑娘对死的看法十分单纯,甚至有些向往,感觉像一种信仰。

那所大学的一幢大楼里,还有药理学和理科的学生在上课。有一次,我站在装满砒霜的药瓶前,决心一死!我偷偷倒了一点砒霜,放在装化妆品的小瓶里,带到了保谷母亲的住处。我进门的时候,母亲蹲在火盆前取暖,她的身形看起来是那么渺小。

其实那天我是带着死别的心情去看母亲的。母亲看我来了,从怀里拿出装着今川烧的纸袋子给我。她知道今天我要来,所以特意买回来给我吃。

我们母女就这样默默地吃着今川烧,我突然觉得不能这样孤独地死去。自己活着到底还有什么意思?既然不快乐,也找不到活下去的理由,不如死了算了,但这时我想起母亲怎么办。

无论我何时来看望母亲,她都像一团被丢弃的废纸般无精打采地缩在香烟店的柜台前。真的,永远都是那个姿势,毫无生气可言。我想母亲的余生都会坐在这个香烟店的榻榻米上,她的后半生就这样早早地结束了。想到这里我就更加不能够原谅梅泽家的那些人。

其实我并不是一开始就打算杀死他们的,因为没有发生特别恶劣的事让我萌生杀意。我对她们的愤恨是长年累月积累而成的。

昌子是个喜欢热闹的人,所以在梅泽家时常能够听到音乐和欢笑声。与此相比,保谷的母亲家则是死气沉沉,完全是另外一个世界。这种环境的对比伤透了我的心,我一辈子都不会忘记。

对了,如果硬要说是什么事让我下定决心,或许是那件事:有一次,一枝在主屋的餐厅中发现只剩一把坏了的椅子可以坐,于是就开始不停地抱怨(她这个人本来就很爱抱怨)。昌子不知道从哪里找出一个小袋子说:"把它套在椅子腿上,不就行了嘛。"而那正是母亲苦心收集,离开梅泽家时忘记带走的东西。

当时我气得几乎想和她们拼命,但转念一想,既然我连死都不怕了，不如利用我的死，来让母亲得到幸福。

　　想起那个计划，连我自己都感到羞愧，虽然我认为自己的容貌还算美丽，但对自己的身材没有信心。不过，正是那份自卑感促成了这个计划。请勿见笑。

　　在实施计划之前，我不断地练习该怎么说怎么做。并且仔细观察路人，最后，我终于发现了竹越先生。

　　我很后悔自己对竹越先生的所作所为，好几次想现身谢罪。但要我自首的话，我宁可自杀，所以直到他去世，我都没有机会向他当面道歉。

　　利用打工的机会，我花了近一年的时间来收集所需要的毒物。昭和十年的年末，我悄悄地辞去了工作。因为当初留下的身份和地址都是假的，所以也不用担心被找到。而且我每次偷取药品的剂量都很少，大学方面也不会有人发现。我怕昌子她们发现我的行踪，所以每次工作的时候都会换一个发型，并戴上眼镜。

　　事实上，我不憎恨父亲，只是觉得他很任性。

　　杀害父亲所用的凶器，是在医院中时常使用的一种装药品的木箱。那种箱子没有缝隙，所以非常牢固。我偷出一个，在里面加入混有稻草的石膏。石膏也是从医院偷的，加入稻草是为了使它更加坚固。最后给箱子加上木棍做的把手，这个把手十分牢固，但在杀害父亲的时候给弄断了。

下手的那一刻,我真的很犹豫,因为父亲虽然十分任性,却从来没有对我不好过。就在决定动手的前几天,我对父亲说,愿意秘密地当他的模特儿,但这是我们两人之间的秘密。父亲听后欢呼雀跃。他就是这样,像个长不大的孩子。

那一晚,我是父亲的模特儿。当他挥笔开始作画时,窗外下起了我从未见过的大雪。现在回忆起来仍然心有余悸,难道是上天为了让我停止弑父的恶行,才降下这场大雪来警告我的吗?

我很犹豫,心想今晚还是算了,明天再动手吧。而且父亲在我面前服下了安眠药,他这样做打乱了整个计划。

但明天就来不及了!父亲已经在画布上用炭棒打好了基本的线条和轮廓,明天就要勾勒出我的五官,到那时别人就会认出模特儿是谁。

而且明天是二十六日星期三,我答应了昌子要上芭蕾舞课,她绝不会为了我而延期一天。二十六日的芭蕾舞课是我和昌子的约定。

下定决心后,我把父亲杀了。

但结果各位或许并不知道,我失败了。女人的力量终究不够,父亲只是被击昏,并没死去,他的表情很痛苦,我用沾湿的和纸堵住了他的鼻子和嘴,然后用手死死地按住。最后父亲是窒息而死的。警察没有发现他真正的死因，这点在事后让我觉得很不可思议。

我用剪刀剪掉了他的胡子，别人或许猜不透我为什么要这么做。其实我本来是想用剃须刀的，但在给父亲剃胡子的时候，父亲的口鼻突然滴出血来。我非常恐惧，吓得连忙停手。后来才改用剪刀，并且尽量留意不让胡须掉在地上，但还是有一丁点儿被我忽视了。

然后我走出画室，利用挂在窗边的绳索拉上门闩。我穿着自己的鞋子，走到后门。因为怕被人发现，当时我曾想返回画室，但就在那一瞬间，我想到了个诡计。能注意到这点，现在我仍觉得非常幸运。

我先试着踮起脚尖走到外面的马路上，然后换用鞋跟踩踏在刚才走过的痕迹上。果然如同我预期的那样，只是鞋印的中间有一点凹陷，如果我没发现这一点，相信这个诡计一定会被识破。

这时我手上没拿任何东西，慌慌张张地抓了一捧雪，再踮着脚尖走回画室的门口。

我把雪装进包里，但不够，于是又在门槛附近找了一些，取雪的时候尽量不留痕迹。这是用来伪装鞋印的，我先把一些雪撒在刚才踮着脚走过的鞋印上，然后再用父亲的男鞋踩踏上去，这样踮着脚走过的痕迹就消失了，而且不会留下凹陷的痕迹。

将回到画室门口的鞋印全都覆盖后，我走到马路上，倒掉了包里残留的雪，再把父亲的鞋子放进包里。要不是早上又下过一次雪,画室附近或许会留下我取雪的痕迹。

因为怕被别人看见,我跑到了离家不远的驹泽。天已经很黑了,一路上偶尔会有汽车从我身边开过,但我没有碰到任何人,这实在很幸运。

驹泽是一条小河的名字,我非常喜欢在河边漫步。河岸两边地势较低并且被根茎坚韧的杂草覆盖,藏在里面估计很难被发现。如果我想寻死,一定会选择这里。

我预先在岸边的某个地方挖好了一个洞,并且用木板和枯草盖起来。等我走到那个洞旁,便将自制的凶器、剃须刀还有爸爸的胡须都埋在了洞里。

一直到天亮,我都躲在草堆里,一步也不敢挪动,生怕被人看到。除此之外,我无处可去。

我觉得自己快要被冻死了,无尽的悔恨和不安在脑海沉浮。待第二场雪落下时,我考虑是否要回去,但又担心走在大街上,会有被人目击的危险。

父亲是个粗枝大叶的人,他连让我早点回主屋,不然会被锁在门外这类关心的话都不会说。之前我已经告诉昌子要去保谷看母亲,如果她打电话过去的话,母亲也一定会像往常那样替我撒谎吧。

我把自己写的手稿留在父亲的画室里,那手稿的内容就算现在想起来,也很让人胆寒。虽然这是我经过深思熟虑写下的东西,但是或许还存在考虑不周全的地方。我也曾想过,不用如此大费周章,直接简单地将她们都毒死好了。

万一我被当作一个杀人魔王被警察逮捕了,世人会怎样看待我的母亲啊?我宁可被千刀万剐也不愿意去面对母亲痛苦的表情。至于后妈昌子,我甚至觉得让她痛快地死去,是对她的宽容。

手稿方面,我不担心笔迹的问题。因为父亲从二十岁起就几乎不动笔写字了,和朋友之间更没有书信来往。警察即便花心思在这方面调查,也绝对找不到父亲的原始笔迹进行比较。我还在父亲留学欧洲期间所用的素描本上看过父亲写的字,和我的字体很像,当时我还感叹道:真不愧是父女啊!

但别人应该很容易找到我所书写的东西,所以我还是不能完全放心地使用自己的字体。我找了一封中年男人写的信,模仿上面的笔迹创作手稿……

至此,我已经写了很多,也想了很多。每当我想起父亲温柔的地方,就觉得自己罪孽深重。自己犯下的罪孽是疯狂的行为。其实我是父亲最信任的孩子。他常和我聊天,所以我才能模仿他的口气写下那本手记。对于父亲来说,我和美第奇的富田女士是他少数能够畅谈的人。但是我竟利用这种信任将父亲杀死了。

从深夜到黎明真是出乎意料的漫长。

东方终于泛白,但新的恐惧又盘绕上我的心头。如果那些少女在我回家之前就发现了父亲被害,那我就无法把鞋子放回画室了。画室里有两双鞋,这一点昌子她们都知道。如果她们发现其中一双不在就麻烦了。如果太早回家又显得奇怪，而且我在送早餐之前去画室的话，就会留下脚印。我的心情忐忑不安。

鞋印这个扰乱视线的方法是我临时想到的，所以才会让我如此担忧。我拿不定主意是否应该把鞋子放回去。鞋子有些湿，但问题不大，因为没人敢断言父亲在下雪时没有走出过画室。

如果警察看见我丢在画室里的鞋子，他们会不会拿去和鞋印进行比对？这双鞋的款式十分平常，大小一定和室外的鞋印吻合。但发现鞋子不见了，则是更大的麻烦。

最终，我还是决定把鞋子拿回去。幸运的是没人怀疑那些鞋印和父亲的鞋子有关，这让我松了一口气。可能是早上那场雪改变了鞋印的形状，或者是警察根本没想到要拿父亲的鞋子和鞋印进行对比。

警察来进行讯问的时候态度十分严厉。我早就做好了准备，绝不会有所失言。看到其他的姐妹哭哭啼啼的样子，我一点儿也不同情，反而有一种复仇的快感。只是前一晚在雪地中待了一夜让我感冒了，身体冷得瑟瑟发抖，什么话也说不出来。不过这倒让我看上去像一个失去父亲而悲痛的女儿。

母亲以为案发当晚我不在梅泽家也没有去她店里，是因为工作的地方需要加班。她为了不让昌子知道我在外打工，就坚持说我在她那里。

母亲就是这样一个单纯的女人。

接下来我想说的是一枝的案子。其实决定杀死一枝的那天，是我第二次去她家。上一次去是为了了解周边环境。去的次数太多，或者相隔的时间太长都不行。我怕一枝会告诉昌子我去过她家，那样就容易遭到怀疑。

我原本打算穿和一枝一样的和服，但是手头的钱不够，只能在杀死她后，把她的和服脱下换上。后来我在等竹越先生的时候，发现衣领上竟然有血迹，因此只能尽量往暗处走。

现在回想起这个计划，我还心惊肉跳。谁也不会想到这样一个少女，会做出这么歹毒的事来，无论是杀害父亲，还是杀害自己的姐妹。

我走在昏暗的小道上，有些犹豫不决，又有些担心。万一那个人正好今天不像平时那样，在这个时候经过这里怎么办？为了配合时间，我已经杀死一枝了。如果那人早已经走了……想到这里，我竟然双腿无力，整个人就快要晕倒。还好，那人及时出现在我的面前。

和竹越先生进入一枝家的时候，房间里飘散着微弱的血腥味。还好竹越先生并没有闻到。为了遮掩衣领上的血迹，我请求他把灯关掉。

后来我才知道了一枝的死亡推测时间，警方说是七点到九点,其实是七点刚过,能够得出这种结论,可以算是我的幸运吧。或许他们一开始就以为这是抢劫杀人,所以考虑到"时间晚一些更加符合常识",才将死亡时间段计算得如此之长吧。

竹越并不是我的第一个男人。

在一枝的葬礼上我故意弄脏了几张坐垫。当然,清洗的活儿还是我做。洗好了坐垫,我把它们晾在屋子里。这样做是为了能找个借口让少女们从弥彦旅行后,在回目黑的家之前来一趟一枝的家。

这时的我,已经逐渐对杀人感到习惯。用现在的话来说,就像是在享受游戏的乐趣。我第一次对即将来到的旅行充满期待。

杀害父亲和一枝的过程中充满了未知数,当时我也不够冷静,但这趟旅行却一切尽在我的掌握之中。我提起了父亲的手记(我们已经从警方那里知道了手记的大概,但有关制作阿索德的内容警方却只字未提,这对我的计划来说实在是太好了),暗示大家去弥彦旅行为父亲祈福,结果昌子马上就同意了。当我和雪子她们请求在岩室温泉多待一天时,没想到昌子说要独自回娘家一趟。一切都如我所愿。

其实我早就料到在意世人眼光的昌子是不会带女儿们

一起回娘家的,因为这几个女儿自从父亲的命案被闹得沸沸扬扬后都出名了。回娘家后,她应该也不会外出,一直待在屋里。我唯一担心的就是她让我和文子阿姨的两个女儿先回家,还好她没那么做。那段时间我特别注意和她们的交往,避免发生不快。

在回家的列车上,为了不引起别人的注意,我提议大家分成两组。知子、秋子、雪子一组,以及信代、礼子、我一组。

我在车上提到要回一枝家收晾干了的坐垫的事,知子和秋子却立刻说:"要去你自己去,我们已经很累了。"这话太无情了,再怎么说,一枝是你们的亲姐妹,和我则是一点血缘关系也没有的人。

她们就是这样娇纵,类似的事情太多了,数不胜数。比如跳芭蕾,知子和雪子反应迟钝,所以老跳不好,但我却跳得很好。昌子就趁我去看望母亲的时候,偷偷给她们开小灶,到时候再反过来说我跟不上进度。

因为她们不想去,我就好言相劝,说会泡果汁给她们喝,还表示自己一个人会害怕,求着她们一定要陪我去,这样她们才答应。

我们是在三月三十一日的下午四点左右到达一枝家的。到家后,我立刻进厨房准备果汁,毒死了她们五个人。当时太阳还没下山,天还亮着也用不着开灯。即便一枝家是独门独户,但如果有灯光的话,从远处还是会被注意到，那样就危险了。

我知道有种能够中和砒霜的药物，但我没搞到手。不然的话，或许我也会喝下有毒的果汁来让她们放心。不过厨房的事情一向是我独自在做，所以她们也不会起疑，省去了我也要受苦的麻烦。

我把她们的尸体都搬到浴室，然后回到目黑的梅泽家。

我回到梅泽家，除了要把装有亚砷酸的瓶子以及钥匙和绳索偷偷放进昌子的房间里，还有就是找个睡觉的地方。至于家里晾着的那些衣服，就让它晾着吧！或许永远也不会有人来收拾了。

第二天晚上等她们的尸体都变僵硬了，在窗口月光的照耀下，我在浴室中挥刀分割她们的尸体。

那一晚简直就是地狱……

浴室是分尸的最佳场所。如果把尸体先放在储藏柜里，第二天再搬到浴室里肢解，那样沉重的体力活儿，不是我一个弱女子可以完成的。我也想到过，万一浴室的尸体被发现了，我就立刻在一枝的房子周围服毒自杀，假装是遭受同一个凶手的毒手。这样做当然是为了母亲，不能让她背负"杀人凶手的母亲"这样的恶名。另外这样也可以让人以为是凶手真的为了阿索德而杀害了六名少女，但还没有开始制作就被发现了。

不知是幸运还是不幸，尸体并没有被发现，我处理完五具尸体，拼接成六组，并用事先准备好的油纸包好，搬到储藏室，用布盖好。这个储藏室已经在一枝的葬礼期间被我整理干净了，为的就是防止尸体上沾到稻草或者关东地区的土壤等一切有可能被怀疑的物质。

我们六人的血型正好都是 A 型，这是在一起献血的时候我无意中得知的。

怎么处理六人的行李倒成了分尸结束后的一大难题。每个人虽然带的不多，但加起来就很重了。又不能和尸体一起埋掉，最后只有在行李里放入秤砣，扔进多摩川。肢解尸体时所用的工具，也和行李一起沉入河底。

给竹越先生的信我早就写好了。在梅泽家休息一晚后的第二天，也就是四月一日，我把信寄出去。这之后我才到一枝家处理尸体。我想在尸体开始腐烂之前把所有该做的事情都做完，这样也可以逼迫竹越，让他没有更多的时间考虑。

胎记是辨识我身份的重要依据。不过昌子那种人只会对自己的孩子嘘寒问暖，我是死是活她都不会关心，更不用说我身上有没有胎记，这种事她根本不会知道。

但母亲应该很清楚。为了让胎记成为辨认我的特征，在我决定杀人之前，曾用铁棒击打自己的腹部。我告诉母亲，这里不知什么时候长了一块红斑，母亲心疼得不得了，用手揉了好久，我暗自庆幸还好不是用化妆品画上去的。

完成这一系列的犯罪后，我暂住在川崎或者浅草一带的小旅馆。我改变了装束，装扮成一个找工作的乡下女孩。虽然得意于成功脱身，但心里却挂念着母亲。她现在一定在为我的死感到伤心。

因为我在外工作了很长一段时间，手头还有些积蓄，所以生计上不用发愁。但继续留在日本就相当危险了。幸好当时日本拥有海外殖民地，早在计划之初我就决定，如果计划能够顺利完成，我就躲到中国去。

虽然我很想念母亲，担心她的安危，但我还是不能让她知道自己的女儿并没有死。母亲是个不会说谎的女人，我必须连她也一并隐瞒。这样虽然残忍，但万一暴露，她所受到的伤害一定大于正视我的死亡。所以我忍受着撕心的痛楚离开了日本。

如果说杀害父亲时下的那场雪是天神给我的警示，那之后一系列的幸运就是魔鬼的祝福。我在某个旅店打工的时候认识了一个女服务员，恰好她全家加入了满洲入植开拓团，在我的再三请求下，她终于同意让我加入，一起迁往中国。

满洲真实的情况并非政府口中的天堂，土地虽然辽阔，但冬季的气温保持在零下四十摄氏度。

务农一段时间后，我到北安去找工作，当时一个女人要能找到合适的工作的确不容易，日子过得很苦。在这里我不想浪费笔墨叙述那段经历，只觉得这是天神对我的惩罚。我终于能够理解母亲当年没有来满洲的原因了。

战后我回到日本,一直住在九州。经过平稳的昭和二十年代,到了昭和三十年代,梅泽家的事件又登上了媒体的舞台。我从他人口中听说住在保谷的母亲获得了一大笔遗产,这让我十分满意。昭和三十年左右,我想母亲一定会迁居京都,去实现她开手袋店的梦想。

昭和三十八年的夏天,我终于克制不了自己对母亲的思念,来到了京都的嵯峨野,想和她见上一面。但经过两天的打听,从落柿舍到岚山,以及大觉寺、大泽池一带,都没有母亲所开的店铺。

找不到母亲让我感到万分失落。实在没有办法,我只能前往东京。

东京已经完全变了。马路上到处都是汽车,道路也焕然一新,随处可见有关奥运的宣传海报。

到东京后,我最想去的地方是目黑。我想从远处看看梅泽家的旧址,但透过楼层与树丛缝隙,看到的却是一幢新建的大楼。

第二个想去看的地方就是驹泽。之前我就听说驹泽已经改建成高尔夫球场了,但还想去看看那里是否还有我熟悉的小河、草丛,以及掩埋杀害父亲的凶器的地方。当我站在驹泽的土地上时,被眼前的景象惊呆了。正在施工的推土机和卡车轰隆作响,以前的树林和小河都已经消失了。我沿着河岸走,原本是小河的地方埋藏着大段大段的水泥管,难道那些小河已经被暗流取代?河水是从水泥管中流出去的吧。当年埋藏凶器的地方也完全不见踪影。

我询问了过路的人，才知道这里建造的是明年奥运会时使用的比赛场地。

烈阳当空，即便我撑着阳伞，还是汗流浃背。工地上的工人们赤裸着上身，奋力地挥动着手里的铁锤。这情景和我埋藏凶器的那个雪夜相比，差别真是巨大……

离开驹泽后，我去了保谷。

我现在才想通，母亲是不会离开她熟悉的地方的。仔细算算，现在她应该也七十有五了。昭和三十年，我还以为她会去京都实现自己的梦想。但她那时也有六十岁了，不可能再开始新的生活。一切都是我的一厢情愿，只能算是单方面的妄想，或许我是想借此抵消一部分罪恶感吧。我实在是太愚蠢了。

到了保谷，就要接近母亲的小店了。我的双腿不停地发抖，只要在前面转弯，就能够看到香烟店了。我日思夜想的母亲一定像往常一样，坐在小店的柜台前吧。

转过了弯，却没有看见母亲的身影。母亲居住的房子既肮脏又陈旧。周围的环境也全都变了，几乎所有的商店门面都换成了铝合金玻璃门，只有母亲的房子还是黑灰色的木框玻璃窗，在这一排建筑物中显得特别醒目。

店内没有香烟柜台，母亲大概已经不卖香烟了吧？我打开玻璃门问道：有谁在吗？一个中年女人走了出来。我上前自我介绍，说是多惠的远房亲戚，从中国回来，特意来探望她。

原来母亲在房间内休息。她老了,老得就像一个患了重病的人。我坐在她的身边,母女终于重逢了。

母亲的眼睛几乎看不见了,她根本不知道我是谁,只是一个劲地说着对不起、对不起。

这一刻,我泪流满面。

我后悔自己所做的一切,后悔为什么要抛弃爱自己的母亲,我到底做了什么!母亲并没有从我的罪孽中获得幸福啊!我错了!

我一遍又一遍告诉母亲:我是时子。过了四五天母亲终于知道我是时子了,她呼唤着我的名字,流下了高兴的泪水,但母亲还是不知道我是怎么"死而复生"的。

我还能要求什么呢?只要让她知道我是时子就足够了。

第二年东京举办奥运会,我特意为母亲买了一台当时刚刚上市的彩色电视。其实母亲已经什么也看不见了。

当时彩色电视还非常稀有,附近的邻居都赶过来看。奥运会开幕式那天,电视机里播放着五架飞机在天空中画出奥运五环的标志时,母亲去世了。

我想替母亲做的事很多,首先到嵯峨野开一家店铺,实现母亲一直以来的梦想,这也成了支撑我活下去的理由。

之前我说过不少悔恨的话,但杀死那些女人我却不感到后悔。整个计划是我反复思量后决定的，如果现在才来后悔，那还不如一开始就不要做。我的心情，希望您能了解。

在京都开店的那段日子里，我觉得自己碌碌无为的一生，真的还不如一条虫子。和那三个女孩在一起的日子虽然平淡，还是稍稍能让我感到平和。

我敢打赌，对于占星术颇有研究的您，一定能从我的星座里看出我的命运。我在大正二年三月二十一日早上九点四十一分出生，出生地是东京。

象征轮回、不吉、死兆的冥王星（♇）在我的第一宫。我古怪的性格，以及喜欢奇异事物的癖性，应该都和冥王星有关。金星（♀）、木星（♃）、月亮（☽）所组成的三角表示我有极强的运势。我的杀人计划之所以能够如此顺利，应该是得益于这个三角。

至于象征子女、恋爱的第五宫和象征交际、愿望的第十一宫都很不好。所以我这一辈子都没有什么要好的朋友，当然也没有子女。

如果说我对人生有什么愿望的话，那我不要金钱，也不要地位，要的只是一个真正爱我的男人。如果我能遇到这样一个男人，一定会放弃所有，将自己的生命献给他。

我一直住在嵯峨野，等待着那个能够找出真相的人出现在我的面前。我将自己的未来都押在了他的身上。回想起来，这个想法好像有些可笑。但人过中年，我早已放弃了恋爱之类的痴心妄想。我要寻找的不再是一个爱我的男人，而是一个能"找到我"的人。不管他是怎样的人，能够发现真相的他一定非常聪明，一定可以让我对他一见钟情，如果对方有妻室，那也没有关系。既然他知道我的死穴，我也不会约束他的行为，而会给他绝对的自由。我相信这就是我的命运。

时光如白驹过隙，我一天天老去，或许真会有这样一个人出现在我的面前，但也一定是年龄比我小的年轻人。我所创造的杀人计划实在太过完美，以至于人生最后的希望都因此落空。这是一个讽刺，这一定是上天给我的惩罚。

我绝对没有怨恨您的意思。至少您让我最后的愿望得以实现，只是没有投出我希望的点数。

我早已决定了一件事，当我被找到之时，就是我的死期。在我的命盘上，管理死亡、遗产的第八宫里，有象征幸运的木星（♃），所以我的死不会带来痛苦，只是让我得以解脱。

最后祝您身体健康，这是我在人世最后的留言。我会在彼岸默默为您今后的生活祈祷。

时子
四月十三日 星期五

Senseijyutu Satsujin Jiken
© Shimada Soji 1987
All rights reserved. Original Japanese edition published by KODANSHA LTD.
Publication rights for Simplified Chinese character edition arranged with KODANSHA LTD.
through KODANSHA BEIJING CULTURE LTD.Beijing CHINA
Simplified Chinese edition copyright: 2019 New Star Press Co., Ltd.
All rights reserved.

本书由讲谈社正式授权,版权所有,未经书面同意,不得以任何方式作全面或局部翻印、仿制或转载。
著作版权合同登记号:01-2006-2549

图书在版编目(CIP)数据

占星术杀人魔法/(日)岛田庄司著;王鹏帆译. —— 5 版. —— 北京:新星出版社,2019.7
(2025.6重印)

ISBN 978-7-5133-3579-9

Ⅰ.①占… Ⅱ.①岛… ②王… Ⅲ.①推理小说-日本-现代 Ⅳ.①I313.45

中国版本图书馆 CIP 数据核字(2019)第 100190 号

午夜文库
谢刚 主持

占星术杀人魔法

(日)岛田庄司 著;王鹏帆 译

责任编辑:王 萌
责任校对:刘 义
责任印制:李珊珊
装帧设计:周伟伟

出版发行:新星出版社
出 版 人:马汝军
社　　址:北京市西城区车公庄大街丙3号楼　　100044
网　　址:www.newstarpress.com
电　　话:010-88310888
传　　真:010-65270449
法律顾问:北京市岳成律师事务所

读者服务:010-88310811　service@newstarpress.com
邮购地址:北京市西城区车公庄大街丙 3 号楼　　100044

印　　刷:北京天恒嘉业印刷有限公司
开　　本:910mm×1230mm　1/32
印　　张:13.375
字　　数:237千字
版　　次:2019年7月第五版　2025年6月第五次印刷
书　　号:ISBN 978-7-5133-3579-9
定　　价:59.00元

版权专有,侵权必究。 如有质量问题,请与印刷厂联系调换。

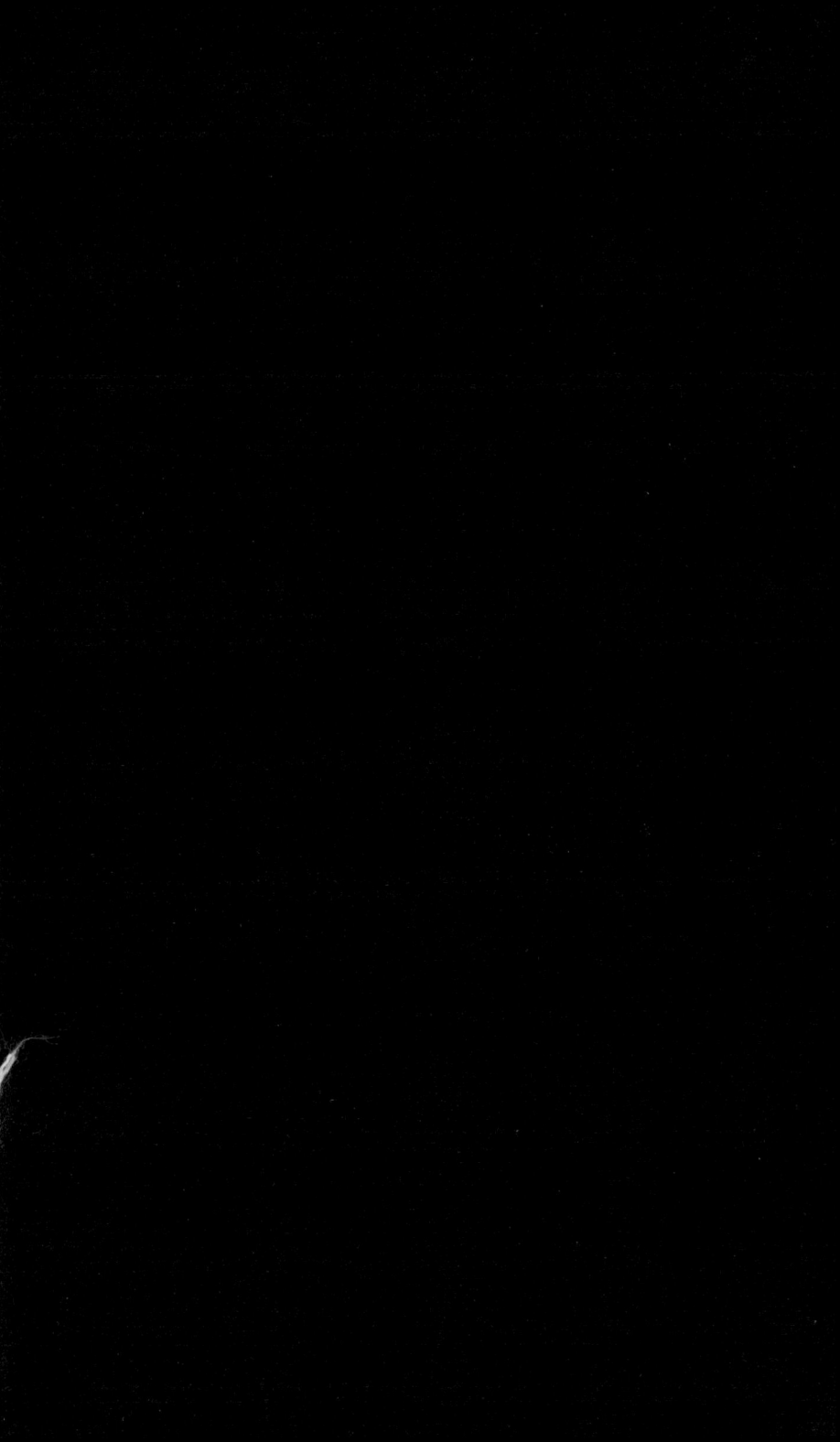